「なんかさ、
この感じ、
懐かしいね」

久々に味わう時間が、

楽しいから。

純が居て、那織が居て、

本当に良かった。

あとちょっとだけ、

味わいたいな。

今の関係が変わったあとも、

同[illegible]たないかな。

偶[illegible]

[illegible]

し[illegible]

恋は双子で割り切れない

KOI WA FUTAGO DE WARIKIRENAI

3

高村資本

SHIHON TAKAMURA

[イラスト]

あるみっく

第一章

TITLE

私と居る時は、琉実の事を考えないで

（神宮寺那織《じんぐうじなおり》）

KOI WA FUTAGO DE WARIKIRENAI

「部活を作りたいんだけど、どうかな？」

ここ最近、ずっと考えていたことだった。他者の干渉《かんしょう》を受けずに、仲の良《い》い人達だけで集まって、好きなことをずっと喋《しゃべ》っていられる場所を作れないだろうか、と。部活を立ち上げるのって青春物の定番だし、我ながら悪くないと思った。

試合に負けて悔《くや》しがる琉実《るみ》を見て、ほんの少し羨《うらや》ましくなった。真剣《しんけん》に打ち込める物がある事に、憧憬《しょうけい》どころか気後《きおく》れすら感じてしまう――なんてことはない。断じて無い。琉実《るみ》に影《えい》響《きょう》されて部活を作りたくなった何て事は、微塵《みじん》も無い。この私に限って、有る訳無い。

ほんとだから。全っ然、羨《うらや》ましくなんてないから。

「部活を作りたい？　部活なんて面倒臭《めんどうくさ》い、学校に拘束《こうそく》される時間は一秒でも短い方が良《い》いって口癖《くちぐせ》のように言ってたのに、どういう風《ふ》の吹き回《まわ》しだ？　なんかそういうアニメでも観《み》たのか？　それに、一体何の部活を――」

「いいじゃんっ！　作ろうぜっ！」

真意を推《お》し量《はか》ろうと御託《ごたく》を並べて検証モードに突入《とつにゅう》しかけた純《じゅん》君を、教授が遮《さえぎ》った。

絡《から》みがうざったらしいときもあるけれど、ノリの良さだけは評価する。巫山戯《ふざけ》てる時は別として、教授は私の提案を基本的に断らないし、否定しない。そして、純《じゅん》君が「やれやれ」みたいな顔で了承《りょうしょう》する――ずっと繰《く》り返《かえ》してきた定番の流れ。

「でしょ？　いいでしょ？」

「おうっ！　俺は賛成だ！　で、どんな部活を作る気なんだ？」

「さぁ」

知らない。

「さぁって……投げやりすぎるだろっ！」

「大方、それを今から考えろってことなんだろ？」やっぱりな、とでも言わん顔。

「流石《さすが》純《じゅん》君。私、話の分かる人、好き」

察しは悪いけれど、理解が早いのは純《じゅん》君の美徳。皆《みな》まで言わずとも話が通じる――私の事を分かってくれてるって言った方が適当かも。一から十まで説明するのは嫌《きら》い。まどろっこしい。香炉峰《こうろほう》の雪と言ったら、御簾《みす》を上げて欲しい。

「なんで白崎《しろさき》だけなんだよっ。俺は？　俺のことは？」

うっざ。

「と云《い》う訳で、何か意見はある？」

「おいっ！　無視すんなっ！」

はぁ。しつこい男は嫌《きら》われるって云《い》うのが、どうして分からないかな。

「はいはい。無視しないであげるから、意見出して。ほら」

「意見つってもなぁ。そんなすぐには……」同意《どうい》を求《もと》めて、教授が純《じゅん》君に相槌《あいづち》を促《うなが》した。

「……役立たず。勢いだけの不能って認定してもいい？」

「てめっ！　男が一番言われたくない台詞《セリフ》をよくもっ！」

三人寄れば何とやらを真に受けて、ひとまず二人を呼び出したものの、思うように話が進まない。此処《ここ》に文殊菩薩《もんじゅぼさつ》が一人居るわけだし、どんなに頼《たよ》りなくても、持ち寄った知恵《ちえ》の和は文《もん》殊《じゅ》を上回ると思ったんだけど——Le congrès danse beaucoup, mais il ne marche pas.《会議は踊るばかりでちっとも進まない》

「前提としてなんだが、那織《なおり》はどうして部活を作りたいんだ？」

純《じゅん》君を引き留めておきたいからなんて言うほど愚《おろ》かではない。そんなこと言ったら、確実に重くて面倒《めんどう》な女だって思われちゃう。え？　思われてる？　思われてないよね？

まだ大丈夫《だいじょうぶ》だよね？

ん？　重くて？　は？　重くなんてないし。

「楽しそうだから」

「えらく抽象的《ちゅうしょうてき》だな」

「何かをするには十分すぎる理由でしょ？」

此処《ここ》で言葉を費《つい》やすのが愚《おろ》か者《もの》。言葉は並べれば並べるほど嘘《うそ》っぽくなる。大体、嘘《うそ》がバレる人って、嘘《うそ》の上に嘘《うそ》を重ねるからバレるんだって分かってない。事実に嘘《うそ》を混ぜなきゃ。大きな真実に小さな嘘《うそ》。基本中の基本。

楽しそうだから——これは本当。嘘《うそ》じゃない。

と云《い》うか、嘘吐《うそつ》いてないし。言ってないだけだし。

「細かいことはいいじゃねぇか。部活、作ろうぜ。神宮寺《じんぐうじ》の言う通り、楽しそうだ」

「部活を作ることに反対はしてないんだが……校則はどうなってるんだ？『部活を作ります』、『はい、わかりました』って訳にはいかないだろ？」

「五人以上＆顧問《こもん》を見付ければ、だね。流石《さすが》にそれくらいは調べた」

理屈《りくつ》だとか決まりだとか約束だとか、そういう所をちゃんと押さえておくのが、純《じゅん》君を動かすコツ。この辺は慣れた物ですよ。付き合いの長さが違《ちが》いますから。琉実《るみ》は純《じゅん》君のそういう所を面倒臭《めんどうくさ》いとか言うけど、私からすれば単純で扱《あつか》い易《やす》い——なんだけど、感情が絡《から》むとそうもいかないんだよね。そっちのがよっぽど面倒臭《めんどうくさ》い。

「五人以上、か。ここには三人……あと二人はどうする？　一人は亀嵩《かめだけ》か？」

「もちろん」

こんな面白《おもしろ》そうな話、部長抜《ぬ》きは有り得ない。今日だって、声は掛《か》けてある。ちょっと遅《おく》れるって言ってたけど、そのうち来る筈《はず》。部長は美術部との掛《か》け持《も》ちになっちゃうけど、既《すで》に約《やく》定済《じょうず》み。部活を作るって言っても、私は駄弁《だべ》りたいだけだし、ガチの体育会系とかじゃないし、部長は私の事が大好きで仕方ないし、承引《しょういん》してくれるのは当然の帰結。

「亀嵩《かめだけ》抜《ぬ》きってのは、有り得ないよな。で、もう一人はどうするんだ？」

純《じゅん》君は私に向けて言ったのに、教授が思案顔で受け取って例の如《ごと》く語り出した。

「そこが一番重要なポイントだ。言うまでもないが、女子を希望……希望つーか、確定だわ。それ以外あり得ねぇ。誰《だれ》か当てはあるか？　俺としては、可憐《かれん》でお淑《しと》やかで気の弱そうなスレてない深窓の令嬢《れいじょう》って感じの子を所望《しょもう》したい。神宮寺《じんぐうじ》にしろ、亀嵩《かめだけ》にしろ、如何《いかん》せん口が悪すぎて癒《いや》しとは程遠《ほどとお》いのが何とも――」

「ねぇ、純《じゅん》君。隣《となり》の痴《し》れ者《もの》を葬《ほうむ》ってくれない？　存在が不愉快《ふゆかい》なんだけど」

「おい神宮寺《じんぐうじ》、そういうとこだぞっ！　もうちょっと俺にも慈《いつく》しみを――」

ああっ、もうっ。教授うっさい！

「深窓の令嬢《れいじょう》だか佳人《かじん》だか知らないけど、そんな手垢《てあか》に塗《まみ》れた表現でカテゴライズ出来るような女の子なんてそうそう居る訳ないでしょっ！　ねぇ、居た？　この学校にそんな子、居た？　居るなら連れて来て。もし仮に居たとして、お腹《なか》の中じゃ何考えてる分かんないからね？」

「那織《なおり》が言うと説得力あるな、それ」

純《じゅん》君がぽつりと、余計な一言を――とんでもなく余計な一言を放った。

「ちょっとっ！　純《じゅん》君まで何なのっ！　言って良《い》い事《こと》と悪い事《こと》があるって、知らないの？　可愛《かわい》い幼馴《おさな》染《じみ》に向かって、よくもそんな酷《ひど》い事《こと》を……悲しくて泣きそう」

まるで私が腹黒いみたいな言い様なんですけどっ！　讒謗《ざんぼう》反対。ダチュラだっ！　純《じゅん》君がいじめるって、おばさんに云《い》い付《つ》けてやりたい。ほんと、失礼しちゃう。

愚《おろ》かな男子達をどうしてくれようかと考えて居ると、教室のドアが開き、部長が「どうどう？　骨子《こっし》は決まったー？　絶賛話し合い中？」と言《い》い乍《なが》ら教室に入って来た。

「部長っ！　待ってたっ！　この二人が私のことを――」

「にゃおにゃお、お待たせっ！」

背後から現れた慈衣菜《しえな》が、間髪《かんはつ》入れずに抱《だ》き着《つ》いて来《き》た。

「ちょっとっ！　離《はな》してよっ！」暑苦しいっ！　乳を押し付けないでっ！

「なんでよ～。いいじゃん～」

慈衣菜《しえな》の頭をぐいぐいと押《お》し戻《もど》しつつ向き直ると、教授が気色の悪いニヤついた顔でこっちを見ていた。純《じゅん》君は「何やってんだ」とでも言いたげな面体《めんてい》。

別に私だって好きで――って言うか、慈衣菜《しえな》が勝手に抱《だ》き着《つ》いて来《き》てるだけだから。

何だか知らないけど、最近は前にも増して馴《な》れ馴《な》れしい。幾何《いくばく》かは慈衣菜《しえな》の事を受容しているにしても――受け入れてるって言うより〝相手にしてない〟が正しいと思うんだけど、人目を憚《はばか》らずに絡《から》んでくるのだけは度《ど》し難《がた》い。女王様気取《クイーン・ビー》りのぱーぷりんグループと仲が良《い》いなんて勘違《かんちが》いされたら――私の大人しい優等生キャラが瓦解《がかい》し兼《か》ねない。社交性のアピールにはなるかも知れないけど、安寧《あんねい》な学生生活が危殆《きたい》に晒《さら》される可能性は無視出来ない。あの手のグループは目を付けられ易《やす》いし、注意するに越《こ》した事は無い。自分達は我慢《がまん》してるのに的な文脈《コンテクスト》で語られる、「あの子達は良《い》いよね」みたいな歪《ゆが》んだ羨望《せんぼう》と嫌忌《けんき》に満《み》ちた嘲罵《ちょうば》の対象にはなりたくない——つまり、仲間だと思われて得なことは無い。心底やめて欲しい。

この空き教室なら人目は無いし、まぁ、うん。

暑苦しいから嫌《いや》だけど。

「エナちゃんは先生のこと、お気に入りだもんね〜」

「だって、にゃおにゃおカワイイし。りりぽんも思うっしょ？　マジ、持って帰りたい」

「いいから離《はな》れてよ」

慈衣菜《しえな》に言われても嬉《うれ》しくないっ！

無理くり慈衣菜《しえな》を引《ひ》き剝《は》がして、部長に押し付ける。部長が連れて来たんだから、しっかり管理してよね？　監督《かんとく》不行き届きだよ？　飼い主の責任放棄《ほうき》は許さないからね。

「つーか、神宮寺《じんぐうじ》と雨宮《あまみや》っていつからそんな仲良くなったんだ？」

不服そうな容顔で渋々《しぶしぶ》私から離《はな》れた慈衣菜《しえな》が、悪だくみをする猫《ねこ》みたいな目をした。

「にゃおにゃおは家《うち》にも来てくれたもんね〜」

慈衣菜《しえな》の言葉に、やれ「その話、俺は知らねぇ。詳《くわ》しく聞かせろ」だの、「雨宮《あまみや》をちゃんと紹介《しょうかい》しろ」だの騒《さわ》ぐ教授の相手を部長がして、たまに純《じゅん》君が教授に絡《から》まれたり、慈衣菜《しえな》が訳の分からない事を言ったりしている浅ましい時間の濫費《らんぴ》を、私はイラみ混じりで傍観《ぼうかん》していた。

全く以《もっ》て本題が進まない、この無益な時間は何なのっ。立っているのが莫迦《ばか》らしくなって、手前の椅子《いす》を引き摺《ひず》って純《じゅん》君の隣《となり》に座る。

「なぁ、もしかして、あと一人って雨宮《あまみや》、か？」

部長と教授と慈衣菜《しえな》が三《み》つ巴《どもえ》となって、ああだこうだと繰《く》り広《ひろ》げる騒擾極《そうじょうきわ》まりないお喋《しゃべ》りを掻《か》い潜《くぐ》った純《じゅん》君が、エンドレス嘆声《たんせい》を零《こぼ》していた私の腕《うで》を小突《こづ》いた。

「不本意《ふほんい》ながら、その線が濃厚《のうこう》。部長の強い推薦《すいせん》で」

「いいんじゃないか。僕は賛成だ」

純《じゅん》君に賛成って言われると、なんか気に喰《く》わない。

「私だって反対はしてない。実際問題、人数を集めなきゃどうにもならないし、まぁ、慈衣菜《しえな》が悪《わる》い奴《やつ》じゃないのは分かったし……けど、私から言い出した訳ではないからね。端緒《たんしょ》は部長だからね。慈衣菜《しえな》が適任だってしつこいから――何その顔？　何が言いたいの？」

「何も言ってないだろ」

「何か言《い》いた気《げ》な顔してた。何、部長だけじゃなくて、純《じゅん》君も慈衣菜《しえな》に絆《ほだ》されたの？」

「そうじゃなくて――僕は前から思ってたんだよ、那織《なおり》と雨宮《あまみや》は合うかもってな」

「合う合わないは私が決めることだからね。そこだけはちゃんと線引きを……」

て言うか、私だって慈衣菜《しえな》を頭数に入れることには同意してるんだから、そんな言わなくても良くない？　二人して何なの？　ちょっと慈衣菜《しえな》の肩持《かたも》ち過ぎじゃない？

「ま、いいや。さて、そろそろ本題に──ちょっと、いつまでじゃれ合ってるのっ！」

私の言葉に振《ふ》り向《む》いた教授が、「だってよぉ、雨宮《あまみや》のヤツ、俺が話《はな》し掛《か》けたこと一切《いっさい》記憶《おく》にないとか抜《ぬ》かしやがんだぞ？　有り得なくね？」と言い、慈衣菜《しえな》が「そんなん言われても、話しかけてきた人、いちいち覚えてないってー」と、悪怯《わるび》れるでもなく口を尖《とが》らせる。

「そういうの良《い》いから。それに関しては慈衣菜《しえな》が正しいっ！　この前、軽くあしらわれたって教授が自分で言ってたじゃん。あしらった相手のことなんて、普《ふ》通《つう》覚えて無いから」

「だって、教授君。ざんねん。さて、先生、これで五人集まったよ。あとは活動内容と顧問《こもん》の先生と部室をどうするかってとこ？」

「うむ」つまり、何も決まってないに等しい。

「考えることばかりだな。結局のところ、部活を作るのが目的であって、明確にあれをやりたいこれをやりたいってわけじゃないんだろ？　とは言え、ざっくりしたアウトラインくらいはある、でいいよな？」抑揚《よくよう》の少ない、理性的な声で純《じゅん》君が尋《たず》ねて来《く》る。

部長と純《じゅん》君が話を転がし始めた。これで漸《ようや》く前に進める。

「みんなで好きなことについて延々喋《しゃべ》れる場所を作りたいなって。それだけ」

「それって、映画とか本とかアニメとかってことだよな？」

教授もお巫山戯《ふざけ》モードから、真面目モードに切《き》り替《か》えて乗って来た。

「いいじゃん。超楽《ちょうたの》しそうっ！　部室にでっかいモニターとか持って来て、みんなでアニメ観《み》たり、ゲームしたり、マンガ読んだりってことっしょ？　うん、やろやろっ！」

はしゃぐ慈衣菜《しえな》を横目に、純《じゅん》君はさっきと同じ声色《こわいろ》で「それに対して尤《もっと》もらしい活動内容をどう附《ふ》するか、だな。何かの作品を共有して語り合う——評論とか批評研究みたいな言葉を宛《あて》がえばそれっぽくなるな」と案を紡《つむ》いでいく。

うんうん。私が求める物は、そう云《い》う建設的な意見。

「ただ、そういうのって、アニ研とか文芸部、映像研でもやってるんじゃないか？」そう言う教授に、「アニ研はアニメ専門でしょ？　それに、文芸部や映像研って、実態は別として、建て前上は創る方が主体だし、広く創作物を扱《あつか》うって意味では、評論とか批評を盾《たて》にするってのは賢《かしこ》いかも。ただ、活動のアウトプットが難しい気がする」と部長が重ねる。

「アウトプットか。確かにそうだな。活動する以上、何かしらの成果物が必要になって来る。それについて、那織《なおり》はどう思う？　アイディアはあるか？」

うーん、定番なのは——「文化祭で評論文でも出す？　誰一人《だれひとり》見向きもしないだろうけど」

「評論文か。間違《まちが》い無《な》く素通《すどお》りするだろうな」純《じゅん》君が拳《こぶし》を口元に当てたまま黙《だま》った。

「評論文とか言われても意味不明だし、どうしても何か作らなきゃって言うなら、普通《ふつう》にオススメの映画とかアニメとか漫画《まんが》を紹介《しょうかい》すれば良くない？　そういうんじゃダメなん？」

脚《あし》をぷらんぷらんさせていた慈衣菜《しえな》が、部長の顔色を窺《うかが》う様《よう》に覗《のぞ》き込《こ》んだ。

「いいんじゃない？　私は慈衣菜《しえな》ちゃんの意見に賛成だよ。先生だって、明確な何かが欲《ほ》しいってわけじゃないんでしょ？　顧問《こもん》の先生の目を眩《くら》ませることさえ出来れば、それ以上は望んでないんでしょ？　それとも、評論文の賞にでも送りたい感じ？」

「そこまでは望んでないし、現時点ではそのレベルの何かを持ってない。言い方が癪《しゃく》に障《さわ》るけど、他に関しては、概《おおむ》ね部長の言う通り。ひとまず、文芸部の部誌よろしく、何か作る所から始めよっか。純《じゅん》君なら、小難しい表現を交えたそれっぽい文章をでっち上げて、読み物として恥《は》ずかしくないレベルでまとめ上げられるよね？　そういうの得意でしょ？」

「おまえに言われたくねぇよ。何だよ、小難しい表現を交えたそれっぽい文章って」

「白崎《しろさき》君、先生の場合は、小難しい表現というより小賢《こざか》しい文章じゃない？」

「確かに――」

「確かにじゃないっ！　私は小賢《こざか》しいんじゃなくて、賢《さか》しいのっ！　穎悟《えいご》で聴慧《そうけい》な優秀《ゆうしゅう》過ぎる可愛《かわい》い女生徒なんだからっ！　もう、純《じゅん》君まで部長のディスりに乗っからないでよ」

お勉強が出来て、サブカルトークが出来て、冗談《じょうだん》だって通じて、おっぱいがそこそこあって、小さい頃《ころ》は周りの大人に芸能事務所を勧《すす》められるくらい愛らしくて、高校生となった今でも可愛《かわい》いが顕現《けんげん》したみたいな存在だからって、二人して頤《おとがい》を叩《たた》かなくても良くない？

さっきから私の扱《あつか》いが酷《ひど》いと思いまーす。那織《なおり》ちゃん、負けるなっ！　頑張《がんば》れっ！

「自分で言い切れるところが、如何《いか》にも先生って感じだよねー。あと、私はディスってないからね。客観的なイチ意見として――」

「部長うるさいっ！」

脳内オーディエンスの声援《せいえん》を浴びる時間くらいくれたっていいじゃん。

「まぁまぁ、言い合いはその辺にしてだな、部誌に関して言えば、一人ずつ書いたってイイんだしさ。正直、俺は亀嵩《かめだけ》や神宮寺《じんぐうじ》の書いた物を読んでみたいって思うぞ」

ふーん。私の書いた物、読みたいんだ。へぇ。

「それは僕もだな。那織《なおり》がどんな物を書くのか、興味ある」

純《じゅん》君もなの？　純《じゅん》君も私の書く物に興味あるの？　そっかぁ。そうなんだ。私の書いた物、ねぇ。二人が言うなら吝《やぶさ》かじゃないけど――「それ、教授も書くってことだよ？」

「ま、まぁ……俺はその、文章得意じゃねぇし、邪魔《じゃま》になるかなーって」

「もしかして、エナも書く系？　それはさすがにハズいんだけど」

教授が含羞《がんしゅう》を湛《たた》えて謙遜《けんそん》して、慈衣菜《しえな》が顔を曇《くも》らせる。

やりたくないって言うなら無理強《むりじ》いはしないけど――教授や慈衣菜《しえな》がどんな物を書くのか、興味無くは無い。恐《おそ》らく、こう云《い》うのは恥《はじ》や外聞を捨てて、皆《みんな》で書いた方が盛り上がる。

なんて、ペーソス効きすぎててちょっと私らしくないか。

「とりあえず、細かい話は追々詰《つ》めるとして、あとは部室と顧問《こもん》だよね？　どうしよっか。幾《いく》ら放課後は空いてるからって、この教室はダメだろうし……」部長が窺《うかが》いの目で私を見る。

「この教室は数学とか英語で使うから駄目《だめ》じゃない？」

そんなとこに私物なんて置けないし。

「だよねー。どこにしよっかー。使える教室なんてあるのかなぁ」

「この間の会議室は？　実質、物置だろ？」

教授が私に目配せをする。

この前、教授を呼び出した、使われていない会議室――それは私も考えた。正直、候補のひとつ。教授をあそこに呼び出したのは、偵察《ていさつ》の意味もあった。会議室とは名ばかりで、備品を押し込めた部屋だと耳にしたから、先生に頼《たの》まれた風を装《よそお》って鍵《かぎ》を借りた。

そもそも、会議室って何？　教師やPTAが使うのは良《い》いとして、意識高い部活やら委員会やらも使ってはいるみたいだけど――そんなん高校に要《い》る？　況《ま》してや三つも。そんな無駄《むだ》な部屋を作るから、第三会議室が物置になるんだよ？

それは良《い》いとして、あそこを使うのであれば備品の数々をどうにかしないと――

「会議室？　この前って？」

鞄《かばん》の中を漁《あさ》っている内に、何を探していたのか忘れたような顔で部長が言った。とぼけてるのか、忘れてるのか。第三会議室が物置になってるって、部長が言ったんじゃん。

「ほら、あの肉のハンカチの時に」

「肉の……あっ！　うん、思い出した」

「肉のハンカチって？」そう尋《たず》ねる慈衣菜《しえな》に、「俺の愛が籠《こも》ったプレゼントだよ。神宮寺《じんぐうじ》なんて、泣いて喜んで――」と教授が答え――させるかっ!

「ないっ! 話を盛《も》らないでっ!」

「とか言って、まだ持ってるんだろ?」

うざ。教授のこういうとこ、ほんとうざい。

「はいはい。持ってません。捨てました」

持ってるなんて言ってやるか。この空《うつ》け者《もの》め。「それより顧問《こもん》だよっ!」

純《じゅん》君のとこの担任――マスター・ヨーダ辺りはどうかな。名前的にも悪くないんだけど。

「依田《よだ》先生あたりに訊《き》いてみようか?」

よし来たっ。流石純《さすがじゅん》君。マスター・ヨーダ――本名は依田美四季《よだみしき》。現代文担当。華道部《かどうぶ》だか茶道部《さどうぶ》の顧問《こもん》。うちの担任みたいにソフテニとかじゃないし、忙《いそが》しくなさそう。掛《か》け持《も》ちでもいける……かも。それに何より、ジェダイ・マスターこそ我が部に相応《ふさわ》しい。

マスター・ヨーダの良《い》い所《ところ》は、過干渉《かかんしょう》しないこと。それに尽《つ》きる。やる事やってれば何も言わないタイプ。見ように依《よ》っては、冷たい。積極的にフォローしてくれるタイプじゃない。お節介《せっかい》が嫌《きら》いな私に取ってはこの上なくやりやすいんだけど――てな事を、マスターの授業を受けてない慈衣菜《しえな》に説明して、教授が横から何だかんだと付け加えて、みんなでわちゃわちゃしている内に下校時刻を迎《むか》えた。方向性以外は何一つ決まって無いけど、今日の所は十分。案出しと、合意を取りたかっただけだし。戦略さえ決まれば、あとは転がって行くでしょ。

「部活、承認《しょうにん》されると良《い》いな」

素直《すなお》にそう思ってくれているのだろう、みんなと別れたあと、電車の中で純《じゅん》君が言った。

ひたひたとした重力を伴《ともな》った空気が電車の床《ゆか》にどんより溜《た》まっていて、辺り満遍《まんべん》なく交《か》わされる小振《こぶ》りな会話がその上で浮遊《ふゆう》している。冷房《れいぼう》で熱を奪《うば》われた電車の手摺《てす》りが腕《うで》に触《ふ》れて、肌《はだ》の細胞《さいぼう》がきゅっと締《し》まった気がした。人に押されて近付いた純《じゅん》君と私の間で圧縮《あっしゅく》された空気が、遅《おく》れて体温を媒介《ばいかい》する。夕方と夜の境界が曖昧《あいまい》な空の中に、闇《やみ》を追《お》い越《こ》した孤月《こげつ》を窓の外に求めたけれど、小さな玻璃《はり》の中から覗《のぞ》くくらいじゃ見付からなかった。

「うん。そうすれば、学校で思う存分語り合えるよ。みんなを巻き込んで、スタートレックとスター・ウォーズの、どっちが面白《おもしろ》いのか論争に決着をつける事だって出来るかも。早く純《じゅん》君の悔《くや》しがる様を見てみたい」

「悔《くや》しがるのは那織《なおり》の方かも知れないぞ。何せ、雨宮《あまみや》の家にはエンタープライズ号の模型《もけい》があったからな。雨宮《あまみや》と教授がこっちにつけば、結果は——」

「慈衣菜《しえな》は絶対にスター・ウォーズ派だから。残念。そのエンタープライズだって、どうせお父さんの趣味《しゅみ》でしょ？　もう認めちゃいなよ、純《じゅん》君の趣味《しゅみ》はおじさん寄りだってこと。援軍《えんぐん》になるの、おじさんばかりじゃん。どうせ、うちのお父さんよろしく、車を買ったら番号《ナンバー》を一七〇一にしようとか考えてるんじゃないの？」

「うるせぇ……と言いたいところだが、おじさんの車のナンバーが一七〇一だって気付いた時、良《い》いなって思ったのは事実だ。それはそれとして、スタートレックをおじさん趣味《しゆみ》みたいに言うな。J・J・エイブラムスのリメイクだってあるんだぞ。J・J・エイブラムスはスター・ウォーズとスタートレックの両方を監督《かんとく》した――」

「はいはい。いっそのこと、その辺の道端《みちばた》に立って、一七〇一の車を見付ける度《たび》に〝長寿《ちようじゆ》と繁栄《はんえい》を〟って叫《さけ》び乍《なが》ら、例のハンドサイン《ヴァルカン・サリュート》をしてみたら？　友達増えるかもよ？」

「正直、仲良くなれそうな自信はあるわ。友達と言えば、部活が認められたら、こういう話を出来るヤツが入って来るかもな。この手の話をする時って、いつも決まった面子《メンツ》で話してばっかりだっただろ？　案外、他にも話の合うヤツが居るかも知れない」

そっか、そういう発想《はつそう》もあるのか。考えもしなかった。私は、友達作りをしたかった訳じゃ無いし、新しい趣味《しゆみ》友《とも》を探したい訳でも無い。純《じゆん》君や仲の良《い》い人だけで集まれる場所を学校に作りたかっただけ。他の人なんてどうでも良かった。興味も無かった。

何なら、純《じゆん》君さえ居れば――って言える訳無い。言う積もりも無い。

でも、純《じゆん》君はそうじゃないんだね。純粋《じゆんすい》に同好の士が増えれば良《い》いと思ってる。私の意図に気付いていない安心感と、気付いてくれない歯痒《はがゆ》さや蕭索感《しようさくかん》が溶《と》け合《あ》って、何か言ってやりたいのに、どう言えば良《い》いか分からない閊《つか》えが、苛立《いらだ》たしい。

電車が駅に着き、人々《マス》の流れに身を任せて外界に降り立つ。

純君《じゅん》に続いて改札を出る。歩みを遅《おそ》くしてくれた純君《じゅん》の隣《となり》をキープしながら階段を下り、私はさっきの続きを——優《やさ》しさに包《くる》んだ言葉で、口にする。

「他の部員、ね。あんまり興味ないかな。私は皆《みんな》で騒《さわ》げればそれで良《い》い」

「それもそうだな。ただ、雨宮《あまみや》が参加するのは、ちょっと意外だった。あいつは、どちらかと言えばオタバレしたくないって感じだったから」

「大っぴらにやんなきゃ大丈夫《だいじょうぶ》でしょ。それっぽい部活名にすればよくない？　評論研究部とか。私だって、イメージとしては文化的でお堅《かた》い雰囲気《ふんいき》を醸《かも》しておきたいもん」

「文化的でお堅《かた》い雰囲気《ふんいき》を醸《かも》したかったのか。そう来るとは思わなかった」

「何か文句でもあるの？　私はこれ以上無いくらい文化的でしょっ！　私にかかれば、お堅《かた》い雰囲気《ふんいき》を醸《かも》す事《こと》なんてお茶の子さいさいの極《きわ》みだし。超余裕《ちょうよゆう》」

「お茶の子さいさいって言葉、リアルで聞くの久《ひさ》し振《ぶ》りだわ。その言葉のセンスからして、お堅《かた》い雰囲気《ふんいき》とは程遠《ほどとお》いと思うぞ」

そこまで言うなら、純君《じゅん》へのLINE、これから全部文語体にしてやろうかな。《先般《せんぱん》、部屋を出《い》でて漸《よう》く外界の暑きを知つた譯《わけ》であるが、此《こ》の灼熱《しやくねつ》のなか其方《そなた》は本氣《ほんき》で外出しやうと申すのか。たゞ目的も定まらず、當《あ》てもなく彷徨《うろつ》いたひと云《い》う氣持《きも》ちにのみ據《よ》つて——其《そ》れでも猶《なお》、妍《かほよ》き我が體《からだ》を焔《ほむら》の射光に晒《さら》したひと申すのか》みたいな感じ？　これならお堅《かた》い？

うーん、純君《じゅん》は普通《ふつう》に返して来そう。って言うか、お堅《かた》い云々《うんぬん》以前に、文面から女子高生らしい瑞々《みずみず》しさが微塵《みじん》も感じられないんですけど！

「じゃあ訊《き》くけど、お堅《かた》い雰囲気《ふんいき》って何？　どうすれば出るの？」

「そう言われると……返答に困るな。あんまりふざけないとか？　常に本気ですけど」

「何それ。私、基本的に巫山戯《ふざけ》て生きてないんだけど？」

「お、おう。だったら、お嬢様《じょうさま》言葉で喋《しゃべ》ってみる、とか？」

「バカにしてるでしょ？　それとも、お嬢様《じょうさま》属性が好きでいらっしゃるのかしら？」

お嬢様《じょうさま》キャラ、ね。琉実《るみ》とキャラは被《かぶ》んなそうだけど……てか、琉実《るみ》だけじゃなく、周りの誰《だれ》ともキャラ被《かぶ》んないんじゃない？　チャンス？　キャラ変しとくべき？

私、どっちかと言えばキャラ薄《うす》いし。キャラ付けは重要だよね。うん、分かる。

「冗談《じょうだん》だよ。てか、那織《なおり》がいらっしゃるとか言うと、違和感《いわかん》やばいな」

「随分《ずいぶん》とお気立てに難がおありのようでございますけれど、元はと言えば、貴方《あなた》から言い出したんですのよ？　ああらわがかい、かい、かきみ呼ばわりするのはお止めになって頂けるかしら？」

「ああらわが……なんて言った？」

「ああらわがきみと申しましたの。上品ぶった言葉を使う人を指す言葉なんですけれど、ご存じ無かったかしら？　ちょいとばかし、お兄さんには難しかったかしら」

「そんな表現、初めて聞いたぞ。つーか、すまん。その喋《しゃべ》り、反応《はんのう》し辛《づら》いからやめてくれ」

悔《くや》しそうな純《じゅん》君の顔。たまんない。ぞくぞくする。

「女学生が使ってた言葉。ああら、我が君——元は垂乳根《たらちね》かな。わかんないけど。ほら、ですわよ言葉って、元々は女学生言葉でしょ？　だから、ちゃんと当時の言葉を——」

「僕が悪かったたって。負けだよ」

「あなたがお望みなら、続けてもよくってよ？」

女学生なら、三つ編みにするべき？　いや、女学生って云《い》うか、お嬢様《じょうさま》か。だったら、ストレートだよね。三つ編みなんて近年したこと無いし。編むと癖付《くせつ》くから嫌《いや》。

「僕にお嬢様《じょうさま》属性は無いことがよく分かったから、普段通《ふだんどお》りで頼《たの》む」

もうちょっとくらい遊んでも良かったのにぃ。

てか——「髪《かみ》、邪魔《じゃま》。暑いっ。ほぼ夜だってのに、この暑さは何？　首に張り付くっ」

髪《かみ》を解いて、ばさばさと空気を送り込む——けど暑い。ほんと、暑いの嫌《きら》い。

「何だよいきなり」

「純《じゅん》君は分かんないと思うけど、髪《かみ》が長いと熱籠《こも》るの。超暑《ちょうあつ》いんだから」

「髪《かみ》、短くするのか？」

「やだ。琉実《るみ》と被《かぶ》る」

あの運動特化型の髪型《かみがた》は涼《すず》しそうだけど——私と違《ちが》う髪型《かみがた》でショートを選んだのは、如何《いか》にも琉実《るみ》っぽい。けど、冷静に考えてみると、琉実《るみ》が似合うなら、私だってショートはいけるってことだよね？　そこまで顔違《ちが》わないし。しないけど。

「あそこまで短くしなくても良いだろ」

「てかさぁ、純《じゅん》君はどうなの？　髪《かみ》、私ほど長く無いじゃん。涼《すず》しいの？」

「伸《の》ばしたことないからわかんねぇよ。比較《ひかく》対象がない。今、自分でも『純《じゅん》君は分かんないと思う』って言ってただろ。この短時間で自己矛盾《むじゅん》すんなよ」

「純《じゅん》君が冷たーい。どうせ冷たいなら、気温下げてよ。このままじゃ死んじゃう……ね、私がここで倒《たお》れたら、お姫様《ひめさま》抱っこで家まで運んでくれる？　運んでくれるなら、私、今すぐにでもここで気を失う。どう？　抱《だ》っこする時、お尻《しり》にちょっと触《ふ》れるくらいしてもいいから」

「まずは救急車を呼ぶ。あと、おばさんに電話する」

「この意気地《いくじ》なし。そんなんだから、優柔不断《ゆうじゅうふだん》のクソ野郎《やろう》って言われるんだよ？」

「いやいや、おかしいだろ。医療《いりょう》に頼《たよ》るのは極普通《ごくふつう》の対応だろ。ってか、優柔不断《ゆうじゅうふだん》のクソ野《や》郎《ろう》とは関係ない——って、それ、地味に周りからこそこそ言われてるっぽくて、結構くるんだけど。この前の、渡《わた》り廊下《ろうか》での一件が原因としか思えないんだが」

あれ、そこそこの人に見られちゃったもんね。めんご。けど、賢《かしこ》い純《じゅん》君だったら、そう言われないためにはどうすればいいか、分かってるよね？　分からない訳無いよね？

「事実じゃん。くるってことは、自覚があるって事だよね？」

「僕だって思うところはあるんだ……この話、やめないか？」

えー、やめたくない。何なら、もっと切り込みたいんだけど……焦《あせ》ることは無いか。部活設立て純君《じゅん》を囲う計画も順調だし、時間はまだある。約束通り、純君《じゅん》は私の相手をしてくれている。流れは完全に掌握《しょうあく》していると言って良い。慈衣菜《しえな》のごたごたで掻《か》き乱《みだ》された時と違《ちが》って、私の心は康寧《こうねい》そのものだ。物事を待つ余裕《よゆう》がある。良《い》い事《こと》だ。

〝私は人間を憎《にく》むときははげしく憎《にく》むが、いつまでも憎《にく》んではいない〟なんてね。

「んもぅ、そーやって――ま、いいや。部活出来たら、楽しくなりそうだよね」

「だな。やることは変わんないだろうけど、専用の部屋と名目が与《あた》えられるのは、ちょっとわくわくする。ただ――」

「ん？」

ほんの一瞬《いっしゅん》、私じゃ無きゃ気付かなかったと思う――見上げた純《じゅん》君の目元に悔悟《かいご》とも落莫《らくばく》とも取れない、寂《さび》しさと後ろめたさが入り混じったみたいな感情の残滓《ざんし》を感じた。

やだ。そういうのやめて。見たくない。見付けたくない。

「いや、なんでもない」

なんでもなく無いでしょ。何を言い損じたの？

「何？　言ってよ」

「顧問《こもん》や部室がダメだった時のバックアップ考えてないなぁって」

「それは、ダメだった時に考えれば良《い》いでしょ」

「そうなんだが……色々準備しときたい性格なんだよ。知ってるだろ？」

(神宮寺琉実《じんぐうじるみ》)


「うん。知ってる」

琉実《るみ》の事が頭を過《よ》ぎったの？　琉実抜《るみぬ》きで動き回っている事が気になっちゃった？

でもさ、私抜《わたしぬ》きで色々してたのはそっちじゃん。だから、これでおあいこ。

私と居る時は、琉実《るみ》の事を考えないで。

私の事だけを考えて。

※　※　※

総体の三回戦、わたしは手も足も出なかった。二回戦の終了間際《しゅうりょうまぎわ》に点を入れたわたしは、良くも悪くも注目を集めてしまった。つまり、相手チームから徹底的《てっていてき》にマークされた。思うように動けなかった。活躍《かつやく》できなかった。

何にもできなかった。

試合が終わって、学校に帰って来て、ぐっと喉《のど》の奥が重くなって——それでもそんなカッコ悪いことは出来ないからずっと我慢《がまん》して。麗良《れいら》と別れたあと、わたしはひとりで公園に立ち寄って泣いた。無力さに。不甲斐《ふがい》なさに。悔《くや》しくて、悔《くや》しくて、止められなかった。

純《じゅん》からメッセージが入っていたのには、気付いていた。

返せなかった。わたしにはそんな余裕《よゆう》がなかった——違《ちが》う。本当は返したかった。話を聞いて欲しかった。慰《なぐさ》めて欲《ほ》しかった。声を聞きたかった。会って……ううん、会いたくない。今は会いたくない。こんなに無様でカッコ悪いとこなんて、見せたくない。そう思った。

試合前、純《じゅん》が「結果は別にして、全力で楽しんで来いよ」と言ってくれたのに、わたしは微《み》塵《じん》も楽しめなかった。だから、余計に会いたくなかった。

あの時、ああしていたら、こうしていたら——昨日の試合が頭から離《はな》れない。もっとできることがあったかも知れない。みんなから責められたりはしていない。顧《こ》問《もん》の先生は「次に生かせ」なんて言ってたけど、三年生は？　先輩《せんぱい》たちに次は無いんだよ？　わたしがもっと動けたら勝てたなんて傲慢《ごうまん》なこと言うつもりはないけど……先輩《せんぱい》たちに合わせる顔がない。

すごく、部活に行きづらい。

部活に顔を出さなきゃって思うのに、わたしは呼びに来た麗良《れいら》に「先行ってて。あとで行く」って言ったのに、体育館に向かえなくて、気付いたら階段を上がってて、いつもの場所に座り込んでいた。今朝だって、純《じゅん》や那《な》織《おり》と話したくなくて——どんな顔をしたらいいかわからなくて、朝練が無いにもかかわらずいつもの時間に家を出た。慰《なぐさ》められたいわけじゃない。多分、どんな言葉を掛《か》けられても……どんな言葉を掛《か》けて欲《ほ》しいのか自分でもわからない。

お昼休み、わたしの所に来ようとする純《じゅん》から、逃《に》げるように教室を出た。

さっきだって、そう。麗良《れいら》が行ったあと、純《じゅん》と目が合った。でも、わたしは何も言わずに教室を出た。そうするしかなかった。はぁ。どうしたいのか、自分でもわからない。

やだな。こんなのわたしらしくない。

まるで心配してほしいみたいじゃん。

でも、そう見えたとしても、今は余裕《よゆう》ない。どうにもできない。調子に乗ってたのかな。もっと慎重《しんちょう》になるべきだったのかな。ああ、どうしたらいいの。どうすれば気が済むの？


わかんな……くはないよね。うん。


いつまでもこんなとこに居られないし、かと言って部活に全く出ずに帰るのは気が引けるっていうか、そんなことできない——けど、ここでサボってる事実は変わらなくて。

やっぱり、こんなのよくない。みんなに心配を掛《か》けるだけ。わたしは、やれるだけのことはした。結果的に動けなくて、とっても悔《くや》しい思いをして、今だって「ああっ、もうっ」って自分の不甲斐《ふがい》なさに腹を立てているけど、嘆《なげ》いても仕方ないってわかってる。

そっか、わたしはただ、気合を入れて欲しかったんだ。

って、自分で入れるしかないよね。こればっかりは。

ああ――っよし、まずは体育館に行こう。そうじゃなきゃ始まらない。

自分に気合を入れて、階段を小走りで下りていく。少しでも弱気になったらダメ。勢いで行かないと気持ちが挫《くじ》けちゃう。体育館に向かう途中《とちゅう》、中庭の脇《わき》を通っている時、「おいっ」と声を掛《か》けられた。瑞真《みずま》だった。瑞真《みずま》の相手をする気分じゃなかったから無視しようかと思ったけれど、目が合っちゃったからそういうわけにもいかなくて――わたしは立ち止まった。

「何？」

ジャージ姿の瑞真《みずま》がこっちに来た。手にはペットボトル。練習の合間に飲み物を買いに来たのかも。教室でも極力会話を避《さ》けてたのに、このタイミングで話《はな》し掛《か》けられるなんて。

「部活、行くのか？　今日くらいは休んでもいいんじゃねーの？」

予想もしてなかった言葉に、ぱっと反応出来なかった。瑞真《みずま》は昨日の結果を知ってるし、もっと別のことを言ってくるかと――昨日のラインだってそうだったし。

「えっと……そうも行かないでしょ。反省会だってあるし」

わたしは、気持ちに嘘《うそ》を吐《つ》いた。

わたしの反省会は終わっている。

本当は、練習するつもりでいる。

「反省会なんて、自分の中じゃもう終わってんだろ？　無理に行かなくてもよくね？」

「みんなとやんなきゃ意味ないっしょ。だから大丈夫《だいじょうぶ》。ありがと」

瑞真《みずま》に見透《みす》かされたって思いたくない。なんでかわからないけど、わたしはちょっと意地を張った。もう、気合を入れたから。弱いとこ、見せたくない。そういう意味では、瑞真《みずま》、ありがと。さて、気持ちを切《き》り替《か》えて——立ち去ろうとしたわたしを、瑞真《みずま》が呼び止めた。

「ちょっと待てよ」

「何？　わたしこれから部活行くんだって」

「いや……その、ひとりで抱《かか》え込《こ》むなよ。琉実《るみ》だけの所為《せい》じゃないんだから」

「うん。ありがと。大丈夫《だいじょうぶ》、頭ではわかってる。じゃあ——」

「あのさっ」

「うん？　まだ何かあるの？」

「俺はさ、琉実《るみ》はよくやったと思う——だから、少しくらい楽したって文句言うヤツは居ないと思うぞ。おまえが真剣《しんけん》なの、中等部の頃《ころ》から見てきたからな」

いきなり何？　どうしたの？

「ありがと。けど、瑞真《みずま》だって頑張《がんば》ってるじゃん。だからさ、お互《たが》い、これからも頑張《がんば》ろ」

目がマジっぽくて、ちょっと怖《こわ》い。

よくわからないけど、早くこの場から去りたい。この空気、なんか苦手。

「おう。ただ無理はすんなよ――俺、おまえのことが心配っていうか……気になるんだよ」

「えっ？」それって……どういう意味で……。

「琉実《るみ》のこと、好きなんだ」

「急に言われても――ええと、ありがと。でも、わたし――」

「こ、こっちこそ、いきなりすまん。ただ、俺はマジで琉実《るみ》のこと好きだから。それだけは伝えておきたかった。えっと……部活行く途中《とちゅう》だったよな。足止めして悪かった」

瑞真《みずま》は一息ににそう言って、体育館に向かって走っていった。

へ？

待って。ねぇ、もしかして。今、告られた？

告られたよね？

やめてよ。そんなん違《ちが》うじゃん。言うだけ言って、勝手に行かないでよ。やだやだやだ。

こんなの、嫌《いや》だ。

だって、瑞真《みずま》は友達じゃん。バスケやってる仲間じゃん。そんなこと言われたって困る。違《ちが》うじゃん。わたしら、そういうんじゃ、ないじゃん。好きとか言わないでよ。

これからどうすればいいの？　どんな顔をして話せばいいの？　教室で。コートで。

そんなこと言われたら、今までみたいにはできないじゃん。

だってわたしは——瑞真《みずま》のこと、そういう目で見られない。

どうしよどうしよ。こんなの困る。好きとか言わないでよ。

肩《かた》に掛《か》けてたリュックが落ちそうになって——止められずに落ちた。ぐちゃぐちゃになって何が何だかわからないままリュックを拾い上げようとして、どうしてもうまく摑《つか》めなくて、手から逃《に》げるストラップをようやく摑《つか》んで、震《ふる》える手でスマホをなんとか取り出して、麗良《れいら》に通話で——出ない。もたつく足で、うまく力が入らなくて、とにかく体育館に行かなきゃって思いながら——ダメ。瑞真《みずま》には会いたくない。お願い、麗良《れいら》。スマホを見て。

体育館に着いたけれど、入れない。

ボールの跳《は》ねる音。シューズが床《ゆか》をする音。女子の声。男子の声。声。声。声。開け放した扉《とびら》から見える、人。人。人。体育館の奥の方。壁《かべ》から伸《の》びるゴール。

麗良《れいら》は？　どこ？　はやくしなきゃ――見られちゃう。

「琉実《るみ》、何やってんの？　ほら、着替《きが》えないと――」

タイミングよく、麗良《れいら》が脇《わき》のトイレから出て来て――「麗良《れいら》っ！」

「なになに――っ」

飛びついたわたしを、驚《おどろ》きながらもしっかり受け止めてくれる。

「れいらぁ。どうしよおぉ」

「ちょ、琉実《るみ》っ。なんで泣いて――こっち」麗良《れいら》がわたしの手を引いて歩き出す。

わかんない。自分でもわかんない。麗良《れいら》の声を聞いたら、なぜか涙《なみだ》が出てきた。

連れていかれるがまま、体育館の二階――卓球部《たっきゅうぶ》の脇《わき》を通り過ぎて、端《はし》の方に。

麗良《れいら》が盾《たて》になってくれたけど――わたしはしがみつくようにして、顔を隠《かく》した。

「どうしたの？」

「……瑞真《みずま》……瑞真《みずま》に、好きって言われた……」

「あー、そっか、びっくりしたよね」

麗良《れいら》がわたしの頭を撫《な》でながら、そっと、ゆっくり、雲のような響《ひび》きで言った。

「いきなり言われて……もう、頭がぐっちゃぐちゃ」

「うん。そうだよね。まずは一回深呼吸しよ。ほら」

麗良《れいら》に言われて、わたしは初めて呼吸を意識した。細長く息を吐《は》き出《だ》す。ふぅ。

徐々《じょじょ》に頭から圧力が抜《ぬ》けていくような感じがして、ほんの少しだけ、楽になる。

「これから、どうしよう。前みたいに喋《しゃべ》れる自信、ない……」

「知っちゃった以上、今まで通りってわけにはいかないよね」

瑞真《みずま》は友達っていうか、バスケをやってる仲間で――相談したり冗談《じょうだん》を言い合ったりできる関係で、他の男子より仲はイイけれど、好きとかそういうのじゃない。全然違《ちが》う。だから――だからこそ、好きって言われても、困る。本当に困る。わかんない。

「何て言われたの？　ただ、好きだってだけ？」

「そう」

「突然《とつぜん》？　恋《こい》バナみたいな話の流れとかじゃなく？」

「うん。心配してるとか――昨日の試合のことだと思うけど、そんな話のあと、急に」

「いきなり告《こく》られても、琉実《るみ》だって困るよね。せめてタイミングくらい……って言っても、心構えが出来てたからって、結果が変わったりするわけじゃないだろうけどさ」

「わたし、瑞真《みずま》がそんなこと思ってたって、全然知らなかった……だから、いっぱいいっぱいになっちゃって……どうしたらいいかわけわかんなくなっちゃって」

麗良《れいら》と話しているうちに、ぐちゃぐちゃに暴れていた心が落ち着いてきた。何があったのかを言葉にするうち、自分の気持ちを言葉にするうち、ちょっと整理ができてきた。

「しかし、坂口《さかぐち》が、ねぇ。何となくそんな気はしたけど――」

「麗良《れいら》、気付いてたの？」

「なんとなくだけど、そうなのかなって。練習の合間とか、よく琉実《るみ》のこと見てたし。目で追ってるって感じ？　だから、もしかしてって思ってた」

瑞真《みずま》がわたしのことを見てた？　何それ。麗良《れいら》の言うことに、心当たりは――ない。

「それは盛ってない？　わたし、感じたことないよ？」

「琉実《るみ》は、坂口《さかぐち》のことを男子として意識してないから、気付かなかったんでしょ？」

「そんなこと言われても――だって、瑞真《みずま》はバスケ仲間って感じで……特別私に優《やさ》しかったりとかもなかったし、そんな素振《そぶ》り、全然なかったよ？　気付くわけないじゃん」

「そっか。今日の今日まで、琉実《るみ》も薄々勘付《うすうすかんづ》いてるのかと思ってた……けど、気付いてたらもっと距離《きょり》取るよね。言われてみればそうだわ」

「気付いてたら距離《きょり》取るって、どういうこと？」

「いやぁ、下手に仲良くして勘違《かんちが》いさせたら――とか考えない？　って、琉実《るみ》はそういうタイプじゃないか。ごめん、何でもない。気にしないで」

何それ。みんな、そんなこと考えてるの？　そんな風に男子のこと見てるの？　それ、自分の勘違《かんちが》いだったら、相手に失礼じゃない？　それ以前に、そんな簡単に好きになったりしなくない？　仲良くしただけで？　わたしの感覚がおかしいの？

もしそうだとしたら、超窮屈《ちょうきゅうくつ》じゃん。いちいちそんなこと考えなきゃいけないの？　わたしはただ、仲良くしたいだけで、好きとかそういうのは別の話でしょ？

「えっと、みんなはそうなの？　あの男子、わたしのこと好きそうだから、勘違《かんちが》いさせないように距離《きょり》を取ろうとか考えるの？　わたし、そういうの、苦手かも……」

「でもさ、実際に坂口《さかぐち》から好きって言われて、琉実《るみ》は困っちゃったわけじゃん。仲良くない相手だったら、こうはなんなかったんだと思うんだよね。仲が良いからこそ、どうしたらイイかわかんなくなるんだろうし、いつも通りに喋《しゃべ》ったりできないかもって思っちゃうんじゃない？　だからと言って、それは琉実《るみ》の所為《せい》じゃないし、琉実《るみ》が悩《なや》むことでもない。坂口《さかぐち》が勝手に好きになっただけ。過去がどうあれ、それは変わらない。でしょ？」

仲が良いからこそ——確かにそうかも。人から好きって言われたこと、初めてじゃないけど、今までの男子は瑞真《みずま》ほど仲が良《い》いわけじゃなくて——わたし、今ほど悩《なや》んでない。

もしかして、わたしって、失礼なことしちゃったりしてたのかな。


ああっ、もうっ、わっけわかんないっ！


つまり、これから、わたしはどうすればいいわけっ？

「ねぇ、麗良《れいら》。結局、わたしはこれからどうすべきなの？」

「どうするもこうするも——坂口《さかぐち》と付き合いたい？」

「それはない」

「じゃあ、断るだけじゃん。って、付き合ってとは言われてないのか」

「うん。付き合って欲しいみたいなことは、なかった……」

「なら、普段通《ふだんどお》りにしていればいいんじゃない？　好意を伝えられただけで、断るとかもないんだし。もし、付き合ってって言われたら、断ればいいだけじゃん。ね？　難しく考えるのはやめよ。とりあえず、汗《あせ》を流して、頭を空っぽにしない？」

「……うん。でも……」

「昨日の試合のこと？　それはもう終わったことじゃん。坂口《さかぐち》の件と一緒《いっしょ》。琉実《るみ》が責任を感じる必要はないって。そっちも同じ。普段通《ふだんどお》りで問題ない。さっき言ったでしょ？　難しく考えるのはやめようって。身体《からだ》を動かして、一回リセットしよ」

言いたかったのはそのことじゃなくて、瑞真《みずま》と目が合ったりしたら気まずいとかそういうことだったんだけど、あんまり引っ張るのもどうかと思って、訂正《ていせい》しなかった。

「そう、だね。わかった」

麗良《れいら》の言う通りだった。部活をやっている間は、バスケのことだけを考えられた。ボールを触《さわ》っていると、バスケをやっていると、前向きになれる。後ろ向きな考えを挟《はさ》んでいる余地なんてない。隣《となり》で練習している男バスのことは——気にならない。

部活が終わって片付けをしている時、一度だけ瑞真《みずま》と目が合ったけど、それだけ。着替《きが》え終《お》わる頃《ころ》には、かなり冷静になれてた。みんなと他愛もない話――ひんやりする日焼け止めだとどれがイイとか、変なとこにニキビが出来てカミソリあてられないとか、駅の近くに新しく出来たカフェのタルトが美味《おい》しかったとか、香水《こうすい》の瓶《びん》を落として部屋がフローラルだとか、バッシュの臭《にお》いがヤバいとか、夏休みの予定はどんな感じとか――で盛り上がったりした。

つまりは、いつも通り――だったんだけど、部室を出てみんなで歩いていると、校門の手前で瑞真《みずま》に呼び止められた。みんなが小声で「おっ⁉」とか言ってる中、瑞真《みずま》が「こっち来てくれ」と言うので、居心地《いごこち》の悪さをどうにか追いやって、みんなに「ごめん、先帰ってて」と言って、瑞真《みずま》に無言でついていく。瑞真《みずま》も喋《しゃべ》らない。

校門から離《はな》れて、外階段のところで瑞真《みずま》が止まった。

「さっき言ったことなんだけどさ……いきなりすぎたよな。すまん。琉実《るみ》を困らせるかもって思ったけど、どうしても言いたかったんだ。自分勝手でごめんな。それで、えっと、今すぐ付き合ってくれなんて言うつもりはなくて――」

首の後ろを掻《か》きながら、バツの悪そうな感じで瑞真《みずま》がそう言って、急に顔を上げた。

何に対して安心してくれなのかよくわかんないけど、わたしは黙《だま》って次の言葉を待った。

瑞真《みずま》がわたしの目をまっすぐに見つめて、「ひとつだけ教えてくれ。琉実《るみ》は白崎《しろさき》と付き合ってるのか？」と、今度は硬《かた》いはっきりした声で言った。

「……付き合ってない」

「そっか。ついでにもうひとつ良《い》いか？　あいつは、その、妹と付き合ってる……のか？　いや、この間、廊下《ろうか》で抱《だ》き合《あ》ってたって話を聞いたんだよ。だからどうなのかなって――」

「那織《なおり》とも付き合ってない。あれは、那織《なおり》がどうしてもって……わがままっていうか、あの子は昔からそういうとこある感じだから……純《じゅん》もしょうがなく、だと思う」

「だとしても、付き合ってないんだったら、尚更《なおさら》なくないか？　それとも、あの二人はそういう関係――つまり、ほっとけば付き合いそうとか両想《りょうおも》いみたいな感じってことなのか？」

なんて答えればいいのか、わからなかった。

純《じゅん》と那織《なおり》の関係――一言では説明できない。わたしのことも含《ふく》めて。

「えっと……那織《なおり》は、純《じゅん》のことが好きで……わたしも……同じ」

「ふーん。なるほど。そんなこったろーと思ってはいた」

「じゃあなんでわざわざ――」

「琉実《るみ》の口から聞きたかったんだよ。なぁ、それって、辛《つら》くないか？　俺は妹のこと詳《くわ》しくないけど、たまに教室で楽しそうに喋《しゃべ》ってるよな。それこそ、中等部の時から。あいつらって、趣味《しゅみ》が一緒《いっしょ》っていうか、話題が同じっぽい感じがする」

「何が言いたいの？」

どうして瑞真《みずま》にそんなこと言われなきゃいけないの？　関係なくない？

「深い意味はないんだ……気に障《さわ》ったなら謝る。えっと、俺が言いたいのは……とりあえず、琉実《るみ》の気持ちはわかった。今は白崎《しろさき》のことが好き。それはそれでいい。応援《おうえん》はする」

「ありがとと。そんなわけだから、瑞真《みずま》の気持ち、嬉《うれ》しいけど応えられない。ごめん」

「おう。ただ……付き合ってくれなくて良《い》いから、ちょっとお願いがあるんだ？」

「何？」

「今度、俺と出掛《でか》け……デートしてくれ」

「えっ？　どういう――」

「おまえら何やってんだ？　早く帰れー」

見回りの先生の声に、わたしは遮《さえぎ》られた。瑞真《みずま》が「すんません。帰りまーす」と軽い調子で応えてから、「今日のところは帰ろうぜ」と言って歩き出した。

来た時と同じように、わたしは瑞真《みずま》のあとについていく。

デートしてくれって、何？

なんで？

わたしは応えられないって言ったよね？

応援《おうえん》するって言ったよね？　なのに、どうして？

なんて瑞真《みずま》に話《はな》し掛《か》けようか、言葉を探しながら歩く。そうこうしているうちに、あっという間に校門に着いてしまった。とりあえず、駅まで時間はあるし、ちゃんと断ろう。

純《じゅん》とは付き合ってないんだから、端《はた》から見れば瑞真《みずま》とデートしようが別にいいんだろうけど、わたしの気持ち的になんか違《ちが》う感じがする。とりあえず、断らなきゃ。

「琉実《るみ》っ」

校門を出たところで麗良《れいら》が待っていてくれた。でも、今はちょっとタイミングが――

「なんだ、浅野《あさの》と約束してたのか。呼び止めて悪かった。じゃあ」瑞真《みずま》が駆《か》け出《だ》した。

「あ、えっと……また、明日」

後ろ姿にそう言うのが精一杯《せいいっぱい》だった。明日、ちゃんと言わなきゃ。

「何言われたの？」

麗良《れいら》が心配そうな声を出した。

「待っててくれてありがと。みんなは？」

「騒《さわ》ぎになると嫌《いや》だろうから、先に行《い》ってて貰《もら》った。可南子《かなこ》や真衣《まい》はゴネてたけどね」

どうせ、明日の部室は大騒《おおさわ》ぎになる。絶対そう。はぁ、あれこれ訊《き》かれるんだろうなぁ。でも、ひとまず麗良《れいら》に感謝しなきゃ。今はまだ、みんなの相手をする余裕《よゆう》、ない。

どちらからともなく駅に向かって歩き出す。色々と訊《き》きたいだろうに、麗良《れいら》は黙《だま》ったまま、わたしが話し出すのを待ってくれている。なんとなく、肌《はだ》で感じる。ふう。

「さっき、瑞真《みずま》にちゃんと話した。わたしは純《じゅん》のことが好きだって。瑞真《みずま》もそれをわかってくれたんだけど――」ひと呼吸おいて、ちょっとだけ頭に新鮮《しんせん》な空気を入れてから、「瑞真《みずま》にね、デートして欲しいって言われた」と続けた。

「デート？　だって、坂口《さかぐち》は琉実《るみ》の気持ちを知ってるんでしょ？」

「うん。はっきり言った――断るべきだよね？」

もちろん断るつもりなんだけど、一応。念のため。

「そう、だね。てか、何、琉実《るみ》ははっきり言ったんでしょ？　なんて言ったの？」

「瑞真《みずま》の気持ちは嬉《うれ》しいけど、応えられないって」

「頑張《がんば》ったね」

麗良《れいら》がわたしの頭を撫《な》でる。それだけで、涙《なみだ》が出て来そうになる。たったそれだけなのに、短い言葉なのに、麗良《れいら》にそう言われると、ぐわっと安心感が押《お》し寄《よ》せてくる。

ちょっとだけ、ほんの少しだけ、泣きそうになりながら「ありがと」と短く言った。

満足そうに笑った麗良《れいら》が、「察するに、デートは泣きの一回ってとこか」と呟《つぶや》いた。

「泣きの一回って何？　勝負じゃないんだから」

「坂口《さかぐち》は他になんか言ったりしてた？　特に無し？」

「あー、ええと、那織《なおり》がどうのとは言ってた。純《じゅん》と那織《なおり》がどうとか……あと、那織《なおり》と純《じゅん》は話が合うんじゃないかとか、そんなよーなことを……」ちらと麗良《れいら》を見ると、さっきまで笑顔《えがお》だったのに、みるみる険しい顔になっていって、ヤバそうな感じがして、咄嗟《とっさ》に「あ、でも、それは教室で喋《しゃべ》ってる二人を見てそう思った的な話で、ガチっぽい感じじゃなくて――」と、そんなことする必要ないのに、思わずフォローを入れてしまった。

「なにそれ。もしかして、デートがどうのって、その話のあとに言われたの？」

「うん」

麗良《れいら》の声が怖《こわ》くて、頷《うなず》くことしかできなかった。

「なるほどね。坂口《さかぐち》も結構ズルいヤツなんだね。もっと、正々堂々してるのかと思った」

「何？　どういうこと？」

「そこに隙《すき》があるって、思ったんでしょ？　自分にもチャンスがある的な」

「それは考えすぎじゃない？　わたしは純《じゅん》のことが好きって、瑞真《みずま》もわかってくれたし」

そう言うと、麗良《れいら》がわたしの肩《かた》をぐっと摑《つか》んで、「どうして琉実《るみ》が坂口《さかぐち》の肩《かた》を持つの？　今の話を聞けば、誰《だれ》だってそう思うでしょ？　あいつ、白崎《しろさき》がふらふらしてるから――もしかして、この前、琉実《るみ》の妹と白崎《しろさき》が廊下《ろうか》で抱《だ》き合《あ》ってたって話を知ってて。なんか言ってなかった？　妹の話、もっとしたんじゃない？」とマジな顔をした。

「した。確かに、した。でも、那織《なおり》と純《じゅん》が付き合ってるか確認《かくにん》されたのと、付き合ってないのに廊下《ろうか》で抱《だ》き合《あ》うのは無いよなとかそんな感じで、別に変な感じじゃなかった」

わたしの右肩《みぎかた》から手を離《はな》したかと思うと、今度は左肩《ひだりかた》をぐっと――わたしを抱《だ》き寄《よ》せた。

「ねぇ、琉実《るみ》。もし本当に白崎《しろさき》のことがまだ好きなら、早く付き合っちゃいな。そうすればこんな思い、しなくて済むから。もし白崎《しろさき》がごにょごにょ言うようだったら、私に言って。白崎《しろさき》の背中、思いきり叩《たた》いてやるから。ね？　双子《ふたご》の妹と恋敵《こいがたき》になるって感覚、私には歳《とし》の離《はな》れた姉しか居ないし、一緒《いっしょ》に住んでないから姉妹《しまい》の感じって余計にわからないけど、遠慮《えんりょ》することなんかない。もう子どもじゃないんだから、妹の面倒《めんどう》を見てやる必要なんてないんだよ」

「うん。わたしも最近はそう思ってる。今まで那織《なおり》に構い過ぎたっていうか、何でもかんでも那織《なおり》がって考えたところは、正直ある。それじゃ良くないよねって、自分でも思う。もし困ったら、麗良《れいら》に純《じゅん》の背中、思いっ切り叩《たた》いて貰《もら》うことにする」

「任せて。こちとら、バスケで鍛《きた》えてるから、白崎《しろさき》くらいだったら吹《ふ》っ飛《と》んじゃうかも」

麗良《れいら》の言い方に、思わず笑ってしまう。

「ははは。言えてるかも。あいつ、全然運動してないからなぁ。ちょいちょいランニングとか誘《さそ》ってみるんだけど、全然のってくれないんだよねー。そう言えば、麗良《れいら》のお姉さんって、もう結婚《けっこん》してるんだよね？　今、どこに居るって言ってたっけ？」

「福岡《ふくおか》に居る。こっからだと距離《きょり》あるし、お父さんと喧嘩《けんか》して出てったのもあるから、帰《かえ》り辛《づら》いんだろうね、しばらく会ってない。お母さんはしょっちゅう連絡《れんらく》は取ってるみたいだし、私も連絡《れんらく》くらいはするけど、会わなすぎて自分の姉って感覚があんまない」

「なんか、それも寂《さび》しいよね」

麗良《れいら》は自分のお姉さんの話、あんまりしない。歳《とし》が離《はな》れてるとそんな感じなのかなぁ。

「うーん、寂《さび》しいって感情もあんまりないかなぁ。中等部に入る頃《ころ》には家を出ちゃったし、小さい頃《ころ》に面倒《めんどう》を見《み》て貰《もら》った親戚《しんせき》のお姉ちゃんって感じのが近いかも。流石《さすが》に十も離《はな》れてると、一緒《いっしょ》に遊んだりとかもあんまり無かったし。でも、仲が悪いとかは全然ないよ」

歳《とし》が離《はな》れてるのもそうだけど、結婚《けっこん》して家を出てたらあんまり会ったりしないものなのかなあ。まぁ、九州《きゅうしゅう》だもんね。ふらっと会える距離《きょり》じゃないか。

そう考えると、麗良《れいら》の言うこと、わからなくはないかも。

「もしかしてだけど、麗良《れいら》のお姉さんに子どもが出来たら、麗良《れいら》はその歳《とし》で叔母《おば》さんになっちゃうってこと？　麗良《れいら》叔母《おば》ちゃん、お小遣《こづか》いちょうだいって言われちゃうの？」

「ちょっととっ！　やめてよっ！　まだそんな歳《とし》じゃないっ――って言いたいところだけど、そうなっちゃうんだよねぇ。絶対に呼ばせないけど。普通《ふつう》にお姉ちゃんでしょ」

「麗良《れいら》がいつお小遣《こづか》いをねだられるようになるのか、楽しみだね」

それから麗良《れいら》に甥《おい》っ子《こ》が出来たら、何歳からお年玉をあげなきゃいけないのかとか、誕生日をどうするのかとか、余計な心配をして、スマホで調べたりなんかして、盛り上がった。

その反動だったのかも知れない、麗良《れいら》と別れたあと、また瑞真《みずま》のことを思い出した。

那織《なおり》に相談は、なんとなくしたくない。
純《じゅん》は……それこそ違《ちが》うよね。瑞真《みずま》と友達ってのもあるけど、やっぱり言いづらい。
はぁ、弱ったなぁ。

※　※　※

（白崎《しろさき》　純《じゅん》）

那織《なおり》が部活を作りたいなんて言い出すとは思わなかった。僕と同じで、その手のことに積極的なタイプじゃなかったから、意外だった。だが、那織《なおり》の提案は、悪くない。

悪くないどころか、賛成だ。することは普段《ふだん》と変わらないとは言え、部室があって、部活として色んなことを語れるとなれば、楽しいに決まっている。

同じような趣味《しゅみ》の人間を増やすことだって出来るかも知れない。難色を示していたけれど、那織《なおり》が排他的《はいたてき》な態度を取るのは今に始まった事じゃない。人見知りだし、輪を広げることに対して興味を抱《いだ》いていない――が、絶対じゃない。

人と打ち解けるのに時間が掛《か》かるから、自分を理解《りかい》して貰《もら》う時間がまどろっこしいから、那《な》織《おり》は積極的に他人と交わろうとしない。僕はそう思っている。

僕自身《じしん》、社交的とは言《い》い難《がた》いタイプだから、那織《なおり》の考えは何となく分かる。だからこそ、那《な》織《おり》にとっても、僕にとっても、交友関係を広げる良《い》い切《き》っ掛《か》けになるかも知れない。

那織《なおり》は、他の人よりも——僕よりも、誰《だれ》かと仲良くなるまでに時間が掛かるだけ。裏を返せば、趣味《しゅみ》の合いそうな人間なら、時間を掛《か》ければ仲良くなれる可能性がある、ということ。

どこまで打ち解けたのかは不明だが、雨宮《あまみや》とも喋《しゃべ》るようになった。僕の記憶《きおく》が正しければ、最初は亀嵩《かめだけ》とだって仲良くは無かったし、教授と冗談《じょうだん》を言い合うまでも長かった。

雨宮《あまみや》と知り合って、分かったことがある。

話が合う人間はどこに居るか分からない。

だから僕は、部活を作ることで、仲間が増えるかも知れないことに期待している。

だがそれは、部活あっての話。まずは、幾《いく》つかの問題をクリアしないといけない。

明日、依田《よだ》先生に話をしてみるか。

単刀直入に、部活を作ろうと考えているが顧問《こもん》を引き受ける余力はあるのか、を尋《たず》ねてみる。

依田《よだ》先生の場合、説得や交渉《こうしょう》をしようなどと考えてはダメだ。シンプルかつ明瞭《めいりょう》でないと、交《こう》渉《しょう》のテーブルに着くことすら出来ない。二、三ヶ月もあればその程度のことはわかる——なんて偉《えら》そうに言わなくたって、うちのクラスの人間は誰《だれ》だって知っている。

何せ、事《こと》ある毎《ごと》に決まって言う台詞《セリフ》が、「で、結論は?」だ。

雰囲気《ふんいき》だけで語るなら、数学や物理担当だ。とても現代文担当とは思えない。

綺麗《きれい》な女性——強《し》いて言うなら隙《すき》のない美人といった佇《たたず》まい。サバサバ系と呼称《こしょう》するのが適当かわからないが、物事をはっきり言うタイプではある。男子の軽口に一切《いっさい》動じないのはもちろん、女子に対しても容易には同調しない。だからと言って、冗談《じょうだん》が通じないわけではないし、然《しか》るべき手順で助けを求めればきちんと応えてくれる――ただ曖昧《あいまい》に「わからない」としか言わないと、「何がわからないのか考えてから訊《き》いてこい」と言ってくるが、そこで臆《おく》することなく筋道立てて話せば、きちんと解決策を提示してくれる。そういうタイプだ。

最初の内は、みんな距離感《きょりかん》の取り方に困惑《こんわく》していた。慣れてきた今となっては、意外に気さくだったりするのもあって、それなりに――特に男子からは慕《した》われている（一部の生徒は今でも苦手意識を持っている感じがする）。余談ながら、「踏《ふ》まれてぇ」とは教授の弁。

そんなうちの担任が、果たして顧問《こもん》を引き受けてくれるのかは、未知数でしかない。

強みがあるとすれば、僕や那織《なおり》の成績が悪くないって所だ。現代文は言うに及《およ》ばず。

何にせよ、この件は僕が受け持つ積もりだ。出来る限り、那織《なおり》の力になりたいしな。

自室のベッドに寝転《ねころ》んで、読《よ》み止《さ》しの本を手に取ろうとした時だった。スマホが鳴った。

琉実《るみ》からだ。ＬＩＮＥを開くと、《今、通話大丈夫《だいじょうぶ》？》とある。こんな時間に何かあったのだろうかと思いながら返事をすると、すぐ電話が掛《か》かって来《き》た。

『まだ起きてた？』

少しくぐもった琉実《るみ》の声。タオルケットにでもくるまっているのだろうか。

「こんな早く寝《ね》ないよ。なんかあったのか？」

『んーん。そういうんじゃない……なんとなく』

「そうか――」試合のことについて触《ふ》れようかと思って、止《や》めた。

昨日の夜に送ったメッセージの返信は、短かった。反応から察するに、僕が思っている以上に気にしているのだろう。そんな状態の相手に、無責任な臆説《おくせつ》を垂れるべきじゃない。

そう思いつつ、ぱっと話題が思いつかなくて、「夏休みは、部活の合宿があったりするのか？」なんて言ってしまった。部活とは違《ちが》う話題の方が良かったんじゃと焦《あせ》ったものの、『うん。あるよ。ほら、中等部の時、オリエンテーションで行ったセミナーハウスあるじゃん。あそこで合宿する』と明るい声風《こわぶり》で返って来てほっとした。

「山中湖《やまなかこ》の研修所か。周り、何にも無かった思い出があるわ」

『そうそう。コンビニも遠くて、湖しか無かったよね。でも、ほら、なんか文学館あったじゃん。えっと、有名な人の――誰《だれ》だっけ？』

「三島由紀夫《みしまゆきお》。逆に言うと、それくらいだったよな」

『ねー。どうせ大学のセミナーハウスを使えるんなら、軽井沢《かるいざわ》とかのが良かったよー。アウトレット行きたいって、みんなも言ってた』

「付属校に貸してくれるのは、予約が取《と》り易《やす》い所なんだろ。てか、遊びに行く気満々だな」

『そんなつもりは無いけど……どうせ行くなら、ねぇ？　行きたいじゃん。学年で行く研修とかと違《ちが》って、部活だから多少は自由が利《き》くし、絶対楽しかったと思うんだけどなぁ』

「正直、気持ちは分かる。琉実《るみ》の場合、山梨《やまなし》には何度も行ってるし、余計にだよな」

おじさんは山梨《やまなし》出身だ。つまり、琉実《るみ》の祖父母は山梨《やまなし》に住んでいる。わざわざ他県で合宿するのなら、見知った所より長野《ながの》の方が良《い》いのだろう。

かつて一度だけ、おじさんの実家に連《つ》れて行《い》って貰《もら》ったことがある。小学生の頃《ころ》の話だ。記《き》憶《おく》の中にあるその家は、如何《いか》にも木で出来ていると言わんばかりに太い柱が幾《いく》つもあるとても大きな日本家屋で、夏休みだったことも手伝って、僕は『サマーウォーズ』の陣《じん》内《のうち》家《け》を思《おも》い浮《う》かべた記《き》憶《おく》がある。あそこまで大きな家ではなかったけれど、小さい子供が探検するには十分な広さだった。特筆すべきはその蔵書量で、家の至る所に本棚《ほんだな》があるだけでなく、一角には大きな書庫があり、可動式の本棚《ほんだな》には『日本古典文学大系』や『日本文学全集』みたいな全集をはじめ、文庫の初刷りがあったり、各社の辞典が版別に並んでいたりして、幼心に感心したと同時に、神宮寺《じんぐうじ》家《け》の源流をようやく突《つ》き止《と》めたと嬉《うれ》しくなった。

祖父母の家に行《い》く度《たび》、那織《なおり》は――恐《おそ》らく幼少期のおじさんも、あの書庫に閉《と》じ籠《こも》っていたのだろう。実際、ひとしきり家の中を探検した僕は、那織《なおり》に連れられるがまま参着《さんちゃく》した書庫で、圧倒的《あっとうてき》な知の集合に魅入《みい》られた――いつまで経《た》っても書庫から出てこない僕と那織《なおり》に痺《しび》れを切らした琉実《るみ》が不満の声を上げ、半ば強引《ごういん》に外に連れ出された記憶がある。

『純《じゅん》は夏休みの予定とかある？　そう言えば、勉強合宿は行くの？　今日のＨＲの時、ちらっと先生が言ってたじゃん。あれも、まさに山中湖《やまなかこ》じゃなかった？』

「どうしようか悩《なや》んでるんだよな。予備校の講師が来てくれるのは良《い》いんだが、それだったら予備校の夏期講習の方が気楽な気がして……寝食《しんしょく》は自宅の方が良《い》いっていうか――」

電話の向こうで、琉実《るみ》が微《かす》かに笑った。

『純《じゅん》は合宿とかそういうの嫌《きら》いだもんね。お家《うち》が大好きだもんねぇ』

「なんだよ、そのバカにした言い方。慣れ親しんだ寝具《しんぐ》に勝《まさ》る物《もの》は無いだろ？」

『そこまで言う？　けど、那織《なおり》も似たようなこと言うんだよね。枕《まくら》が変わると眠《ねむ》れないとか。その割に、あの子、どこでもすぐ寝《ね》るイメージあるんだけど？』

「車で出掛《でか》けると、十中八九寝《ね》てるよな」

『そうそう。この前のゴールデンウィークなんて、気付いたらよだれたらしてて――って、ごめんっ！　今のは聞かなかったことにしてっ！』

「もう聞いちゃったけどな。心配しなくても、誰《だれ》にも言わねぇよ」

『って、純《じゅん》には今さらの話だったよね。前にも――』

そんな感じで、気付けば一時間も琉実《るみ》と電話をしていた。こんな風に電話することなんて、ここ最近は殆《はとん》ど無かった――付き合う前も頻繁《ひんぱん》に有った訳じゃない、か。

付き合っていた期間の記憶《きおく》が強すぎて、付き合う前のことを忘れそうになる。

琉実《るみ》はよく電話をしたがった。僕も最初の内は、幼馴染《おさななじみ》とは言え女子と長時間に亘《わた》って電

話をするという非日常に浮《う》かれていたし、それが当たり前となった時期でも、特別感はそれほ
ど鈍麻《どんま》しなかった。寧《むし》ろ、眠気《ねむけ》と共に口数が少なくなって訪《おとず》れる無言の時間すら、当時の僕は
楽しんでいたように思う――いや、楽しかった。そう、楽しかった。
電話を切ったあと、そんなことをぼんやり思い出した。
ともかく、琉実《るみ》が元気そうで良かった。ただ、終わり間際《まぎわ》、『純《じゅん》って瑞真《みずま》と仲良いよね？
今日、瑞真《みずま》と話した？』と尋《たず》ねられたのが、何だか引《ひ》っ掛《か》かる。「そりゃ会話くらいはしたが、
これと言って特に……安吾《あんご》がどうかしたのか？」と質《ただ》しても、『ううん。なんでもない。気に
しないで』と遮《さえぎ》られてしまった。
わざわざ訊《き》いてくるくらいだ、何も無かったなんてことはないだろう。
時間も遅《おそ》かったので、その場では引き下がったが、電話を切った後になって、次第《しだい》に何だっ
たんだろうという想《おも》いが顕在化《けんざいか》してきた。安吾《あんご》に限ってトラブルは無いだろうが……琉実《るみ》が話
題にするくらいには、何かがあった筈《はず》だ。
夜半過ぎなのを抜《ぬ》きにしても、僕から安吾《あんご》に訊《き》く訳《わけ》にはいかず（そもそも何があったのか分
かって居ないわけで）、もやもやした気持ちを抱《かか》えたままベッドの上で煩悶《はんもん》するしかないのが
歯痒《はがゆ》い。明日、学校で――という訳にもいかない、よな。

第二章

TITLE

最初から結論は出てるんだよ

（神宮寺那織《じんぐうじなおり》）

授業中、私はずっと部活の名称《めいしょう》について考えて居た。ここで間違《まちが》える訳にはいかない。身体《からだ》に刻み付ける文字で生死が決まると言っても良い。ゴーレムだってemethと刻まれた羊皮紙を貼付《ちょうふ》することで完成するのだ。私に相応《ふさわ》しい文字群を探さねばっ！

ノートの端《はし》に、それっぽい熟語を幾《いく》つか綴《つづ》っては消し、凝《こ》りすぎた名称《めいしょう》では逆に恰好悪《かっこうわる》くなるからとシンプルにしてみても、しっくりこない。ううむ。難しい。活動内容もさることながら、そもそも何の集まりなのかよくわからない——存在が隠微過《いんびす》ぎるのが問題なんだよ。自分で言うのもあれだけど……でもでも、崇高《すうこう》な活動目標があるわけじゃないし、趣味《しゅみ》仲間を増やしたい訳でも無いし、ただ仲の良《い》い人間だけで集って喋《しゃべ》りたいだけ。いつもの駄弁《だべん》に部活動と云《い》う名目を与《あた》える事で、学校生活に変化を齎《もたら》そう的な浅慮《せんりょ》でしか無いんだよね。

更《さら》に言えば、純《じゅん》君を囲っておきたいのも——うん、隠微《いんび》というか淫靡《いんび》でしょ。

ああ、これは洒落《しゃれ》を思い付いただけで、淫靡《いんび》では無い。誤解無き様……って、私は誰《だれ》に言い訳してるの？　ああっ、そんなことはどうでもいいっ！

部活の名前やら顧問《こもん》、部室。考えることは幾《いく》らでも——今朝、純《じゅん》君が依田先生《マスター・ヨーダ》に話をしてくれるって言ってたけど、大丈夫《だいじょうぶ》かな？　何かあれば、教授もフォローしてくれる……本当にしてくれる？　フォローになんなそう。教授が絡《から》むとややこしくなるだけかも。

まぁ、いざとなったら部長に任せよう。

部長と言えば、部長は誰《だれ》が……なんて、完全に愚問《ぐもん》だった。考える迄《まで》も無い。呼称的《こしょうてき》にも、該当《がいとう》する人物は一人しかいない。どう考えても、部長が部長をやるべきだ。

部長を部長以外がやったら、部長が二人になっちゃって、「部長っ！」って言ったら、どっちの部長か分かんなくなっちゃうもん。部長、部長になるのを引き受けてくれるかな？　部長が部長をやってくれれば、呼称《こしょう》問題は無かったことになるし――取《と》り敢《あ》えず交渉《こうしょう》じゃっ！

「と、云《い》う訳《わけ》なんだけど、如何《いかが》かな？」

「えー、なんで私がやるの？　先生がやってよ。発起人《ほっきにん》でしょ？」

お昼休み、ルーチン。いつもの場所で、二人でご飯。今日のお弁当、おかずはたれづけの唐揚げ。母上、よくやった。悪くない。悪くないぞ。褒《ほ》めて遣《つか》わす。

ただ、プチトマトは嫌《いや》がらせだよね？　嫌《きら》いなの知ってるでしょ？　上がった気分と下がった気分で平常心なんですけど。冷静と情熱のあいだなんですけど。お母さんの事だから、お肉と一緒《いっしょ》に入れればプチトマトも食べるだろう的な、抱《だ》き合《あ》わせ商法なんだろうけれど、私のことをそんなに甘く見ないで欲しい――うざいから部長のお弁当箱に入れちゃえ。

「もう、なんで私の方にプチトマト入れるの？　ちゃんと食べなさいっ！」

「いいでしょ？　部長、食べられるでしょ？　私は嫌《きら》いなの。このプチトマト君だって、私に嫌々《いやいや》食べられるより、部長に美味《おい》しく食べられた方が良《い》いに決まってるじゃん。それに、私がこのプチトマトを食べた所で、私の身体《からだ》に劇的な変化が起きるの？　超絶《ちょうぜつ》健康体に生まれ変わるの？　もしそうだって言うなら食べるけど、そうじゃないなら要《い》らない」

「そーやって、すぐ屁理屈《へりくつ》を……もしかしたら、先生みたいなカワイイ女子高生に食べられたがってるかも知れないよ？　嫌《いや》な顔されるのが堪《たま》らないって人も居るでしょ？」

そ、そう来たかっ！

「つまり、このプチトマトはドMってこと？」

「そう考えたら、先生が嫌《いや》な顔して食べた方が良くない？」

「私、好きでもないドMを喜ばせてあげるほど、お人好《ひとよ》しじゃない。部長、よろしく」

「もう、今日だけだからねっ！　次はちゃんと食べるんだよ。もし次も同じ事したら、琉実《るみ》ちゃんに言い付けるから」部長がプチトマトの蔕《へた》を取って、口に入れる。

「ちょっとっ！　なんでよっ！　琉実《るみ》に言うこと無いでしょっ！」

健康意識が通奏低音《つうそうていおん》となってる琉実《るみ》に告げ口されたら、またぐちぐちねちねちと小姑《こじゅうと》染みた小言を浴びせられちゃうじゃん。琉実《るみ》の健康アピールには迷惑《めいわく》してるんだからっ。

「白崎《しろさき》君にも言っちゃうからね。それが嫌《いや》だったら、好《す》き嫌《きら》いせずに野菜も食べなさい」

「うざ。部長、うざい。そこまで言うなら、嫌《きら》いな食べ物を摂取《せっしゅ》するメリットを論理的に提示して。納得《なっとく》したら、食べる。嫌《きら》いと云《い》う私の無垢《むく》な感情を悪者呼ばわりしないでっ！」

「先生の方が余程《よほど》うざったらしいことを言っている気がする……けど、『嫌《きら》いと云《い》う私の無垢《むく》な感情を悪者呼ばわりしないで』っていうフレーズは、好き。私は評価する」

二つ目のプチトマトが部長の口腔《こうこう》に消えていく。お母さん、プチトマトは友人の栄養になったからね。私は食べてないけど、野菜としてのお役目は果たせたから安心して。

「ありがと。序《ついで》にブロッコリーも食べる？」

赤色は倒《たお》した。次は緑色。さあ、行っておいで。

ばいばい、ブロッコリー君。

「要《い》らない。自分で食べなさい」

おかえり、ブロッコリー君。

「ブロッコリーと違《ちが》って、部長の件は引き受けてくれる？」

「自分でやりなさい」

「部長が冷たぁーい」

「先生、さっきの言葉を返すようだけど、私が部長を引き受けるメリットを提示して」

「呼称《こしょう》が衝突《しょうとつ》しない。あとは……内申《ないしん》もプラスじゃない？　これはメリットだよね？」

部長がひとつ溜《た》め息《いき》をした。これ、押せば引き受けてくれるタイプの溜《た》め息《いき》っぽい。

「ねぇ、私には部長しか居ないの。お願い。部長の名を守る為《ため》に、部長を引き受けて」

「部長って呼ぶの、先生だけ……部長が渋滞《じゆうたい》してて何が何だか……私、美術部だよ？」

よし、この調子だっ！　もうちょっとでいけるっ！

「美術部の負担にはなんないから。約束する。だから、お願い」

「もしだよ、もし仮に私が部長を引き受けたとして、副部長は先生だからね？」

あとは手を合わせて拝《おが》み倒《たお》せばっ！　ほら、この通りっ！

「引き受けてくれるのっ？　引き受けてくれるなら、副部長くらいやるよっ！」

「仮にって言いました……本当に、負担になんない？」

「もちコース。優秀《ゆうしゆう》なブレインをもう一人準備してるし、大丈夫《だいじようぶ》！」

「先生も副部長やるんだよ？　あと、面倒事《めんどうごと》、押し付けないでね」

部長、大好き。最高。口を開けばふにふに言ってくるけど、心の中では私の事が大好きだもんね。私達、相思相愛だね。部長が部長やってくれれば成功間違《まち》いなしだよっ！

「ありがとうっ！　やっぱ、最後は部長だねっ。私、ちゃんとブロッコリー食べるっ！」

「お子ちゃま的低レベルな頑《がん》張《ば》りアピールをありがとう。先生って、本当に自由だよね」

部長が小さい卵焼きを食べて、お茶を飲むのを眺めつつ、ブロッコリーを処す。

「そういうとこが、部長的には私の評価ポイントでしょ？」

ちゃんとブロッコリー食べたし。そも、そこまで嫌《きら》いじゃないけど。

「強《し》いて言うなら、自分で言っちゃうその図々《ずうずう》しさ、かな」

「大丈夫《だいじょうぶ》。部長だって、十分過ぎるくらいの図々《ずうずう》しさを持ち合わせてるよ」

だから、私達はうまくやれるんだもん。遠慮《えんりょ》ばかりしてたら、疲《つか》れちゃう。言いたいことを言って、やりたいことをやって、そうじゃなきゃ楽しくない。享楽《きょうらく》主義と言われようが構わない。まだ十代だもん。難しい事なんて考えたくない。

「琉実《るみ》ちゃんには言ったの？」

「何が？」

「部活の話」

「してないよ。てか、言う必要なくない？　私の行動を逐一《ちくいち》報告する義務なんて、負ってないもん。琉実《るみ》だって勝手にやってるんだし、私だって勝手にやるよ」

「……まだ、この前のこと、引《ひ》っ掛《か》かってる？」

この前のこと——多すぎてどれを指しているのか分かんない。引《ひ》っ掛《か》かってるって意味で言えば、もうどれもこれも引《ひ》っ掛《か》かりすぎるくらい引《ひ》っ掛《か》かったけど、拘《こだわ》っては無い。私はどうやら執念深《しゅうねんぶか》いし、嫉妬深《しっとぶか》いけれど、それらを辺り構わず顕出《けんしゅつ》しないって決めたから。

恰好悪《かっこうわる》いもん。

もう、いいの。

全部過ぎた事。

「そういうんじゃないよ。部活の事、意地でも言わない積もりじゃないし、隠《かく》したい訳《わけ》でもなくて、まだ出来てもないのに、都度都度、言わなくてもいいんじゃないって思っただけ」

「にゃるほど。理解しました」

「所で、前に美術部の先輩《せんぱい》がどうのって言ってたじゃん。あれから進展有った？」

「んー、他校に彼女さんが居るみたい。だから、遠くから眺《なが》めておくことにした」

「そっか。奪《うば》っちゃおうとか思わないの？　見てるだけ？」

「推《お》しの幸せを願うのも、またひとつの楽しみってことで」

「それよく聞くけど、物足りなくない？　プレイヤーとして参加したくない？」

「先生だって、映画俳優とかは、憧《あこが》れだけで終わるでしょ？　それと同じだよ」

「私の場合、推《お》しはおじさん俳優ばかりだし、どうこうなりたい対象じゃないって言うか、そもそも住んでる国が違《ちが》うし、参加型の世界観じゃないもん。でも、同じ学校の同じ部活でしょ？　めっちゃ地続きじゃん。前にようやくデートした人だって、私が散々言わなきゃ誘《さそ》わなかったよね。まぁ、その人は結果的に無かったにしてもさ、楽しかったでしょ？」

ぐずる部長に、「とりあえず遊んで来な」って何度も何度も言って、ようやく部長はその人とデートした。帰って来るなり、「子供っぽくて冷めちゃった」なんて言ってたけど、出掛《でか》ける前は、服をどうしようとかお化粧《けしょう》ってした方がいいのかなとか、深夜までLINEが鳴りやまなくて、結局電話して——切った後もまた通知が来た。

結果はどうあれ、そういう時間も含《ふく》めて、楽しいもんだと私は思っているんだけど。

「うん、楽しかったよ。でも、あの経験があったから、推《お》しは推《お》しのままで、迂闊《うかつ》に近付いちゃいけないんだって思った。今回も、連絡先訊《れんらくさきき》けたらなぁとか仲良くなれたらなぁって思ってはいたけど、彼女さんが居るって聞いて、やっぱり適度な距離《きょり》を保っておいて良かったって思ったの。先生は簡単に奪《うば》っちゃえとか言うけど、そんな自信ないし、良《い》いなぁくらいの段階だったから、今のうちに身を引くのが賢明《けんめい》だと判断しました。富士山《ふじさん》や月と一緒《いっしょ》で、遠くから眺《なが》めてるだけでも、良かったりするんだよ」

「その感覚が分かんない。彼女が居るって言っても、倦怠期《けんたいき》とか喧嘩中《けんかちゅう》だったらチャンスかも知れないよ？　付け入る隙《すき》あるかもよ？　諦《あきら》めるの、早くない？」

「いいの。私は静かに、波風を立てずに生きていければそれで十分。奪《うば》うなんて物騒《ぶっそう》な考えはしないの。どろどろしたりするのは、心が疲《つか》れちゃいそうだから」

「そういうどろどろこそ、楽しいんじゃない？　その結果、もし自分を選んでくれたら、最高じゃん。彼女を捨てて私を選んでくれたってなったら、ゾクゾクしない？」

「先生はそうかも知れないけど、私は無理だなぁ。本当に私でいいの？　って不安になっちゃう。そういう不安から来るすれ違《ちが》いがちょっとずつ増えていく未来しか見えない。千代子《ちよこ》が僕のところへ嫁《よめ》に来れば必ず残酷《ざんこく》な失望を経験しなければならない、みたいな。私は〝僕〟だよ。可愛《かわい》らしいことなんて出来ないし、意地張って思っていることと逆のことを言っちゃったりもする、引《ひ》っ込《こ》み思案《じあん》で因循《いんじゅん》な女です。慎《つつ》ましやかで、小さくてもいいから日々喜びを噛《か》みしめるような、身《み》の丈《たけ》に合った恋愛《れんあい》がしたいだけなんです。それが叶《かな》わないのなら、ただ遠くから静かに見守っているだけでいいんです」

「同じ章に、『純粋《じゅんすい》な感情程美しいものはない。美しいもの程強いものはない』っていう一節があるけど、私は違《ちが》うと思う。人間は色んな感情が同居しているから強いんだって、身を以《もっ》て学んだから。お陰様《かげさま》で、大変強くなりました」

「心中お察し致《いた》します。いやぁ、兄貴、お勤めご苦労様です」

「残念ながら、まだ出所できてないからね。黄色いハンカチはまだ見られないよ。でも、それも時間の問題かな。お姉様には引き続きバスケを頑張《がんば》って頂《いただ》いて、その間に私は私の部活を作って、純《じゅん》君も部員として活動にのめり込んで頂く所存ですので」

「発想が邪《よこしま》なこと極《きわ》まりない……って、私も悪事の片棒を担《かつ》ぐことになるんだね」

「部長だからね。一緒《いっしょ》に頑張《がんば》ろ？」

「部長権限で、部内恋愛《れんあい》は禁止にしようかな」

鼻歌でも奏《かな》でそうなその表情っ！

「それは話が違《ちが》っ――」

「白崎《しろさき》君と拗《こじ》れて部活が消滅《しょうめつ》したら、先生をサークルクラッシャーのオタサーの姫《ひめ》として認《にん》定《てい》するから。どんなに恥《は》ずかしがっても、人前で姫《ひめ》って呼ぶからね」

　クラスで姫呼《ひめよ》びされたら流石《さすが》に――待って。私はクラスのアイドル的存在だよね？　事実、私がクラスでは一番頭が良くて可愛《かわい》いんだから、姫《ひめ》という呼称《こしょう》は、最早《もはや》事実を有《あ》りの侭《まま》に指し示しているのでは？　姫《ひめ》の体現、現在進行形じゃない？

　あれ？　姫呼《ひめよ》びでも良《い》いんじゃない？

　怒《おこ》られそうだから、言わないけどね。

「細かい事は部活が出来てから考えよっか」

「あ、逃《に》げた」

「そんなことより、部長はもっと自分に自信を持った方が良《い》いよ！　そこらの女子より部長の方が数倍魅力的《みりょくてき》だって。私と対等にやり合える子なんて、そうそう居ないよ？」

「評価して頂けるのはありがたいんだけど――それ、この前の言説からすると疎《うと》まれちゃうんじゃないの？　それに、私は背も高くないし、手足だってすらっとしてないし、胸だって大きくないし、外見的優位性が無いのを比較《ひかく》検討した上での自己認識《にんしき》だから、悲観的になって言ってるわけじゃないよ。そういう物だと受け入れてる」

「相対評価でも、部長は魅力的《みりょくてき》だって。全然可愛《かわい》いから。顔だって整ってるのに、過度な卑《ひ》下《げ》は嫌味《いやみ》になっちゃうよ？　可愛《かわい》さとおっぱいは私に負けてるかも知れないけど」

「お腹《なか》のぽよぽよも、負けてるかも」

「ちょっとっ！！！　人が褒《ほ》めてるのに酷くないっ⁉　言って良《い》い事と悪い事《こと》があるよ

っ！！！　私のお腹《なか》に言及《げんきゅう》しないでっ！！！」

リアルにちょっとぷにぷにしてるかもって気にしてるんだからっ！　脂肪《しぼう》、許さぬ。どうしてもっと上流で留まらないのっ！　お腹《なか》に下りる前に、黒部《くろべ》ダムが二つあるでしょっ！　高いアーチ式コンクリートダムを着けてるんだから、そこでちゃんと止まりなさいよっ！！！

「触《さわ》ったら、怒《おこ》る？」

口を窄《すぼ》めて、首をちょっと傾《かたむ》けるんじゃないっ！

可愛《かわい》く言えば許されると思わないでっ。

「触《さわ》る前から怒《おこ》ってるよっ！　可愛《かわい》い顔してもダメだからねっ！」

「先生って、肌《はだ》がもちもちしてるよね。ほら、腕《うで》だって――」

「触《さわ》んないでっ！　ご機嫌《きげんと》取りが雑だし、流れでお腹触《なかさわ》る算段でしょ？」

「いけずなこと言わないでよ。ちょっとくらい良《い》いじゃん。成長具合を確かめるだけだから」

「確かめないでっ！　普通《ふつう》、そういうのは、胸でやるやり取りでしょ。お腹《なか》でやらないでよ」

ほんと失礼。失礼過ぎてびっくりする。

「ダメかぁ。無念……そうだっ！　そろそろ夏休みだし、ダイエットしようっ！　ダイエット大作戦だよっ！　私もやるからっ！」

「私もやるからって何っ⁉　喧嘩《けんか》売ってるの？　部長の何処《どこ》に脂肪《しぼう》があるのっ！」

「私だって、最近、二《に》の腕《うで》がぷるぷるしてるなーって。半袖《はんそで》だから目に入って――」

絵を描《か》く真似《まね》をしながら、私の眼前で二《に》の腕《うで》を揺《ゆ》らす小娘《こむすめ》。

大して揺《ゆ》れてないじゃんっ！

「私よりぷるぷるしてない二《に》の腕《うで》を見せびらかすの、やめてくれる？　超絶不愉快《ちょうぜつふゆかい》」

「肉布団《にくぶとん》先生には負けちゃうかも知れないけど、そんなこと無いと思うけどなぁ……そう言えば、前に教授君が二《に》の腕《うで》とおっぱいの感触《かんしょく》は同じとか言ってたけど、先生で試《ため》してみてもい い？　脂肪《しぼう》の柔《やわ》みと定義すれば、自《おの》ずとお腹《なか》の具合も――」

「絶対に嫌《いや》。導き出さないでっ！」

「それは冗談《じょうだん》だとして、夏休み、水着を着るイベントが発生した時、ダイエットしとけばよかったーってならない？　海とかあるじゃん。そういうお色気イベント好きでしょ？」

「海嫌《きら》い。べたべたするし、足に細かい砂つくし、着替《きが》えるとこのシャワーはなんかもわっとしてるし、シャワー浴びた後にまた砂つくし、髪《かみ》の毛《け》はきしきししてキューティクルが悲鳴をあげるし、日焼けしたくないし、暑いし、軸索《じくさく》や樹状突起《じゅじょうとっき》が糸こんにゃくで出来てるパリピみたいな輩《やから》がぱやぱやしてるし、汗《あせ》かくし、口に海水が入ると塩味とえぐ味の暴力に晒《さら》されるし、水母《くらげ》の刺胞《しほう》にやられた日には感情がコバルトブルーだし、ましてや鰹《かつお》の烏帽子《えぼし》だった時には生死に関わるかもだし、打ち上げられた魚は腐臭《ふしゅう》を放ってるし――みんな、夏と言えば海がどうのって条件反射的に言うけど、あんな場所の何が良《い》いの？」

「めっちゃ喋《しゃべ》るじゃん。どんだけ嫌《きら》いなの。海に対するネガティヴイメージの列挙が止まらないね。そんなに嫌《いや》な思い出――あ、玄翁《げんのう》先生、泳ぐの苦手だったね」

玄翁《げんのう》言うな。分《わ》かり辛《づら》いっ。そこは素直《すなお》に金槌《かなづち》と言いなさいっ！

金槌《かなづち》じゃないけどねっ！

「ちがっ……泳げない訳じゃないもん」

海なら淡水《たんすい》より浮力面《ふりょくめん》で有利だし、波さえ無ければ――ううん、泳げない訳じゃないんだって。ほんのちょっぴり苦手なだけで、泳げない訳じゃない。

「じゃあ、プールならどう？　海よりかは汚《よご》れたりしないよ？」

「けど、ぱやぱや糸こんにゃくと暑さは解消されてなくない？」

「もういいよっ。先生はぽにょぽにょお腹《なか》のまま、水着を着ることなく夏を終えて下さい」

「……そう言われると、ちょっと考えちゃう……」

「だったら、今度、水着を買いに行かない？　新しい水着を買えば、行きたくなるかもよ？」

たしかし。それはあるかも。でもでも、水着を買うイベントって、男子の存在必須《ひっす》じゃない？　純《じゅん》君に「これとこれどっちが良《い》い？」って訊《き》くのがセット……水着の試着って、ボトムは下着の上からだったりするから、漫画《まんが》みたいに試着室の中で全裸にはなんない――

ん？　下着×水着って最強じゃない？

そうかっ！　その発想は無かったっ！

水着の脇《わき》からはみ出す、下着の紐《ひも》っ！

やっぱ、私は天才かも知れない。お母様、明哲《めいてつ》な頭脳をありがとう。優游涵泳《ゆうゆうかんえい》にして、暢《ちょう》達《たつ》かつ不羈《ふき》な娘《むすめ》に育ちました。お陰様《かげさま》で、精明な頭脳を存分に発揮して、のびのびやらせて貰《もら》ってます。貴女《あなた》の娘《むすめ》は最強かも知れません。どうぞ、誇《ほこ》って下《くだ》さいまし。

「慈衣菜《しえな》ちゃんも誘《さそ》って、色々見繕《みつくろ》って貰《もら》おうよ。ね、そうしよ？」

「……純君《じゅん》も呼びたい」

「あー……えーと、私は、男の子は居ない方が良《い》いかなぁ。恥《は》ずかしい」

「待って。じゃあ、さっきの海がどーのとか、プールがどうのって、純《じゅん》君抜《ぬ》きの話だったの？　お色気イベントがどうのって言ってなかった？」

「うーんと、先生は二回行けば良《い》いんじゃないかなーって。私と出掛《でか》けて、別日に白崎《しろさき》君とお出掛《でか》けしなよ。そっちの方が、私達にも遠慮《えんりょ》しなくて済むでしょ？」

「そこまでして私を水際《みずぎわ》に連れて行きたいのは、何故《なぜ》？　何が部長をそうさせるの？」

「もう、先生の水着を拝みたいからに決まってるじゃん」

私の事、超《ちょう》大好きじゃん。こんちくしょうっ。

そんな事言われたら、幾《いく》ら私だって——「私の負け。分かったよ」

「やたっ！　先生、大好き。えろえろな水着でお願いね。スリングショットでも良《い》いよっ」

「スリングショットって、もしかして、あのエグい切れ込みの、V字型のアレの事言ってる？　胸の先端部《せんたんぶ》しか隠《かく》れない、ちょっとでも動いたらポロリ確実なアレ？」

「うん」

それこそパチンコ《スリングショット》で部長の頭を撃《う》ってやりたい。

「バッカじゃないのっ！　幾《いく》ら私でもあんな痴女《ちじょ》まっしぐらな水着は着ないからねっ！」

「ダメかぁ」

「ダメでしょ。どう考えても、ダメでしょ。色々はみ出すじゃん。捕《つか》まるよ？」

「Tバック処女を捨てた先生なら、着てくれるかと思ったのに……ね、そう言えばノーブラ絆《ばん》創膏《そうこう》はどうだった？　やったんでしょ？　報告まだだよ？」

「してません」

「そうなの？　先生の癖《くせ》に、そこにも恥《は》じらいがあったの？」

「それは、タイミングとか色々……もう、良《い》いでしょっ。それより、プールの件だけど、いっその事、部活のメンバーでってのはどう？　合宿的なイベントとして、さ」

「それは白崎《しろさき》君と二人でって……合宿かぁ。そっか、部活が出来たらそういうのもアリかぁ。それだったら……うーん、でもやっぱり恥《は》ずかしいかも」

「教授だね？　あのエロ男子の存在が部長に二の足を踏《ふ》ませているんだね？　よし、教授は不参加にしよう。うん。それが良《い》い。枯《か》れ木《き》も山の賑《にぎ》わいとか言うけど、枯《か》れ木《き》なんて邪魔《じゃま》なだけだよね。教授には申し訳無いけど、呼ばないことにするっ。それなら良《い》いでしょ？」

「そういう話では無くて……その件は、水着を買ったあとに考えよっか。ね？」

部活の合宿――未体験ゾーン。家庭科部には合宿なんて勿論《もちろん》無くて、琉実《るみ》は言わずもがな、純《じゅん》君ですら弓道部《きゅうどうぶ》で合宿を経験している。私だけが部活の合宿を知らない。

合宿するしか無いじゃん。あの二人だけが体験してるなんて、ずるい。

シーザーを理解するのには、自分がシーザーである必要はない――そんなの嘘《うそ》っ！

私もやりたい！　私だってシーザーになりたいっ！

※　※　※

（神宮寺《じんぐうじ》琉実《るみ》）


わたしは、朝からずっと瑞真《みずま》と目が合わないようにしていた。避《さ》けていたっていうほど露骨《ろこつ》じゃないけど、どんな顔をしたらイイかわからなかった。幸いなこと――って言うか、なんて言えばイイか微妙《びみょう》だけど、ともかく瑞真《みずま》から話《はな》し掛《か》けて来《く》ることはなかったから、なんとかなった。そうじゃなかったら、周りから様子が変みたいに思われたかも知れない。

昨日の夜は久《ひさ》し振《ぶ》りに純《じゅん》と下らない話をして、ちょっと懐《なつ》かしい空気も感じたりして、かなり気分転換《てんかん》にはなったんだけど、学校に来たらやっぱり憂鬱《ゆううつ》になった。試合でへこんでたのが、ずっと昔のことみたいな気がする。このもやもやした、胸《むね》の奥がずーんとした感じを早くどうにかしたいのに――あの時わたしは瑞真《みずま》にはっきり言ったし、向こうもそれを了承《りょうしょう》してくれたから、これ以上どうにもできないのがもどかしい。

ただ、デートをしてくれって件だけは断らなきゃって思っているのに、わたしは朝から終始こんな感じで、瑞真《みずま》に話《はな》し掛《か》けることすら出来ずにいる。そしてお昼休み――わたしは逃《に》げるように教室を飛び出して、みんなと学食行くのも断って、麗良《れいら》といつもの場所に居た。

「溜《た》め息《いき》、ここに来てから四回目だよ？　幸せ逃《に》げ切《き》っちゃうよ？」

麗良《れいら》が呆《あき》れ気味《ぎみ》に言う。

「だってぇー。こんなの、どうすればいいかわかんないよ」

「なるようにしかなんないって。開き直るしかないよ。いっそ、自分からネタにしちゃうとか？『あんた、そんなにわたしとデートしたいワケ？』みたいな」

「そんなん言えるわけないじゃん。那織《なおり》じゃあるまい」

「あー、やっぱ、妹はそういうタイプだよね。そんな感じするわ」

麗良《れいら》がわかりやすく眉《まゆ》をひそめた。目も細くなる。

「何自分で言ってひいてるの。はぁ」

「はい、五回目。もう、いいからとりあえずご飯を食べるっ！　いいっ？」

「……はい。すみません。食べます」

もう、そんな言わなくてもいいじゃん。マジで困ってるのに。

「この前の試合、琉実《るみ》が3ポイント決めた方ね、あの時、琉実《るみ》はシュート打つのに悩《なや》んだ？」

口に入れたご飯を慌《あわ》てて飲み込んで、「まさか。あの状況《じょうきょう》なら、わたしが打つしかないでしょ。試合中に考えることはあっても、悩《なや》むことはないよ」と答え……て、麗良《れいら》の言いたいことがわかった。こんなメンタルで試合してたら勝てないことくらい、わたしだってわかる。

けどさぁ、バスケとは違《ちが》うって。そういうんじゃない。

「その時の琉実《るみ》と、今の琉実《るみ》って、何が違《ちが》うの？」

「どういうこと？　バスケしてるかしてないか？」

「そうじゃなくて――ええと、私が言いたいのは、バスケやってる時の琉実《るみ》は、周りをちゃんと見て、その場にあった行動を取ることが出来るわけじゃん？　前の試合は負けちゃったけど、琉実《るみ》だって全くシュート決めてないわけじゃないし、そりゃ徹底的《てっていてき》にマークされて思う様に動けなかったかも知れないけど、琉実《るみ》は決して諦《あきら》めたり手を抜《ぬ》いたりしなかったよね？」

「もちろん」

「だから、悔《くや》しかっただろうけど、活躍《かつやく》できなくて申し訳ないって思いもあっただろうけど、部活のみんなは琉実《るみ》のことをどうこう言わなかったし、言えるわけないの。琉実《るみ》が一生懸命《いっしょうけんめい》プレイしたってわかってるから。だから、琉実《るみ》もちょっと気まずいとこはあったかも知れないけど、すぐに練習に復帰して頑張《がんば》ってるわけじゃん？　それって、ある意味、ちゃんと開き直ってるっていうか、やることやったから仕方ないって部分もあるでしょ？」

「うん。当日や次の日の朝は思うところもあったけど、自分で活を入れてそこは――」

「今は？　今はどうしてそれが出来ないの？　周りを見て——つまり、坂口《さかぐち》は琉実《るみ》のことが好きだけど、それはまだみんなの知らないこと。開き直る——坂口《さかぐち》が琉実《るみ》のことを好きだからといって、琉実《るみ》に責任があるわけでも、何か対策ができたわけでもない。ほら、そう考えると、普段通《ふだんどお》りにする以外、なくない？　坂口《さかぐち》だってその方が……ってことはないか。あいつ的には、今の方がいいんだろうしなぁ」

「どういうこと？」

最後の言い方が、凄《すご》く気になる。今の方がいい？　ん？

「琉実《るみ》がめちゃめちゃ意識してるってこと。それが向こうの作戦でしょ？」

「えー、瑞真《みずま》に限って、そんなことする？」

あいつはそんなタイプじゃないでしょ。なんか、こう、勢いで直接うりゃって感じ。

「うーん、ま、それはこの際、いいんだけど……って、ごめん。ご飯食べづらいよね？　めっちゃ話《はな》し掛《か》けちゃった。とりあえず、食べよっか」

「そうだね。ゆっくりしてたら、お昼休み終わっちゃう」

ご飯を食べながら考えるのは、さっき麗良《れいら》が言ったこと——普段通《ふだんどお》りにする以外ない。

わたしだってわかってはいるんだけど、そんな簡単にできないから、困ってるんだよ。

言いたいことはわかるけど、バスケとは違《ちが》うって。そんなこと、麗良《れいら》なら言われなくたってわかってるはず……だから、あれはわたしを鼓舞《こぶ》する為《ため》。そうだよね、こんなとこでうだうだしてても仕方ないよね。悩《なや》む時間が勿体《もったい》ないもん。

瑞真《みずま》と付き合う可能性はゼロなんだし、純《じゅん》と那織《なおり》みたいに複雑に絡《から》み合《あ》っててどうのみたいな話じゃないんだし、わたしが頑張《がんば》れば済むことだよね。

「麗良《れいら》、ありがと」

「あー、結論出た感じ？」

「出たっていうか、最初から結論は出てるんだよ。どうするか困ってただけで」

「言われてみればそうだね。琉実《るみ》は、そこで悩《なや》んでたわけじゃないよね。どっちかって言えば、対応に困ってたんだった。どう？　普段通《ふだんどお》りやれそう？」

「頑張《がんば》ってみる。喧嘩《けんか》したわけじゃなんだし、何とかなるでしょ」

「そうだよ。人から好意を向けられるのは、基本的に悪いことじゃない。相手が好意を寄せてくれるところまで自分の存在が大きくなったってことだし、それって言《い》い換《か》えれば、認《みと》めて貰《もら》ったってことじゃない？　そう考えれば、ちょっとは気が楽になる？」

認《みと》めて貰《もら》った、か。その言い方、好きだな。

「うん、楽になった。ありがとっ！」

お昼休み、麗良《れいら》と話せて、頭がすっきりした。胸《むね》の奥も、軽くなった。わざと瑞真《みずま》から目を逸《そ》らさなくてもよくなった。気の持ちようひとつでこんなに変わるなんて、人間って複雑なんだか単純なんだかよくわからない――なんて、そんなことバスケの試合でよく知ってるはずなのに、何を今さらって感じなんだけど、改めてそう思う。

部活へ行く前に、瑞真《みずま》と話をしよう。

泣きの一回だかなんて知らない。デートはしない。そう言うだけ。簡単――って、勇んでいたのに、授業と授業の間は教室の移動があったり、課題のとこを友達と確認《かくにん》したりして、タイミングが合わなかった。HR後じゃなきゃ無理そう。

掃除《そうじ》が終わって、HRが終わったら、言う。うん。

同じ班の男子がほうきでまとめたゴミを、わたしがちり取りで受け止めていると、教室を出て行く純《じゅん》と森脇《もりわき》が目に入った。昨日話した感じだと、純《じゅん》は何も聞いてないっぽい。瑞真《みずま》も純《じゅん》には言いづらいのかな。そりゃそうだよね。純《じゅん》がわたしと仲がイイって知ってるし。

「琉実《るみ》、なにボーっとしてんだ。掃《は》き終《お》わったぞ」

「あ、ごめん」

男子に注意されて、慌《あわ》てて立ち上がって――ちり取りの中身をゴミ箱に落とす。

「そんなんじゃ、簡単にボール取られっぞ」

瑞真《みずま》の声が後ろからした。

「う、うん」急に来るもんだから、言葉に詰《つ》まった。

「何だよ、ボーっとして。悩《なや》みごとでもあんのか？」

思わず、はぁ？　と言いそうになるのを、ぐっとこらえて——って、瑞真《みずま》が言うなっ。誰《だれ》の所為《せい》でこっちはこんな想《おも》いをしてると……教室じゃなかったら、間違《まちが》いなく言ってた。那織風《なおりふう》に言うと、「どの面下げてそんなこと言ってるの？」って感じ。

だって、瑞真《みずま》があんなこと言い出さなきゃ——はぁ、もういいや。

「昨日のことだけど、出掛《でか》けるのは無理。ごめん」

あんまり冷たくならないように、けど期待を持ってほしくなくて、ほんのちょっぴり厳しさを纏《まと》わせて、わたしはさらっと言った。そのまま ちり取りを片付けようと歩き出したところで、瑞真《みずま》がわたしの手からちり取りを奪《うば》って、用具入れに仕舞《しま》った。

「ありがと——」

「ちょっと来てくんね？」

「HR始まっちゃうよ？」

「あーっと、そうだな。じゃあ、そのあとで」

「うん」

勢いで返事をしたものの、よくわかんない。あとでって何？　話は終わったよね？　言うことを言ったはずなのに、またしてもすっきりしない。依田《よだ》先生が入って来てHRが始まってもまだ、もやもやが続く……これ、いつまで続くの？　わたし、はっきり言ってるよね？　瑞真《みずま》にしつこく付きまとわれてるわけじゃないし、付き合ってって懇願《こんがん》され続《つづ》けてるわけでもないんだけど、精神的に攻《せ》められてる気分。シュートを妨害《ぼうがい》されてるみたいな——二十四秒カウント取られてる気分。それで言えば、わたしはもうシュート打ったと思うんだけど。

HRが終わって、各々《おのおの》が帰《かえ》り支度《じたく》を始めたり、机の周りで談笑《だんしょう》を始める。

机の中から教科書を出してカバンに仕舞《しま》う時、廊下《ろうか》に出ようとした依田《よだ》先生を、純《じゅん》が呼び止めるのが見えた。なんだろ。質問でもあるのかな。そんなことを考えていると、「ね、琉実《るみ》は夏休みにどこか行くの？」と心春《こはる》に話《はな》し掛《か》けられて、横からのどかが「あたしはハワイ」と口を挟《はさ》んできた。「もう、琉実《るみ》に訊《き》いてるのー」と言う心春《こはる》をなだめつつ、「今年は特に予定ないなぁ。てか、ハワイ超羨《ちょううらや》ましい。のどか、お土産《みやげ》よろしく」と返す。

「うちにもよろしく！　ありがちなチョコはダメだかんねー」

「それ、マカダミアが入ってるヤツでしょ？　超《ちょう》わかる」

なんて心春《こはる》に言っていると、カバンを背負った瑞真《みずま》に「琉実《るみ》、部活行こうぜ」と声を掛《か》けられた。「すぐ行くー」と返してから、二人に「ごめん、部活行って来る」と手を振《ふ》る。

ちらっと教室の前の方を確認《かくにん》すると、まだ純《じゅん》が依田《よだ》先生と話していた。

瑞真《みずま》を追って廊下《ろうか》に出る。渡《わた》り廊下《ろうか》の先に麗良《れいら》が居て、目が合った。多分、わたしのところに来る途中《とちゅう》だったんだろう。麗良《れいら》が軽く頷《うなず》いて小さく手を挙げた。先に行ってるって合図。

「ね、さっき言《い》い掛《か》けたのは何？」

瑞真《みずま》の背中に向かって言うと、やっと聞こえるかどうかくらいの小さい声がした。

近寄って「ん？」と促《うなが》すと、「無理に付き合ってくれとか言う気はないんだ。ただ、一回くらい一緒《いっしょ》に遊びに行きたいなって。やっぱダメか？」と、弱気な声が返って来た。

ちらっと横目で見上げると、がっつり目があって、思わず逸《そ》らしてしまった。

「そんなこと言われても……困る。わたし、瑞真《みずま》のことは友達としか思ってないもん」

「友達として、で俺は構わない。それ以上は望んでない。友達として遊びに行く——ってのでもダメか？」いつも強気な瑞真《みずま》が、お菓子《かし》をねだる子どもみたいな声で言った。

「友達としてって言っても、瑞真《みずま》の気持ち知っちゃったし……前みたいにはできない」

「だよなぁ。完全にミスった。やっぱ、言うのはやめとくべきだったわ。マジすまん」

「そんな謝んないでよ」

わたしが悪いみたいじゃん。

「いや、琉実《るみ》に余計なこと考えさせちゃったのは事実だし。それに関してはマジで謝る。けど、これだけは信じてくれ。俺は琉実《るみ》のことを困らせたかったわけじゃないんだ。だから、振《ふ》られたら振《ふ》られたで良《い》いやって思って……ただ、俺らって中等部の頃《ころ》から知ってる仲だけど、二人で遊んだことはないなって。そんだけだから、気にしないでくれ。あと、出来れば、今まで通りに接してくれるとありがたい……やっぱ、難しいか？」

自分から告ってきたのに——なんでよ。なんでそんな悲しそうに言うの？

わたしが応えられなかったから？

そんなこと言われたって、わたしにはどうしようもないじゃん。だって、わたしは瑞真《みずま》のことなんとも思ってないし、わたしが好きなのはずっと純《じゅん》だもん。子どもの頃《ころ》から。

「確認《かくにん》なんだけど、友達として遊びたいってことなんだよね？」

「もちろん」

「出掛《でか》けること、他の人に言ってもいいよね？　例えば……純《じゅん》とか。黙《だま》って遊びに行くのだけは絶対にイヤ。誤解されたくない。それでもいいなら、考える」

「おう。構わねぇよ。言ったろ、友達としてって」

「わかった。けど、約束はできないからね。考えた結果、やっぱ無理ってなったらごめん」

「そん時はしょうがない。考えてくれるだけで、十分だよ」

約束はしたくなかった。わたしだけで決めたくなかった。

純《じゅん》に相談したらなんて言うだろう。やめろって言うのかな。いいよって言うのかな。

純《じゅん》がやめろって言うなら行かない。その選択《せんたく》を残しておきたかった。

純《じゅん》は瑞真《みずま》と友達。そして、純《じゅん》とわたしは付き合ってるわけじゃない。

わたしは、純《じゅん》になんて言って欲しいんだろう。

やめろって言って欲しいのかな——言って欲しい。止めて欲しい。
純《じゅん》の彼女じゃなくなったわたしには、止めてもらえる権利がない。
だからこそ、止めて欲しい。
彼女じゃなくなったわたしでも、止めてくれるなら——

（白崎純《しろさきじゅん》）

※　※　※

HR後、依田《よだ》先生に顧問《こもん》の件を話した。ここでしくじる訳にはいかない。そう思って、頭の中で何度も推敲《すいこう》した文章を諳《そら》んじた。単刀直入かつ簡潔に——僕の懸念《けねん》とは裏腹に、依田《よだ》先生の返答は「面倒を起こさないって約束できるなら、構わない。とりあえず、書類を持ってくるから活動内容とかその辺を詳《くわ》しく書いて——そうだ、部室はどうする？　必要か？」と拍《ひょう》子抜《しぬ》けするくらい軽いものだった。ここは頼《たの》み方《かた》が良かったと解釈《かいしゃく》しておくことにして——ありがたいことに、まさに僕達が憂慮《ゆうりょ》していた部室のことを先生が口にしてくれたので、「是非《ぜひ》とも欲《ほ》しいんですが、使えそうな場所はありますか？」と繋《つな》げることが出来た。
「あーっと、ちょっと訊《き》いてみるけど……どっか空いてる所、あったかな」

「例えば、使ってない教室とかでも大丈夫《だいじょうぶ》ですか？」

「使ってない所だったら……場所に依《よ》るから断言はできんが、可能性はある」

「第三会議室だったら、使ってないですよね？」

「そう……だな。ただ、あそこは色々置いて無かったか？　いずれにしても、訊《き》いてみないことには始まらんからな。部室の件はちょっと待っててくれ。とりあえず書類を用意するから、あとで職員室に来てくれ」

依田《よだ》先生を見送って、心配そうにこっちを見守っていた教授に頷《うなず》いて見せる。多人数で言うより、ひとりで話した方が良《い》いだろうと判断して、教授には待《ま》っていて貰《もら》った。

教授の隣《となり》に腰《こし》を下ろして、「顧問《こもん》の件はあっさりＯＫだったわ」と報告。

「突《つ》っ込《こ》まれたりしなかったのか？　あんな適当な集まりなのに」

「もちろん、『集まって喋《しゃべ》りたいってことだろ？』とは言われたよ。正直に、『そうです』って返したけどな。とは言え、部誌の件以外に、入試に使われた小説や評論を元に解釈《かいしゃく》を議論して、依田《よだ》先生にアウトプットを見《み》て貰《もら》いたいとか、それっぽいことも言っておいた」

「なるほど。つっても、結局は喋《しゃべ》るだけだけどな」

「おう。だから、はっきり『そうです』って返したんだよ。とりあえず、面白《おもしろ》そうな問題のある赤本を探しだすくらいの真面目な活動は必要になったけどな」

「実際、面白《おもしろ》そうな題材ってあるんか？　入試ってお堅《かた》いのばっかじゃねぇの？」

「ちょっと調べたレベルだからデータとしては少ないが、想像よりは色々あった。かなり昔だけど、小津安二郎《おづやすじろう》に関する評論なんてのもあったぞ。調べる範囲《はんい》を私大の古い問題まで広げれば、面白《おもしろ》そうな問題文は沢山《たくさん》集まりそうだ」

「あんまり古い問題だと意味ないいんじゃねぇの？」

「入試問題には変わりないんだし、勉強要素って意味じゃゼロじゃないだろ？」

「それもそうか。言っちまえば、それっぽさを出す為《ため》にでっちあげた活動内容だしな」

「そういうことだ。依田《よだ》先生の雰囲気《ふんいき》からすると、効果があったかは怪《あや》しいがな。そんなこと言わなくても、顧問《こもん》を引き受けてくれたんじゃないかって――」

「良《い》いんだよ。結果として引き受けてくれたんだから。問題はねぇよ。で、部室の件はどうだった？　なんて言ってた？」

「第三会議室の件も含《ふく》めて、確認《かくにん》するから待っててくれってさ」

「つまり、希望はゼロじゃない、と」

「ああ。そうだ、申請用《しんせいよう》の書類を取りに行かないと――」

「俺が行って来る。白崎《しろさき》は神宮寺《じんぐうじ》のとこに行って教えてやれ」

そう言って、教授が立ち上がった。

「了解《りょうかい》。そうさせてもらうよ」

那織《なおり》は教室に居るだろうか。

六組の前に来たところで、タイミングよく那織《なおり》と亀嵩《かめだけ》が出て来た。

「ちょうど良かった。那織《なおり》に話が——」

「出たなトレッキー、今日こそはエンタープライズを撃墜《げきつい》——私も言いたいことがあるっ」

「テンション高いな。何だよ、いきなりクリンゴンみたいなこと言いやがって」

「先生、やる気に満《み》ち溢《あふ》れてるもんねー。さっきも、ずっと部活の話をしてて——」

「余計なこと言わなくて良《い》いのっ！　もう、部長は黙《だま》ってて——純《じゅん》君のクラス、人居る？　うちのクラスは残ってる人多くて。暇人《ひま》が多いみたい」

亀嵩《かめだけ》が隣《となり》で「いいよね、クラスの人居たって」と呟《つぶや》くと、すかさず那織《なおり》が「さっきからうっさい。ミーティングに外野は不要なのっ！　落ち着いて話が出来ないでしょっ」と言って、亀《かめ》嵩《だけ》の脇腹《わきばら》を人差し指で突《つつ》いた。

「んんっ。ちょっと、やめてよ」

「今の声、ちょっとえろかった」

全く、この二人は毎度楽しそうだな。部活が出来たら、この絡《から》みに雨宮《あまみや》が加わる……さぞ賑《にぎ》やかになりそうだ。僕と教授の居場所が無くなるかも。そうなったら別の部活でも作るか。

「ね？　純《じゅん》君もそう思ったでしょ？」

「何が？」

「今の部長の声。色っぽくなかった？」

「僕に振《ふ》るんじゃねぇよ」

　おう、色っぽかったな、なんて言えるか。バカ。

「ちょっと那織《なおり》っ！　やめてっ！　セクハラで相談室に訴《うった》えるよっ!?」

　亀嵩《かめだけ》が那織《なおり》のことを下の名前で呼ぶ場合、大抵《たいてい》本気で怒《おこ》っている。怒《おこ》っていない時、極稀《ごくまれ》に下の名前で呼んでいることもあるが、殆《ほとん》ど見たことがない――那織《なおり》が亀嵩《かめだけ》に抱《だ》き着《つ》いて、猫撫《ねこな》で声《ごえ》で「並木《なみき》先生に呼び出されちゃうからやめてー」と言いながら、頬《ほお》をぐりぐり押し付けている。仲が良《い》いんだか悪いんだか。ほっとくといつまでもじゃれてそうだ。

「うちのクラスなら、あんまり人居なかったぞ」二人を促して、自分の教室に足を向ける。

　その内、教授も戻《もど》って来《く》るだろう。そうすれば、役者が揃《そろ》う……雨宮《あまみや》が居ないな。まぁ、オタバレを嫌《いや》がるくらいだ、声を掛《か》けるのはもっと人目が少なくなってから――ただ、雨宮《あまみや》の場合、別の用事（仕事とか）があるかも知れない。とは言え、連絡《れんらく》だけは入れておこう。

　教室に入ると、金髪《きんぱつ》の女子《ギャル》がむすっとした顔で僕の席に座っていた。

　居んのかよ。

「ザキ、遅《おそ》いっ！」

「遅《おそ》いも何も、約束してねぇだろ」

「は？　昨日、あれこれ決めたじゃん。その後どーなったのか話すのは当然でしょ？」

わざわざ特進に来てまで——こいつはこいつで、楽しみにしてるんだな。

「そうだな。だが、いいの——」

「にゃおにゃおっ！　待ってたよっ！」

雨宮《あまみや》が立ち上がり、那織《なおり》の元へ駆《か》け寄《よ》って、抱《だ》き着《つ》いた。

ったく、相も変わらず人の話を聞かないヤツだ。しかし、女子って本当に抱《だ》き着《つ》くハードルが低いな。抱《だ》き着《つ》いたり、手を繋《つな》いだり——スキンシップに対する認識《にんしき》の差は何なんだ？

「あーつーいっ。離《はな》してー」

那織《なおり》がぶんぶんと身体《からだ》を揺《ゆ》らして暴れる横で、今がチャンスとばかりに亀嵩《かめだけ》が那織《なおり》のお腹《なか》を突《つ》き返《かえ》している。教授が戻《もど》って来《く》るまで、放置だな。相手してらんないわ。

さっきまで雨宮《あまみや》が座っていた僕の椅子《いす》には、じんわりと体温が残っていて、不快とは言わないまでも座りが悪い。窓の外に目を遣《や》ると、野球部が練習しているのが見えた。視線を手前に移せば、サッカー部が練習している。緑のネットで姿は見えないが、テニス部だって練習をしている。隅《すみ》の方には弓道場《きゅうどうじょう》が見える。最近部活について考えているからか、妙《みょう》に懐《なつ》かしい。

僕は弓道部《きゅうどうぶ》が嫌《きら》いではなかった。

中学で弓道部《きゅうどうぶ》のある学校は少なかったから、競技人口はそこまで多くなかった。その少ない競技人口の中で、僕の成績は良くなかった。それでも、その気になれば人を殺《あや》めることの出来る道具を使っているという緊張感《きんちょうかん》も相俟《あいま》って、矢で的を射る非日常感を楽しんでいた。

恥《は》ずかしくて人に言ったことは無いが、『山猫《やまねこ》は眠《ねむ》らない』のトーマス・ベケットや『スターリングラード』のヴァシリ・ザイツェフ、『極大射程《きょくだいしゃてい》』のボブ・リー・スワガー、『アメリカン・スナイパー』のクリス・カイル——僕は狙撃手《スナイパー》になった気分だった。

琉実《るみ》は「『ロード・オブ・ザ・リング』のレゴラスみたい」なんて言っていたけれど、僕の心にあるのは射法八節より〝One Shot, One Kill.〟だったし、袴《はかま》に白い羽を着けようかと考えたこともある。こういうのを黒歴史って言うんだろうな。人に言わなくて心底良かった。

高等部で弓道《きゅうどう》を続けなかったのは、痛々しい勘違《かんちが》いを断《た》ち切《き》ろうとしたからではなく（ゼロとは言わないが、限りなくゼロに近い）、怪我《けが》でサッカーをやめて塞《ふさ》ぎ込《こ》んでいた教授と遊ぶ時間を作ろうと考えたからだ。本人はそんな素振《そぶ》りは見せなかったし、「これでアニメを消化する時間が増えた」なんて強がっていたけど、ある時「張り合い無くなっちまった」と零《こぼ》したことがあった。僕と遊ぶことが、部活に匹敵《ひってき》する張り合いになるなんて傲慢《ごうまん》なことを言う積もりは無い。だが、空いた時間を一緒《いっしょ》に過ごすことで、扶翼《ふよく》になれるなら——そう思った。

だから、教授が高等部で帰宅部を選んだ時、僕も迷わず帰宅部を選んだ。

教授が居なかったら、僕は、亀嵩《かめだけ》と打ち解ける前の那織《なおり》と同じ——心置きなく自分の好きな話が出来る相手に窮《きゅう》していただろう。そして、相談相手にも。

教授はいつだって僕の思考の外側の意見を持ってきてくれる。故《ゆえ》に、気付かされたことは少なくない——つい最近だってそうだ。ま、僕も教授の色恋沙汰《いろこいざた》には散々釘《くぎ》を刺《さ》して来《き》たが。

結局のところ、僕が部活に入らなかったのは、教授の為《ため》でもあり、自分の為《ため》でもあった。

だからこそ、那織《なおり》には一本取られた。

部活に入らないことで時間を作るんじゃなくて、部活を作って時間を生み出す——考えもしなかった。これが、那織《なおり》の部活作りを積極的に手伝おうと決めた、別の理由だ。これもさっきの黒歴史と一緒《いっしょ》で、他言する気はない。どうしたって、恩着せがましく聞こえてしまう。

「お、勢揃《せいぞろ》いじゃねぇか」

教授が申請《しんせい》用紙をひらひらさせながら、教室に入って来た。

「その紙は?」抵抗《ていこう》を諦《あきら》めた那織《なおり》が、雨宮《あまみや》を首にぶら下げたまま言った。

「部活の申請《しんせい》用紙だ。依田《よだ》ちゃんから貰《もら》ってきた。あと、悪いニュースがひとつある」

「えー、悪いニュースって何?」

教授から受け取った申請《しんせい》用紙に目を通しながら、亀嵩《かめだけ》が真面目な声色《こわいろ》で言った。

「何? 早く言ってよ。そうやって勿体《もったい》振《ぶ》る言い方、私は好きじゃないなぁ」

那織《なおり》がむくれながら、教授を急《せ》かす。

「そこまで言うことないだろ。普通《ふつう》の言い回しだろーが」

「先生、まどろっこしいの嫌《きら》いだもんね」

「わかるー。エナも、はっきり言って欲しいタイプ。良《い》いニュースと悪いニュースどっちからきく？　みたいなの、やめて欲しーよね」

「あー、教授はそれ、絶対言うタイプだよ。将来、結婚《けっこん》でもした時――教授が結婚出来《けっこんでき》るかは一旦《いったん》ペンディングしておくとして、奥さんに『そんなの良《い》いから、用件は何？』とか言われるのが目に浮《う》かぶよね。そういう些細《ささい》なイラみの積み重ねで、最後は――」

「教授っち、次はがんばろ。なんとかなるって」

椅子《いす》に手を掛《か》けた教授の背中を、雨宮《あまみや》がぽんぽんと叩《たた》いた。

「次が無い人にそういう慰《なぐさ》みは酷《こく》だよ。はっきり、これで最後って言ってあげなきゃ」

「先生、それは言い過ぎじゃない？　教授君だって、心を入《い》れ替《か》えれば――」

「おいっ！！！　おまえら好き勝手言い過ぎだぞっ！！！」

「教授、そいつらに言っても無駄《むだ》だ。一方的に攻《せ》められて終わるぞ」

僕の言葉に頷《うなず》いて、教授が大きな吐息《といき》と共に隣《となり》に座った。

「まるで女子高に紛《まぎ》れこんだみたいだわ。吹奏楽部《すいそうがくぶ》の男子って、こんな気持ちなのか？」

「教授的には天国なんじゃないのか？」

「前まではそう思ってた。吹奏楽部《すいそうがくぶ》の男子が、『そんないいもんじゃないって』なんて抜《ぬ》かすのを心の底からバカにしていたが、ちょっとは気持ちがわかったかも知れねぇ」

「吹奏楽部《すいそうがくぶ》は女子の多さ、こんなもんじゃないしな」

「口の悪さだけだったら、良《い》い勝負するんじゃね？」

「確かに。少なく見積もっても、那織《なおり》で十人分くらいにはなるな。あと亀嵩《かめだけ》も――」

「純《じゅん》君。聞こえてる。一ダチュラね。十溜《た》まったら折檻《せっかん》だから」

いつからダチュラが単位になったんだよ。

「そうだよ白崎《しろさき》君。先生はあれとして、私は口悪くないよっ！」

「部長は口悪いからね。十分過ぎるくらい、口悪いからね。その自分だけは違《ちが》いますぅみたいなのやめてよね。普《ふ》通《つう》に私と同類だから――そだっ！　みんな聞いて！　部長が部長やってくれるって！　これで部長はみんなの部長になるよっ！」

部長部長言い過ぎて何が何だかよくわからんが、亀嵩《かめだけ》が部長になるのは賛成だ。

「亀嵩《かめだけ》が部長をやってくれるなら、安心だ。細かい所もしっかりやってくれそうだし」

僕がそう言うと、自分が褒《ほ》められたかの如《ごと》く、那織《なおり》が得意気に「でしょぉ？」と応えた。

「ちなみに、先生が副部長だからね」亀嵩《かめだけ》――改め部長が宣言するように見回してから、那織《なおり》をびしっと指差《しさ》して、「私のメインはあくまで美術部だから、そっちが忙《いそが》しい時は先生がちゃんと職務を全うするんだよ！」と付け加えた。

「ふぁーい……いざとなったら、純《じゅん》君、お願いね」

「副部長さんよ、のっけから頼《たよ》る気《き》満々だな」

いいけど。端《はな》からそのつもりだし。

「那織《なおり》が言いたかった話って、このことか？」

「うん」

「エナは？　なんかする？」

「慈衣菜《しえな》は……今は大丈夫《だいじょうぶ》。その内、部室の備品をあれこれ揃《そろ》えて――」

「その件なんだが、ちょっと良《い》いか？」

それまで黙《だま》っていた教授が、重々しく口を開いた。

「部室の件なんだが、余所《よそ》とバッティングした」

「え？　そういうことは早く――」

「おまえなぁ……俺は最初に悪いニュースがあるって言っただろ？　それを神宮寺《じんぐうじ》が、勿体振《もったいぶ》る言い方がどーのとか言い出した所為《せい》で、話が脱線《だっせん》したんじゃねーか」

「ごめん」

那織《なおり》が素直《すなお》に謝った。もう一度言う。那織《なおり》が、謝った。

「お、おう。別に気にしてはないから良《い》いけど……それより、バッティング先の話だよな。えと、相手は遊戯部《ゆうぎぶ》だ」　唐突《とうとつ》に謝られて反応の遅《おく》れた教授が、たどたどしく続けた。

「ゆーぎ部って？」

「ボードゲームとかやってるとこ、だったかな。確か、ＴＲＰＧとかカードゲームとか色々分派した結果、遊戯部《ゆうぎぶ》は廃部《はいぶ》扱《あつか》いになったたって聞いたことあるけど……人が集まったってことかな。最近、将棋《しょうぎ》に注目が集まってるし、その関係？」

亀嵩《かめだけ》が雨宮《あまみや》に解説していると、那織《なおり》が横から「それは将棋部《しょうぎぶ》がある……待って。じゃあ、遊戯部《ゆうぎぶ》って何してんの？　チェスとかオセロ？　理屈《りくつ》っぽくて常に眉間《みけん》に皺《しわ》が寄ってる、小難しいロジックが大好きな集まりってこと？」と嫌《いや》そうな顔で毒を吐《は》いた。

「おうおう、ちょっと待て。どんな偏見《へんけん》だよ。遠回しに、僕に喧嘩《けんか》を売ってるだろ？」

那織《なおり》は、僕とおじさんがチェスをやっていると、絶対に近寄って来ない。理由は知らないが、昔からチェスを目の敵にしている嫌《きら》いがある。

そして、那織《なおり》の性格こそ、決して明るくないし、理屈《りくつ》っぽい。幼馴染《おさななじみ》を捕《つか》まえて言う事じゃないが、どちらかと言えば陰湿《いんしつ》な部類だ。僕は嫌《きら》いじゃ無いけどな、那織《なおり》のそういう性格。

「あー、純《じゅん》君はチェス好きだもんね。お父さんとよくやってたもんね。でもね、問題は其処《そこ》じゃないの。チェスとかオセロやってる部に会議室を取られたらどうすんの？　チェスするのに部室なんて要《い》らないでしょっ！　其処《そこ》ら辺《へん》で出来るじゃんっ！　晴れた日は太陽の下で、雨の日は雨垂れを聴《き》きながら廊下《ろうか》でやればいいんだよっ！　縁側《えんがわ》で囲碁《いご》打つのと一緒《いっしょ》だよ」

教授が僕の服を引っ張って、「（おい白崎《しろさき》、何とか言ってやれよ。クッソ横暴なこと言ってるぞ？　おまえ、神宮寺《じんぐうじ》の保護者だろ？　ちゃんと責任持てよな）」と言ってきた。

「いつから僕は那織《なおり》の保護者になったんだよ。つーか、理屈《りくつ》っぽいだの、小難しいロジックだのって、遠からずも同族嫌悪感《どうぞくけんおかん》がするのは僕だけか？　軽くブーメランな気がするぞ」

「対する神宮寺《じんぐうじ》は、理屈《りくつ》っぽくて口が悪くて陰険《いんけん》と来てる。ブーメランどころじゃねぇ」

「ちょっとっ！！！　本人を前にして、言って良《い》い事《こと》と悪い事《こと》があるでしょっ！　ブーメランって何？　全っ然ブーメランじゃないからねっ！　一緒《いっしょ》にしないでっ！」

「にゃおにゃおは、暗くないよねー」

「雨宮《あまみや》はまだ神宮寺《じんぐうじ》の本性《ほんしょう》を知らないから——」

「教授っ！　余計な事言わないでっ！　それを言えば教授だって、人に言えない——」

「先生、ちょっと落ち着いて。今は痴話《ちわ》喧嘩《げんか》より、部室問題のが大切だよ。確かにバッティングしちゃったけど、まだ取られるって決まった訳じゃないでしょ。話し合いでもして、お互《たが》いの妥協点《だきょうてん》を探せば良くない？　いきなり喧嘩腰《けんかごし》で行ってもこじれるだけだよ」

僕なんかより、亀嵩《かめだけ》の方が余程《よほど》保護者っぽいな。

「妥協《だきょう》なんてしたくない。うちが使うのっ！」

「ところで、そのゆーぎ部の人って、誰《だれ》？　会ってみなきゃ始まんなくない？」

「雨宮《あまみや》の言う通りだ。教授、遊戯部《ゆうぎぶ》の代表の名前は訊《き》いてきたか？」

「おう。二年特進の古間《ふるま》怜人《れいと》ってヤツだ」

「二年生かぁ。会うの、躊躇《ためら》っちゃうね」

そう言う亀嵩《かめだけ》に、雨宮《あまみや》が「そんなん関係なくない？　話すだけっしょ？」と軽く重ねた。

雨宮《あまみや》はそうだよな。年上だからとか、気にするタイプじゃない。しかし、雨宮《あまみや》はそうでも、僕なんかはちょっと臆《おく》してしまう。亀嵩《かめだけ》の気持ちは、よく分かる。それは恐《おそ》らく那織《なおり》も――

「兎《と》に角《かく》、そのマープルを捕《つか》まえて、諦《あきら》めさせれば勝ちってことでしょ？」

古間《ふるま》でマープルね。なるほど。ミステリには興味ない癖《くせ》に、こういうのはぽんぽん出て来るな。感心する。ただ、マープルはミスだぞ、那織《なおり》女史。って、言うまでも無いか。

「諦《あきら》めさせるって簡単に言うけど、どうするんだ？」

「縛《しば》り上《あ》げて、監禁《かんきん》でもするか？　柔道部《じゅうどうぶ》だったらダチが居るぞ？」

「教授君、暴力はスマートじゃなくない？　それに、相手がレスリング部を連れて来たら？　核抑止論《かくよくしろん》と同じ状態になっちゃうよ？」

教授の下らない冗談《じょうだん》にちゃんと付き合う辺り、亀嵩《かめだけ》は付き合いが良《い》い。那織《なおり》の減らず口を逐一《ちくいち》打ち返すような強《した》かな女子だし、当然っちゃ当然だが。

中々居ない逸材《いつざい》だよな、本当に。亀嵩《かめだけ》が居てくれたお陰《かげ》で、那織《なおり》は随分《ずいぶん》救われた筈《はず》だ。あの面倒臭《めんどうくさ》い性格を、曖《おくび》にも出さずに学生生活を送るのは、かなりのストレスだっただろう。

それを受け止めるのは僕の役目だったのだが、いつしか亀嵩《かめだけ》が担《にな》うようになった。寂《さび》しさもあり、安堵《あんど》もあり、何とも言えない感情だった記憶《きおく》がある。

「二人とも、そんな野蛮《やばん》な考えは捨てなさいっ！　良《い》い？　完膚《かんぷ》無《な》き迄《まで》に叩《たた》き潰《つぶ》すなら、相手のフィールド、相手の得意分野で勝つ以外にないでしょ。そうすれば、私達の偉大《いだい》さを否《いや》が応《おう》でも思い知る事となるよ。〝実業家、王侯《おうこう》、元老ども、滅《ほろ》びろ！　権力よ、正義よ、歴史よ、くたばれ！　おれたちには当然の報《むく》いだ。血だ！　血だ！　黄金の炎《ほのお》だ！　戦争に邁進《まいしん》だ、復《ふく》讐《しゅう》に、テロルに、おれの〈精神〉よ！　敵の〈傷〉を抉《えぐ》ってやろう。ああ！　失《う》せろ、この世の共和国！　皇帝《こうてい》ども、連帯、植民地開拓者《かいたくしゃ》、民衆、たくさんだ！〟」

ったく、ランボーを引用するようなシチュエーションじゃないだろ。

言葉の野蛮度《やばんど》が圧倒的《あっとうてき》に上回ってやがる……教授が焚《た》き付《つ》けるから。あの女子高生にあるまじき邪悪《じゃあく》で狡猾《こうかつ》な表情──引用に酔って、すっかりその気になってる。

「話し合いって選択肢《せんたくし》は無いのかよ……思考が暴力に侵《おか》されてるぞ」

「でもさぁ、多分、お願いした所で譲《ゆず》ってくれないと思うよ。私達に譲《ゆず》ってくれる理由、メリットは何処《どこ》にあるの？　何にも無くない？　結局、揉《も》めると思う」

「先生の言うことは、間違《まち》ってはないよね。もし、何かで勝負するとして、先方がそれに応じてくれるか、じゃない？　もちろん、平和的に、ね。ま、先生の場合、いざ相手を前にすれば、今みたいに驕慢《きょうまん》かつ雄弁《ゆうべん》なご高説を垂れることは無いだろうから、心配はしてないけどね」

「あ、やっぱりにゃおにゃおって、そういう感じ？　猫《ねこ》みたいでカワイイ」

「部長っ！　慈衣菜《しえな》もっ！　まるで私が内弁慶《うちべんけい》みたいな──」

「内弁慶《うちべんけい》だろ」「内弁慶《うちべんけい》だよね？」「神宮寺《じんぐうじ》は内弁慶《うちべんけい》だと思うぞ」

亀嵩《かめだけ》と教授と被《かぶ》った。認識《にんしき》の相違《そうい》、無し──思うことは皆《みな》同じ。

「みんなして何っ！　莫《ば》迦《か》にしてるのっ？」

「先生、諦《あきら》めて。みんな、先生のこと、ちゃんと分かってるんだよ。でも、そういうのも含《ふく》めて、先生の良《い》い所《ところ》だから。安全圏《あんぜんけん》に居る限りはぎゃーぎゃー騒《さわ》ぐ癖《くせ》に、クラスだと猫被《ねこかぶ》ってる先生の姿、可愛《かわい》いと思って見てるもん。先生が女の子たちと、『えー、嘘《うそ》？　そうなのぉ。ぜんぜん気付かなかったぁ』とか言ってる時、腹の中では『何この頭の悪い会話。脳細胞《のうさいぼう》が酸欠で死滅《しめつ》しそう。オキシジェン・デストロイヤー状態』とか思ってるんだろうなぁって想像してるだけで、楽しいよ？　私しか気付いてないいんだろうなぁって」

「やーめーてーっ！　思ってないから。全っ然、思ってないから。稚拙《ちせつ》な想像で私の脳内を再生しないでっ。そんなんじゃないからっ」耳を塞《ふさ》いで那織《なおり》が頭《かぶり》を振《ふ》る。揺《ゆ》れる髪《かみ》。

この場に居た全員が、「思ってるな」と考えただろう。それくらい亀嵩《かめだけ》の再現は良《い》い線《せん》いってると、僕も思った。雨宮《あまみや》を見ると、菩薩《ぼさつ》みたいな顔でにんまりしていた。

そして、こういう時の那織《なおり》はいじらしくて可愛《かわい》い。中々見られないのが惜《お》しい。

と言うか、ここまでやり込めるのが、亀嵩《かめだけ》かおばさんくらいなんだよな。

それから僕らは、下校時刻までずっと雑談《ざつだん》をしていた。

遅《おそ》くまで喋《しゃべ》っていたからだろう、駅のホームで部活帰りの琉実《るみ》や浅野《あさの》と一緒《いっしょ》になった。

（神宮寺《じんぐうじ》琉実《るみ》）

駅のホームに純《じゅん》と那織《なおり》が居た。階段を下り切るかどうかってとこで、二人と目が合った。

「今日は遅《おそ》いね」

「みんなと喋《しゃべ》ってたからな」

「そっか。そだ、那織《なおり》、帰りに薬局寄ろ？」

お母さんから、帰りに洗剤《せんざい》とティッシュを買ってくるよう、ラインが来たばかり。ティッシュがかさ張るから、手は多い方がありがたい。てか、家族のライングループに来てるから、那《な》織《おり》だって気付いていているんだろうけど、直接頼《たの》まない限り、那織《なおり》は買ってこない。そういうとこ、ほんとちゃっかりしてる。既読《きどく》スルー率圧倒的《あっとうてき》。わたしばっかり反応するから、見兼《みか》ねたお母さんが、那織《なおり》を名指しでお遣《つか》いを頼《たの》んだりするんだけど、成功率は五分五分。

「また？　学業に疲《つか》れた娘《むすめ》にお遣《つか》いを頼《たの》むの、好きだよね。こっちはブドウ糖が足りなくなるくらい頭を使っているって言うのに。いいけど。ちなみに何？」

よく言うよ、ほんと。言うほど買って来ないじゃん――って言いたくなるのを、麗良《れいら》も居ることだし、ぐっと堪《こら》えて「ライン見たでしょ？」と返す。これが精一杯《せいいっぱい》。

「見たかも。分かんない。そこに脳のリソース割《さ》いてないから」

「色々あるのか？　荷物持ちくらいだったら、するぞ」

「あ、ありがと」

そんなつもりはないのに、そっけない返事をしちゃう。

こんなんじゃ、感じ悪いよね。ええと――「純《じゅん》はおばさんから買い物頼《たの》まれたりする？」

何それ。ばっかみたい。そんなこと訊《き》いてどうするの？　てか、純《じゅん》が買い物してるとこ、知ってるし。一緒《いっしょ》に行ったこと、何度もあるし。

「それくらい普通《ふつう》にあるが……」

ほらっ。変なこと訊《き》くから、純《じゅん》が不審《ふしん》がってるじゃん。

違《ちが》うんだって。わたしは——瑞真《みずま》と遊ぶ話、純《じゅん》にしなきゃ。いつ言おう。どのタイミングで言おう。なんて言えばいい？　那織《なおり》や麗良《れいら》が居なければ……二人っきりで、純《じゅん》と話したい。けど、今すぐは無理なんだし、いつも通りにしないと。落ち着け、わたし。

「琉実《るみ》は先輩《せんぱい》に贈《おく》るプレゼント、何か思い付いた？」

気を遣《つか》っていたのか、スマホをずっと見ていた麗良《れいら》がわたしの肩《かた》を叩《たた》いた。

総体が終わって、三年生はもうすぐ引退。

三年生と部活したのはちょっとの間だったけど、めちゃめちゃ迷惑掛《めいわくか》けたし、超《ちょう》お世話になったから、半端《はんぱ》なく寂《さび》しい。中等部の頃《ころ》から知ってる先輩《せんぱい》も居るから、余計に。

感謝の気持ちを込《こ》めて、三年生ひとりひとりにプレゼントを渡《わた》すんだけど、色紙以外に何を渡《わた》すか案を出してって二年の先輩《せんぱい》から言われている。麗良《れいら》はそれを調べていたっぽい。

一応、名入れの物を贈《おく》ろうって話にはなっていて、届くのに最低でも一週間はかかるから、早めに結論を出さなきゃいけない。わたしも、帰ってから調べようと思っていた。

わたしは、長く使える物を渡《わた》したいなって思っていて、マグボトルとかを考えていた。純《じゅん》から貰《もら》ったボトル、超嬉《ちょううれ》しかったし、重宝してるから。

けど、名入れってなると、予算的にどうなのかなーって部分があって――

「わたしはマグボトルとかイイなって思ってるんだけど、なんかいいのあった？」

「あー、私もそう思ってた。あとはペンとかだよね。受験でも使うじゃん？」

「その辺が無難だよねー。確か、去年はペンだったたって言ってたよね？」

そんな話をしていると、電車がホームに入って来て、会話が自然と途切《とぎ》れた。電車もいつもより混んでいて、自然と無口になる。純《じゅん》と那織《なおり》は小声で何やら話していたけど、内容は聞こえなかった。麗良《れいら》と別れて、三人で電車を下りて、みんなで薬局に向かう。

那織《なおり》が一目散にお菓子《かし》コーナーに消えていくのを見送りながら、純《じゅん》と二人で頼《たの》まれた物を探す。こうして日用品を買ったりする時間が、わたしはとても好き。自分の生活を共有している感じがする。まぁ、わたし達の場合、普通《ふつう》の人より共有してると思うけど。

「あとで通話してもいい？」

「別に構わないが……今日は何か変だぞ。なんかあったのか？」

「んー、ちょっと、ね。あとで話す」

「もし直接が良《い》いんだったら、飯のあとに会うでも良《い》いけど、どうする？」

「あー、それでもいい――」

「ねぇ、琉実《るみ》。見て、このゼリーやばくない？　パッションフルーツのジュレだって。一緒《いっしょ》に買わない？　良《い》いよね？　今日の買い物分、あとで貰《もら》うんでしょ？」

ゼリーを手にした那織《なおり》が、目を輝《かがや》かせて走ってきた。

「超美味《ちょうおい》しそう。けど、お母さんにまた余計な物買ってとか言われるよ？」

「じゃあ、別会計？　レシート分ける？　あ、領収書だったら合計金額だけじゃない？　違《ちが》うっけ？　うまく誤魔化《ごまか》せないかな？」

「悪知恵《わるぢえ》が高校生の発想じゃないんだよ、那織《なおり》は。普通《ふつう》、親から頼《たの》まれた買い物で領収書は使わねぇよ。つーか、その手の誤魔化《ごまか》しがおばさんに通用する訳ないだろ。相手は金融《きんゆう》機関の人間だぞ？　問《と》い詰《つ》められるに決まってる」

「ダメかぁ。でもさぁ、領収書下さいって言うの、恰好良《かっこうよ》くない？　大人っぽくない？」

「あんた、それいっつも言うよね。子どもの頃《ころ》、レジで『領収書っ！』ってことある毎《ごと》に騒《さわ》いで困ったたってお母さんが言ってたよ。あと、あて名は――」

「もちろん、上様でっ」

「そうそう。一時期、上様にもハマってたよね。ほら、小学校の時、ノートに上様って書いたことあったでしょ？　あれ、お母さんと見つけて超笑《ちょうわら》ったんだから」

「子供の時の話しないで。ね、会計の時、領収書、上様で貰《もら》ってよ」

「やだよ。恥《は》ずかしい。自分で言いなさいよ」

「……純君《じゅんくん》」

「こっちを見るなっ。そんな顔したって嫌《いや》だぞ。大体、上様って本当はダメなんだろ？」

「そう云《い》うの良《い》いから。ね、お願い。『領収書下さい、宛《あ》て名《な》は上様で』って言うだけ」

顔の前で手を合わせて、上目遣《うわめづか》い。我が妹ながら、よーやるわ。

多分、純《じゅん》は折れる。わたしにはわかる。これは那織《なおり》のおねだりが可愛《かわい》いからとかじゃなくて、純《じゅん》は文句を言いつつも、最後はわたし達のお願いをきいてくれるから。

「今回だけだぞ」

って言っちゃうんだよねぇ、純《じゅん》は。

結局、那織《なおり》はゼリー以外にお菓子《かし》をあれこれ買って、純《じゅん》は言われるがまま領収書を貰《もら》って、いつもの道を三人で歩く。このままずっと歩いていたい。家に着かないで欲しい。そんなことを思っていると、「あぁ、暑っ！　この熱は何？　生命活動の維持《いじ》に支障をきたすレベルだよっ。どうしてうちの親は、駅から離《はな》れた所に家を建てたの？　移動手段を持たない未成年を慮《おもんぱか》る能力が著《いちじる》しく欠落しているってこと？　自分たちは車が使えるから、関係ないってこと？　超《ちょう》ずるい」なんて騒《さわ》ぎ出《だ》して、姉妹《しまい》でこの意識の差は何なんだと苦笑いしそうになった。

「一応、バスはあるじゃん」

「結局、歩いてるけど。歩行してますけど？」

「じゃあ、バス乗る？」

「この時間は混んでるから嫌《いや》……タクシーも領収書でいけるかな？」

「バカ」

なんて那織《なおり》と言い合っていると、「二人が駅の近くに住んでいたら、こうして三人で歩くことは無かったかもな」と、純《じゅん》がぽつり言った。

隣《となり》に純《じゅん》が住んでいない可能性——考えたことない。隣《となり》に純《じゅん》が越《こ》してきてくれて、純《じゅん》の両親に感謝したことはあるけど……家《うち》があそこ建ってなかった可能性もあるんだ。

「そう……なるよね。なんか、想像つかないや」

「僕もだ。そんな仮定は考えたことなかったよ」


やだ。急に寂《さび》しくなってくるじゃん。


「ねぇ、手、繋《つな》いでいい？」

「お、おう」純《じゅん》が、下げたビニール袋《ぶくろ》を持《も》ち替《か》えた。

「ちょっとっ！　何二人して妄想《もうそう》でしんみりしてるの？　感受性豊か過ぎない？　たられば言い出したら切りが無いよ？　可能性論なんて、既《すで》に起きている現実の前では無力だよ。現実に起きている事の修飾《しゅうしょく》程度にしか——ねぇ純《じゅん》君、それだと私と繋《つな》ぐ手が塞《ふさ》がってない？」

言い方っ！　その割に、そんなこと言うって、自分も寂《さび》しくなってんじゃないの？

それとも、わたしが手を繋《つな》いだから言ってる？

まったく、素直《すなお》じゃないんだから……それはわたしも同じだ。那織《なおり》のことは言えない。けど、わたしは変わるって決めた。那織《なおり》だって、素直《すなお》じゃないけれど、ちょっと前だったら手を繋《つな》ぎたいみたいなこと、言わなかった気がする。少なくとも、わたしの前では。

家に帰ってから、那織《なおり》は案の定お母さんにあれこれ言われて、ご飯を食べている間中むすっとしていた。家《うち》ではよくある光景。お父さんやお母さんも慣れたもの。お母さんだって、少しくらいお菓子《かし》を買うことにあれこれ言ったりはしない。わたしは止めたのに、那織《なおり》が調子にのってあれこれカゴに入れるからこうなる。ほんっと、学習しないんだから。

そんな調子だったから、那織《なおり》は、ご飯を食べ終わるとすぐ二階に上がっていった。

わたしは純《じゅん》と話したくて――さっき純《じゅん》は「飯のあとに会うでも良《い》いけど、どうする？」って言ってくれた。だから、会いたいんだけど……なんて言って出よう。外走ってくるって言って家を出ればいいかな？　とりあえず、純《じゅん》に連絡《れんらく》してみないと。

純《じゅん》からラインが返って来たのは、テレビを観《み》ながらお母さんと話している時だった。

「お風呂《ふろ》の前に、ちょっと走って来ていい？」

「こんな時間に？　もう遅《おそ》いから、今日はやめときなさい」

「大丈夫《だいじょうぶ》。家の周りだけだし、ちょっとだから」

「朝にすればいいじゃない」

もうっ！　純《じゅん》が早く返してくれないからっ！　あぁ、どうしよう。朝早くなんて、純《じゅん》は絶対に起きてくれないだろうし……お母さんを説得するしか――……自信ない。

「朝だと汗《あせ》流さなきゃだし、夜の方がいいなぁ。ダメ？」

「なんでそんなに走りたいの？　明日にしなさい」

この前――試合の前日は、ちょっと純《じゅん》と話すだけだからって強引《ごういん》に押し切った。今日だって、家の前で話すだけって言えば許してくれたかも知れない――那織《なおり》も二階にいることだし、走るなんて余計なこと言わなきゃよかった。今から、純《じゅん》と話すって言えば……？

「ほら、とりあえず今日は大人しくして、さっさとお風呂《ふろ》入って来なさい」

「えっと……でも……わかった」

目がマジだった。お母さんがこういう目をしている時は、反抗《はんこう》してもムダ。何を言っても聞いてくんない。声も、いいから言うこと聞きなさいって感じで、ちょっと強め。刺《さ》さる感じのヤツ。これ以上言うと、怒《おこ》られる。お父さんですら、こういう時は素直《すなお》にお母さんの言うことを聞くか、すっと居なくなる――お父さんと那織《なおり》は、基本的に逃《に》げるパターンが多い。

純《じゅん》に〈ごめん〉〈出られそうにない〉って送ってから、お風呂《ふろ》に入る。

身体《からだ》を洗って、脱衣所《だついじょ》に置いてあったスマホを取って、湯船に浸《つ》かる。

さっきまでは勢いで会おうとしていたからか、出鼻をくじかれた今となっては、どうやって純《じゅん》に切り出そうか考えちゃう。普通《ふつう》に言えばいいんだけど……ラインを開くと、〈電話でも良《い》いし、明日学校で、でもいいぞ〉と返事がきていた。
なんて返そう。明日……ううん、早い方がいいよね。
〈今お風呂《ふろ》〉
〈出たら連絡する〉
《わかった。僕も風呂《ふろ》に入ってくる》
スタンプを返して、ひとまず終了《しゅうりょう》。純《じゅん》もお風呂《ふろ》、か。

お風呂《ふろ》から出て、髪《かみ》を乾《かわ》かしたりして、那織《なおり》の部屋をノックする。

「お風呂《ふろ》、出たよー」

ドア越《ご》しに声を掛《か》けてから自分の部屋に入ると、遅《おく》れて那織《なおり》が入って来た。

「ちょっと、いきなり何？　ノックくらい――」

ベッドに座りながらそう言うと、那織《なおり》が「知ってたら教えて欲しいんだけど、バスケ部の二年に、五組の人って居たりする？」と被《かぶ》せてきた。

「五組？　えっと……絶対じゃないけど、居なかったはず。なんで？」

「ん、ちょっと。わかんないなら、いい。大丈夫《だいじょうぶ》。ありがと」

那織《なおり》がいかにも訊《き》かないでって感じの言い方をした。二年生に何の用だろう。

「なんかあったの？」出て行こうとする那織《なおり》の背中に、声を掛《か》ける。

「そういうんじゃないから。心配しないで」

那織《なおり》はそう言って出て行った。

何だったのかな。純《じゅん》は何か知ってるかな──連絡しなきゃっ！

純《じゅん》に慌《あわ》ててラインして、通話。

「ごめん。待った？　髪乾《かみかわ》かしてたりしたら遅《おそ》くなった」

『別に。時間約束してた訳じゃないし』

「そう、だね。えっと……」何から話そう。どう話そう。なんて切り出せば……とにかく訊《き》かなきゃ──「瑞真《みずま》と二人で遊びに行っても大丈夫《だいじょうぶ》かな？」

『ん？　何の話だ？』

「あ、そうだよね、えっと、瑞真《みずま》から遊ぼうって誘《さそ》われて……その場では答えなかったんだけど、まずは純《じゅん》に訊《き》いてからって思って──」

『僕にそれを訊《き》いてどうするんだ？　遊びに行くくらい好きに──』

ああっ、違《ちが》うっ。そうじゃなくて──「わたし、瑞真《みずま》に告られた」

無音になった。純《じゅん》の息が聞こえたりもしない。どれくらい音がしなかったのかわかんない。ぐぅっと身体《からだ》から意識がはがされるような感覚がして、わたしは自分が息を止めていたことに気付いた。音を立てちゃいけないわけじゃないのに、何故《なぜ》だか静かにしてなきゃいけない気がして、スマホにかからないように息を吐《は》いて、ゆっくりと吸った。

何か言ってよ。ねぇ。なんで黙《だま》ってるの？

『……琉実《るみ》は、なんて答えたんだ？』

純《じゅん》が喋《しゃべ》り出《だ》すまでに、どれだけ時間が掛《か》かったのか――凄《すご》く長かったような気もするし、ほんのちょっとだったかもしんない。そんなに息を止めていられるわけじゃないから、実際は短かったかも。でも――とても長く感じた。

「気持ちは嬉《うれ》しいけど、応えられないって」

『そうか』

なんとなく、なんとなくだけど――安心した、みたいな声だった。

「瑞真《みずま》も、どうしても付き合ってくれとかそういう感じじゃなくて、あっさりわかったって。けど、一度でいいから二人で遊ばないかって。お、重い感じじゃなくて、ね」

『そういう話、か。ちゃんと前提から話してくれないと、何のことだか――そっか。安吾《あんご》がそんなことを。全く知らなかった。あいつ、僕の前ではそんなこと、一言も……言う訳ないか。ごめん、ちょっと混乱してる。なんて言ったら良《い》いか……』

「驚《おどろ》かせてごめん。でも、わたしも驚《おどろ》いたっていうか――」

『今日言われたのか？』

「正確には、昨日」

『昨日、瑞真《みずま》がどうのって訊《き》いてきたのは、このことだったのか』

「うん。そう」

『言ってくれれば――』

「違《ちが》うの。隠《かく》してたとかじゃなくて。昨日、わたしは断って、出掛《でか》ける話もそん時に言われたんだけど、それも断ったの。で、今日、改めて断ったんだけど……友達として、一度だけ遊ばないかって言われて……」自分で言いながら、なんか言い訳してるみたいだって思った。

そんなことないのに。

全然、そんなつもりじゃないのに。

『なんとなく、言いたいことは分かったよ。琉実《るみ》はどうしたいんだ？』

「え？　わたし？　わたしは別にどうしたいとかじゃなくて」

『えっと……なんて言うか、僕は琉実《るみ》に行くなとか行っていいとか言える立場じゃないし、その、琉実《るみ》はどうしたいんだろうって思って……深い意味はないんだが』

「立場って？　どういう意味？」

『うーんと、僕と琉実《るみ》は付き合ってるわけじゃないだろ？　そういう意味で……』

違《ちが》う。わたしが言って欲しいのはそういうことじゃない。

純《じゅん》とわたしが付き合ってないことなんて、わかってるよ。

『もし、僕が行くなって言ったら行かなくて、行って来ればって言ったら行くのか？　それって、なんか違《ちが》うって言うか……琉実《るみ》はどう考えてるのかなって』

なんで？　なんでそうなるの？

わたしが変なこと言ってるの？

わたしは行きたいわけじゃなくて、けど、瑞真《みずま》はずっとバスケやってきた仲間で、わたしは純《じゅん》のことが好きで、だから止めて欲しくて、ただそれだけだったのに――

「……付き合ってなきゃ、言っちゃダメなの？」

『無責任なことは言いたくないんだ、琉実《るみ》と那織《なおり》には。だから、今の状況《じょうきょう》じゃ――』

「なんでよっ。今だって、無責任なこと言ってるじゃんっ！　自分が責任を負いたくないから、そうやってはっきり言わないんでしょ？　だったら同じだよっ。わたしはただ、純《じゅん》にやめとけって言って欲しいだけで、そう言ってくれればそれで済むのに――純《じゅん》に黙《だま》ってるのがイヤだったから……わたしは……こうして話してるんだよ？　なのに……」

『すまん。だから、その……泣くなって。僕が――』

悔《くや》しくて、耳からスマホを離《はな》して、「泣いてなんかないっ！　バカっ」って言って、電話を切った。むしゃくしゃしてスマホを叩《たた》きつけるように投げたら、ベッドでバウンドしたスマホが脚《あし》に当たって、それが余計にみじめに思えてきて――もうやだ。

こんなつもりじゃなかったのに。

純《じゅん》や那織《なおり》と買い物したりして、楽しかったのに。

もう今日が終わるって言うのに、なんで最後の最後にこんな思いをしなきゃいけないの？


（神宮寺《じんぐうじ》那織《なおり》）


お風呂《ふろ》から出て、部屋で動画を見ようか本を読もうか悩《なや》んでいると、何やら大きな声が聞こえた。一瞬《いっしゅん》、琉実《るみ》が爆音《ばくおん》でYouTubeでも観《み》ているのかと思ったけど、違《ちが》う。あれは琉実《るみ》の声。一階に聞こえるほどじゃなかったし、恐らく聞いたのは私だけ……仕方がない、私は琉実《るみ》の部屋をノックした。そんな雰囲気《ふんいき》はしたけど、思い設けた通り、返事は無かった。

お姉様は一体何をやっていらっしゃるのかね。

「入るよ」

部屋の中は、これまた推度《すいたく》の域に留まった光景——項垂《うなだ》れた琉実《るみ》が肩《かた》を震《ふる》わせていた。

こういうの、苦手なんだよね。反応に困る。

そうは言っても、私は分かって居ながら蓋《ふた》を開けてしまった愚《おろ》かな人間——溢《あふ》れ出《で》た災禍《さいか》を治める役目を担《にな》うしかない。仕方なく琉実《るみ》の隣《となり》に腰《こし》を下ろして、頭を抱《だ》き寄《よ》せた。

ほどなくして聞こえ出す嗚咽《おえつ》。

どうしてこう、血族の欷泣《ききゅう》って云《い》うのは精神的に滅入《めい》る……何らかの危機を伝える情報の伝播《でんぱ》ってことか。共鳴することで、危機的状況《じょうきょう》を共有するシステムね。なるほど。

背中をさすって言語能力の回復を待つ間、私なりに原因を考えてみる。琉実《るみ》がここまで取り乱す原因は然程《さほど》多くない。大きく分けると、部活関係か隣《となり》の男の子。今回は、後者だろう。

後者だろうじゃないよっ！

純《じゅん》君絡《がら》みで泣いているとしたら、私が慰《なぐさ》めるのは違《ちが》くない？　って思うけど、私はそこまで鬼《おに》じゃないし、薄情《はくじょう》でもない。私って、本当に良《い》い性格してるよね。性格が良すぎて、自分でも呆《あき》れるくらい。見てよ、この慈愛《じあい》に満ちた姉に向ける優《やさ》しき眼差《まなざ》し。やっぱ聖母《マリア》かも。

「落ち着いた？」

「……うん。ありがと」

「吐《は》き出《だ》したい？　それとも喋《しゃべ》りたくない？」

「……喋《しゃべ》りたい。でも、もう少し待って」

「うん。でも、世界が終わるまでは待てないからね。先に言っておく。そうだ、面白《おもしろ》い話をしてあげるよ。箱が三つあったとして、その一つにお金が入っているとしよう。別にお金じゃなくても良《い》いんだけど、ま、これはマクガフィンみたいな物で、中身は重要じゃない。琉実《るみ》が欲《ほ》しい物《もの》なら何でも良《い》い。そんで、琉実《るみ》がその中から一つを選ぶのね」

「マク……何、そのマフィンみたいなの」

そこは良《い》いんだって！　ヒッチコックから説明しなきゃじゃん。

「それはどうでもいいの。とりあえず、琉実《るみ》は箱を一つ選びました」

「うん」

「琉実《るみ》が選ばなかった二つの箱の内、一つを開けます。中身は空。これで、お金だか何だかが入ってる箱は、琉実《るみ》が選んだ箱か、残った箱だよね？　どっちかに入ってるよね？」

「そうだね」

「もし、箱を選び直しても良《い》いよって言ったら、どうする？　変える？　それとも、自分の直感を信じて最初に選んだ箱のままにする？」

「えっと……わたしは変えないかな。最初のまま」

「そう言うと思った」

「え？　終わり？　オチは？」

もちろん、簡単には教えてあげない。

「どう？　喋《しゃべ》れそう？」

「うん。そうだけど……今の話は結局どうなるの？　気になるんだけど」

「琉実《るみ》が喋《しゃべ》った後《あと》で教えてあげる」

「なにそれ……ずるっ。いいよ、わかった。わたしの負け。えっと、那織《なおり》は仲のいい人から告白されたことある？　あ、那織《なおり》はその人のこと、何とも思ってなくて、だよ」

「仲が良《い》いの定義は？　そこのレベルによって回答が変わる」

「もうっ、いちいちめんどくさいなぁ。仲がいいって言ったら、仲がいい——じゃあ、普通《ふつう》に喋《しゃべ》ったり遊んだりするような人。これでいい？」

あの痴《し》れ者《もの》はどっちに分類されるんだろう。告白された時は今ほど仲良く無かったけど、それでも知人と友人の境界くらいには居たと思うし、他の有象無象《うぞうむぞう》に比べたら言葉を交《か》わした回数はそれなりに多かった——つまり、そんな経験は「無い」

「そっかぁ。わたしさぁ、男バスの、中等部の時に生徒会長してた坂口瑞真《さかぐちみずま》って居たでしょ、同じクラスなんだけど、瑞真《みずま》から告白されたんだよね」

生徒会長言われても知らんけど。興味無いし——ん？　もしかして純《じゅん》君とか教授が安吾《あんご》って呼んでる人のことかな？　生徒会長がどうのって、聞いたことある。でも、顔はぱっと分かんない。そも、人の顔を覚えるのは苦手——違《ちが》っ、苦手じゃない。得手不得手じゃなくて、興味無いから脳のリソースを割《さ》かないだけ。うん、そう。

しっかし、告白ねぇ。まぁた、面倒臭《めんどうくさ》そうなイベントに絡《から》まれちゃって。

「それ、純《じゅん》君の友達の？」

「そうそう。純《じゅん》とか森脇《もりわき》が安吾《あんご》って呼んでる——話したことある？」

「無い。顔もよく分かんない。それは良《い》いとして、今の状況《じょうきょう》にどう繋《つな》がるの？　付き合ってくれないとおまえの家族や純《じゅん》君を痛い目に遭《あ》わせるぞ、とでも言われた？」

「瑞真《みずま》がそんなこと言うわけないじゃん。告白は普通《ふつう》に断った！　そうじゃなくて、友達として良《い》いから、一緒《いっしょ》に遊びに行かないかって言われた」

「だるっ。何その友達としてって。白々しい。まさか、行くの？」

「行くって言うか……那織《なおり》だったらどうする？」

「死んでも行かない。行く理由があったらご教授願いたいくらい」

「那織《なおり》ならそう言うよね。わたしも一度は断ったんだよ？　けど、なんか後ろめたいっていうか、申し訳ないっていうか、これでも瑞真《みずま》とは中等部の時からの付き合いだったし、保留って感じにしてて——さっき純《じゅん》に相談してた」

「なるほどね。琉実《るみ》の状態から察するに、止めて欲しかったけど、止めてくれなかった、と。そんなとこでしょ？　どう？　違《ちが》う？」

「そう。那織《なおり》の言う通り。よくわかったね」

分かるよ、それくらい。

純《じゅん》君は純《じゅん》君で、付き合っても無いのにそんなこと言えない／琉実《るみ》は琉実《るみ》で、付き合ってなくても言って欲しい、枝葉末節《しようまつせつ》は知らないけれど、大筋は外して無いんじゃない？

私からすれば、保留にした琉実《るみ》の行動が、まず理解不能。琉実《るみ》が言ってるのは、優《やさ》しさじゃなくて哀《あわ》れみ。その憐憫《れんびん》に希望を託《たく》す男の方も大概《たいがい》だし、クソ野郎感《やろうかん》が拭《ぬぐ》えない。

純《じゅん》君のは、あのクソ真面目ムーヴを考えれば、気持ち的に分からなくは無いけど、女子として言わせてもらうなら、最低の部類。私が琉実《るみ》の立場だったとして——そこからして有り得ないし、得心出来るポイントが見付からないけど、言って欲しい気持ちだけは、分かる。

だるっ。

もうっ、そんなことに巻き込まないで。

って、私から巻き込まれに行ったのか。

「で、どーすんの？　遊びに行くの？」

「どうしよう。なんにも考えらんない」

私の言葉で琉実《るみ》が動くとは思えないけど、言ってみたくなった。


私は聖母《マリア》なんかじゃない。


もちろん、二人が喧嘩《けんか》したままで居て欲しいとは思わない。有利とか不利とか、そういう話は確かにあるけれど——それをするなら緊密《きんみつ》に物事を積み上げて、一部の隙《すき》も無いスマートなやり方で勝ちたい。私が望むのは、比較した上で私を選んで欲しいってこと。

純《じゅん》君と琉実《るみ》を仲違《なかたが》いさせてみたいなやり方は、蟠《わだかま》りの噴出《ふんしゅつ》で破綻《はたん》する。

だから、意図が違《ちが》う。私はただ、どうなるのか見てみたくなっただけ。

私たちはおなじ稼業《かぎょう》で暮らしているんだ。だから、私は彼の鼻を明かしたりはしない。

琉実《るみ》、ごめんね。ちょっと利用する。

「行って来たら？」

意外そうな顔をして、目が見開かれて、私と同じ色の虹彩《アイリス》が微《かす》かに揺《ゆ》れた。

第三章

TITLE

待って。それ、わたしってこと？

（白崎《しろさき》純《じゅん》）

「諸君っ！　戦争じゃっ！　二年の教室に地獄の業火《ヘル・ファイア》をお見舞《みま》いしてくれようぞ」

昼休み、雨宮《あまみや》は二年の教室に行ったらしい。僕にそうしたように、約束《アポ》無《な》しで。これまた例の如《ごと》く、放課後に話したいみたいな事だけ言って退散した、らしい。すべては雨宮《あまみや》の口から聞いた話であるが、概《おおむ》ね想像はつく。何せ、経験済みだからな。

さっきの那織《なおり》の言葉は、それを受けて出た、いつものアレ。

「にゃおにゃお、やる気満々だねぇ。とりあえず、マープルは賢《かしこ》そうな感じだった。メガネ掛《か》けてて、なんてゆーの、ザキっぽい」那織《なおり》の首筋に手を回した雨宮《あまみや》が、僕と教授に一切目を向けることなく、まるで二人の世界に居るかのように——那織《なおり》と仲良く出来るかも知れないとは言ったが、昨日と言い、今日と言い、雨宮《あまみや》は那織《なおり》のことが好きなのかってくらいスキンシップが激しい。そんな急に仲良くなるもんなのか？　女子はわからん。

「（なぁ、どう思うよ？　あいつらってあんなに仲良かったか？）」

「（僕にもわからん。ああいうコミュニケーションも、女子にとっては普通《ふつう》なのか？）」

「（俺に訊《き》くな。だが、百合《ゆり》モノの知識で良ければ、語ってやるぞ）」

「（その手の知識を得たくなったら頼《たの》むわ）」

今日は亀嵩《かめだけ》が不在だ。美術部に行っている。つまり、那織《なおり》に待《ま》ったを掛《か》けるのは僕の役目だ。

亀嵩《かめだけ》は「白崎《しろさき》君が居れば大丈夫《だいじょうぶ》だと思うけど、先生が暴走しないようによろしくね！」なんて軽く言ってくれたが、雨宮《あまみや》の行動は誤算だった――だが、悪くない。

顔を出さないもんかと思っていたが……裏で橋渡《はしわた》しをしてくれていたとは。やり方はどうあれ、素直《すなお》にありがたい。フットワークが軽いって、こういうことなんだろうな。

「で、雨宮《あまみや》、約束は何時なんだ？」

「わかんない」

微塵《みじん》も悪びれることなく、雨宮《あまみや》が金髪《きんぱつ》を揺《ゆ》らしながら首を傾《かし》げた。

「わかんないって何だよっ！　約束してないのか？」

「放課後としか言ってなーい。向こうがいつ終わるとか知らんしー」

それって……二年生を待たせてるってことじゃねぇのかっ⁉

「マジかよ。白崎《しろさき》、さっさと行った方がよくね？　めっちゃ怒《おこ》ってるかも知んねぇぞ？」

「だよな。那織《なおり》、行くぞ」

「そんな焦《あせ》んなくてもよくない？　放課後は放課後じゃない？」

「良くねぇよ。訳のわかんないトートロジーを言いやがって。大体、雨宮《あまみや》は時間にルーズすぎんだよ。勉強を教えてた時だって――」

「おい、白崎《しろさき》。あとにしろ」

「すまん。つい」

「ザキ怒《おこ》られてる。だっさ」

「うるせぇ。さあ、行くぞ」

「ごめん、エナはこのあと用事あるから行けなーい」

「えっ⁉　慈衣菜《しえな》、来ないのっ⁉」雨宮《あまみや》を解《ほど》いて立《た》ち上《あ》がり掛《か》けた那織《なおり》が、止まった。

「雨宮《あまみや》が来てくんないと、顔すらわかんねぇぞ？」

続けて教授が、僕の方を向いて「なぁ？」と同意を促《うなが》した。

「教授の言う通りなんだが……無理に来いとは言えんだろ。僕らで行くしかない」

相手を待たせていることを考えると、こうしている時間すら惜《お》しい。

「白崎《しろさき》がそう言うなら……」

「みんな、ごめんね！　ザキっぽい人がそうだからっ！　よろっ！」

四人で教室を出て、自分の棟《とう》に戻《もど》っていく雨宮《あまみや》を見送って、三人で下の階に向かう。

僕のシャツを摘《つ》まんで歩いていた那織《なおり》が「純《じゅん》君が話してくれる、でいいんだよね？」と弱々しい声を零《こぼ》した。さっきまで勇んでいたのに、いざ行くとなったらこれだ。唯一《ゆいいつ》古間《ふるま》先輩《せんぱい》とやらの顔を知る雨宮《あまみや》も居なくなって、心細いのはわかるが……これで当人は内弁慶《うちべんけい》じゃないと言い張る辺りは、昔から変わらない。那織《なおり》のこういう所、可愛《かわい》いけどな。

那織《なおり》があれこれ引用したり、難しい言葉を使いたがるのは、虚勢《きょせい》を張っているからだと琉実《るみ》が言っていた。琉実《るみ》曰《いわ》く、おばさんの受け売り。母親が言うんだ、間違《まちが》いないだろう。那織《なおり》のあの喋《しゃべ》りも背伸《せの》びの表れだと考えると、なんて言うか、愛《いと》おしさすら覚える。頭は切れるし、口が立つなんてもんじゃないけど、中身は年齢《ねんれい》相応の普通《ふつう》の女の子。もっと早く知っていたら、色々と違《ちが》った——今更《いまさら》そんなことを言っても仕方がない。

——お願いだから、もう仲間外れにしないでよ。

那織《なおり》の吐露《とろ》した本音は、僕に向けて放たれた言葉だったけれど、恐《おそ》らく僕と琉実に向けられた言葉だった。琉実《るみ》と言えば——この件が終わったら、謝らないと。怒《おこ》らせたままだ。

「ああ、僕が話すよ。那織《なおり》は黙《だま》ってて良《い》い」

「うん。やばくなったら参戦するから。それまではよろしくね」

「ま、神宮寺《じんぐうじ》がいつもの調子でまくし立てれば、相手は先輩《せんぱい》だろうと怯《ひる》むかもな」

教授がぼそっと言ったのを、那織《なおり》は無視した。軽口に付き合う余裕《よゆう》は無いらしい。

二年のフロアは、有《あ》り難《がた》いことに閑散《かんさん》としていた。二年五組はすぐ見付かった。自分のクラスの直下だから当然だが。先を歩く教授が、「古間《ふるま》先輩《せんぱい》居ますか？」と言いながら、臆《おく》することなく中に入って行った。雨宮《あまみや》ほどじゃないにしろ、ふとした時に見せる教授の高い社交性には、羨《うらや》ましさを感じる。と言うか、僕と那織《なおり》の社交性が低いのか？

いや、那織《なおり》よりは僕の方が――

「白崎《しろさき》、何やってんだよ」そう言って、教授が手招いた。

「おう」

シャツの端《はし》を摘《つ》まんだままの那織《なおり》を連れて中に入ると、銀縁《ぎんぶち》フレームの眼鏡を掛《か》けた人物が本を置く所だった。見覚えのある表紙。ハインラインの『輪廻《りんね》の蛇《へび》』。表題が映画化された短編集。見た瞬間《しゅんかん》、仲良くなれるかも知れないと思った。

「いきなりすみません――」

「部室、君達も狙《ねら》ってるんだって？　昼間に、金髪女《きんぱつおんな》が来て騒《さわ》いでいたよ」

「ああっと、それに関してはすみません。ちゃんと言っておくんで」

教授が僕より早くフォローを入れる。

「ため口はどうかと思う、と付け加えといてくれ。で、金髪女《きんぱつおんな》が言うには、部室を諦《あきら》めてくれないかとのことだが、答えはＮＯだ。他に目ぼしい当てが無い物でね」

まぁ、当然そうなるよな。僕も同じ回答をする。

「ですよね。ただ、うちらも他に当てが無くて。部員と顧問《こもん》は揃《そろ》っているので、あとは部室だけなんです」僕がそう言うと、教授が最初のカードを切った。

「先輩《せんぱい》のところは、まだ部員が一人足りないんですよね？」

今日の昼、依田《よだ》先生から入手した情報。琉実《るみ》に謝罪の声を掛《か》けそびれた理由。

「ああ。そうだが」

「うちらはあと部室だけなんですよ。だから――」教授が下手に出て、一押し。

「だから諦《あきら》めろ、と？　部室は条件を先に満たした者が優先されると校則に載《の》っているのなら、そうするよ。だが、そんな条文は無い。であるならば、譲《ゆず》る理由は？」

この隙《すき》の無い感じ、嫌《きら》いじゃない。感情的に来られるより全然良《い》い。

「そこで提案なんですけど」次のカードは僕が切る。「ゲームで勝負するのはどうですか？」

「勝負？　それを受けるメリットは？　君らが勝ったら、目星を付けていた部室候補を失う。にも拘《かか》わらず、自分が勝った時は何も得られない。メリットは無いように思うが」

「僕が入部します」

「なるほど。勝利が部活成立に直結する、と。筋は通っている。ちなみに、うちは遊戯部《ゆうぎぶ》とは言うものの、実態はチェス部だ。それでも入部するかい？」

「チェスは好きなので。問題ありません」

「面白《おもしろ》い。交渉《こうしょう》のテーブルに着くことにしよう。あの金髪女《きんぱつおんな》にガーガー言われた時は、どんな生意気な一年が来るのかと身構えていたが――君は特進か？」

「はい。ここに居る全員そうです」

「ちなみにあの女は？」

「英語科ですよ」身体《からだ》から緊張《きんちょう》の消えた教授が言った。

「英語科、ね。さて、そうと決まれば、何で勝負をするかだが——」

僕は間髪《かんはつ》入れずに言った。「チェスで」ちょうどおじさん以外の人とやりたかったんだ。

ネット対戦はしょっちゅうしているが、実際に駒《こま》を触《さわ》って、相手を前にするのは別格だ。

「こっちに有利な条件でやる、と言うのか。君達は中々肝《きも》が据《す》わっている。それとも、自信があるのか――この場合は後者だろうな。君達が特進ってことは、直系の後輩《こうはい》にあたる訳だ。そこに配慮《はいりょ》するならば、善き先輩《せんぱい》でありたいと思うのだが、ひとつだけ意地悪を言《い》わせて貰《もら》おう。これはそうだな、君達とは決定的に違《ちが》う物《もの》――卒業までに残された日数、チャンスと言《い》い換《か》えても良い、そこに於《お》いて条件がイーブンではないから、と理解してくれ。勝負をする相手の指名権が欲《ほ》しい。それを飲んでくれたら、勝負を受ける。どうだろうか」

残された日数――言われてみればそこだけが大きく乖離《かいり》している。そこを突《つ》かれると、確かにイーブンとは言《い》い難《がた》い。相手に有利な条件を提示しておけば――条件に拘《こだわ》る余り、前提を見落としていた。完全に僕らのミスだ。もし雨宮《あまみや》を指名されでもしたら……実態はチェス部と言うくらいだ、この人は強い。理屈《りくつ》にも隙《すき》が無い。

教授と顔を見合わせる。教授も何か打開策が無いか探している表情だが、僕と同じく色々なパターンを想定していて――どう出るのが正解か逡巡《しゅんじゅん》している。

「おっと、安心してくれ。あの金髪女《きんぱつおんな》を指名しようなどと言う積もりは無い。そこまで意地の悪いことは言わんよ。そうだな……例えばそこの女の子はどうかな？」

先輩《せんぱい》が那織《なおり》を指して、続ける。「チェスの経験はあるかい？」


そ、こ、の、女、の、子、は、ど、う、か、な、だって？


想定外の指名対象に、思わず笑《え》みが零《こぼ》れそうになるのを必死に抑《おさ》えた。

悪くない。それなら勝ち目はある。

この人のミスは、那織《なおり》を侮《あなど》ったこと。見た目に騙《だま》された。態度に騙《だま》された。

教室に入ってから、那織《なおり》は一言も喋《しゃべ》っていない。那織《なおり》の内弁慶《うちべんけい》がこんな風に機能するとは。

さて、面白《おもしろ》くなってきた。

不意に話を振《ふ》られた那織《なおり》が、おずおずと「昔にちょっとだけ。将棋《しょうぎ》なら」と小声で答えた。

将棋《しょうぎ》なら――はっきりとは言わなかったが、那織《なおり》はかなり強い。最近は指してないが、何度負けたか数え切れないくらいだ。と言うか、那織《なおり》はこの手のゲームに滅法《めっぽう》強い――僕が那織《なおり》にチェスを何度も勧《すす》めた理由が、それだ。

おじさん以外の強い相手と勝負したい――相手が那織《なおり》なら、絶対に楽しい。

意外だったのは、那織《なおり》はチェスをやったことがある、ということだ。知らなかった。未経験だと勝手に思い込んでいた……考えてみれば、おじさんは教えるよな。

「なるほど。ルールを思い出せばってところか。将棋《しょうぎ》が出来るなら、そこまで時間は掛《か》からないだろう。勝負は、そうだな……来週の土曜日はどうだ？　生憎《あいにく》、午前中は授業だが、午後だったら自主学習の時間なので都合がつく。君らも特進だったら、来年からは授業だ——言われるまでも無いか。すまない。話が逸《そ》れた。とにかく、土曜日だったら生徒の絶対数が少ないから勝負に集中しやすいだろうし、時間的制約も幾分《いくぶん》かは自由になる。もっと時間が欲しいならそれでも良いが、まずは来週の土曜を定案する。この条件は如何《いかが》かな？」

「那織《なおり》、それで良《い》いか？」

念《ねん》の為《ため》、確認《かくにん》する。答えなんて聞くまでもない——しかし、那織《なおり》は首を振《ふ》った。

「明後日《あさって》で良《い》い。二日あれば思い出せる」

幾《いく》らなんでもそれは……慌《あわ》てて耳打ちする。「（来週で良《い》いって言ってくれてるのに、明後日《あさって》は流石《さすが》に早すぎないか？　最後にチェスしたのはいつだ？　本当にそれで——）」

「（私が、そんなに待てない。大丈夫《だいじょうぶ》。任せて。さっさと片付けたいし）」

「本当に明後日《あさって》で良《い》いのかい？　そんなに性急じゃなくても——」

そう歩み寄った先輩《せんぱい》に、那織《なおり》は一言、「いい」とだけ口にした。

那織《なおり》は、勝算や考えも無しに物事を決めるタイプじゃない。

いいよ、僕は那織《なおり》を信じる。

「じゃあ、決まりだ。土曜の午後、場所は君達の教室にしよう。あれこれ条件をつけさせて貰《もら》ったからな。場所までアウェイというのはやりすぎだ」

古間怜人《ミスター・マーブル》――僕は嫌《きら》いじゃない。今度、本の話をしながらチェスをしたいくらいだ。

一年の教室に戻《もど》るまで、誰一人《だれひとり》喋《しゃべ》ろうとしなかった。だが、心の中ではにやついていたに違《ちが》いない。僕自身《じしん》がそうだったから。不安が無いとは言わないが、那織《なおり》が相手ならやってくれるだろうという不思議な安心感がある。教室に戻《もど》って最初に口を開いたのは、教授だ。

「聞いたか？　そこの女の子だってよ」

満面の笑《え》みで――身体中《からだじゅう》からしてやった感が滲《にじ》み出《で》ている。

「僕も思った。那織《なおり》のこと、完全に見くびってたよな」

「私の演技に掛《か》かればこんなもんよ。どう？　ちょっとは見直した？」

腕《うで》を組んで、ジャック・ニコルソンみたいに眉《まゆ》を持ち上げて、したり顔で那織《なおり》が言った。

「よく言うぜ。借りてきた猫《ねこ》みたいに黙《だま》ってたくせに」

「うっさいっ！　猫被《ねこかぶ》ってただけだしっ！　私の手柄《てがら》なんだから、素直《すなお》に持ち上げてよ！」

「那織《なおり》の手柄《てがら》なのは間違《まちが》いない。それは認める。マジでよくやった。ところで、チェスをやったことあるって言ってたけど、いつの話だ？　誘《さそ》いを断られた記憶《きおく》しかないが」

「超《ちょう》ちっさい頃《ころ》、嫌《いや》がる私を押さえ付けて、お父さんが無理矢理――」

「言い方っ！」そこだけ切り取ったら、文脈変わるぞ。

「だって事実だもん。私はやりたく無かったし。朧気《おぼろげ》ながらルールは分かるけれど、忘れてることもあると思う。けど、将棋《しょうぎ》が分かるから大丈夫《だいじょうぶ》でしょ。将棋《しょうぎ》より駒《こま》少ないし。何だったら、純《じゅん》君が教えてよ。慈衣菜《しえな》に勉強を教えてたくらいだもんね。暇《ひま》でしょ？」

まだ言うか。

「それは全然構わないが……将棋《しょうぎ》と全く一緒《いっしょ》ってわけでもないし、チェスはチェスなりの動かし方が――とりあえず、将棋《しょうぎ》同様戦略パターンを覚えることだな。オープニングからどう展開していくか、要はパターンの組み合わせと潰《つぶ》し合《あ》いだ。二日でいけるか？」

「余裕《よゆう》だよ。記憶力《きおくりょく》勝負なら任せて。私を誰《だれ》だと思ってるの？」

「とか言って、負けんじゃねーぞ。俺と白崎《しろさき》は情報の為《ため》に昼休みを捧《ささ》げたんだからな」

「教授、いちいちうっさい。お昼休みくらい何なの？　私は勝負の為《ため》に、貴重な、超《ちょう》貴重な睡眠《すいみん》時間を純《じゅん》君に捧《ささ》げなきゃいけないんだよ？　毎日熱い夜を過ごして、徹夜《てつや》するんだよ？」

また訳のわかんないことを――「しねぇよ。寝《ね》かせろ」

「しないの？　寝《ね》るの？　私をほっぽって、寝《ね》るの？　酷《ひど》くない？　だって、さっき毎日泊《と》まりに来いって言ったじゃんっ！　それなのに――」

「言ってねぇ。自分の家で寝《ね》ろ」

「ね、教授はどう思う？　このサブカルクソ野郎《やろう》、酷《ひど》いと思わない？　教授からも――」

「そんなに言うなら、おじさんにチェスを教《おし》えて貰《もら》え」

「やだ。純《じゅん》君が教えて。お父さんは嫌《いや》だ。おーねーがーい」

そう言って僕の腕《うで》に抱《だ》き着《つ》き、ぶんぶんと左右に振《ふ》ってくる。もう、鬱陶《うっとう》しい。

「分かったから離《はな》せって」

「なぁ、白崎《しろさき》。帰っても良《い》いか？　さもなくば、その出来の悪いラブコメみたいなやり取りに、いつまで付き合えばいいのか教えてくれ。いい加減、金取るぞ？」

「教授は払《はら》う方《ほう》でしょ？　構ってあげないから、寂《さび》しくなっちゃった？」

「なっ、なんだとっ！　おまえ……この俺が寂《さび》しいわけないだろ！　おい白崎《しろさき》、神宮寺《じんぐうじ》をどうにかしてくれ。遠回しに喧嘩《けんか》を売ってくるんだが」

「遠回し？　最短ルートの積もりだったんだけど」

「那織《なおり》、その辺にしとけ。まずは亀嵩《かめだけ》と雨宮《あまみや》に報告だ」

僕がそう言うと、那織《なおり》が「いいよ。私、行って来る。じゃ、あとで！」と言い置いて出て行った。残された教授と僕は、雨宮《あまみや》に向けてＬＩＮＥの部活用グループ（仮）に顚末《てんまつ》をメモ書きしておいた。ＬＩＮＥを開いたついでに、僕は琉実《るみ》とのトークを開く。

僕が送ったメッセージに既読《きどく》は付いているものの、返事は無い。

※　※　※

（神宮寺琉実《じんぐうじるみ》）

日中、純《じゅん》と何度か目が合った。でも、話《はな》し掛《か》けに来てはくれなかった。
だからってわけじゃないけど、よくないって思ってるんだけど、なんて返せば良《い》いかわから
なくて、意地だって言われればそれまでなんだけど、わたしから声を掛《か》けたくないって気持ちも
あって、でも、このままじゃダメだって思ってはいて、そんなことを考えている内に、放課後
になってしまった。部活が始まってしまった。

昨夜、那織《なおり》は「行って来たら？」と言った。
そして、「私だったら絶対に行かない。琉実《るみ》の立場だったら、絶対に行かないって断った上
で、純《じゅん》君に訊《き》く。判断を委ねたりしない。でも琉実《るみ》は違《ちが》った。つまり、保留にしてあげるく
らいには迷いがあるんでしょ？　無下に出来ないくらいには交誼《こうぎ》があるんでしょ？　情が移っ
てるんでしょ？　可哀想《かわいそう》だなって。その男バスとやらに。これっぽっちも理解出来ないけど。
それを踏《ふ》まえた上で、言わせて。

琉実《るみ》が行くって言った時、純君《じゅん》がどうするのか見てみたいって思った。

深い意味はなくて、単純にそう思っただけ。相手は純君《じゅん》の知り合いなんでしょ？　その男子と琉実《るみ》が二人で遊びに行く事に、なんて言うのか。私は興味ある」と言って、挑発的《ちょうはつてき》というか、それこそ試《ため》すような目付きで、わたしをじっと見つめた。

「それは……なんか純《じゅん》のことを試《ため》してるみたいで……どうかと……」

「何言ってるの？　琉実《るみ》はもう試《ため》したじゃん。純君《じゅん》に判断を委譲《いじょう》したじゃん。自分がしたことを理解してないの？　本当は止めて欲しかったんでしょ？　でも、止めてくれなかったんでしょ？　だったら、もう答えは出てるよね？　それでも行かないんだったら、なんで保留にしたの？　おかしくない？　惻隠《そくいん》の心は仁の端《たん》なり？　違《ちが》うよね？　だとすると、その男子を哀憫《あいびん》に思いながらも、これまた丁度良《ちょうどい》いって事で利用して、純君《じゅん》を試《ため》したってことなの？　もしそうだって言い切るなら、私は何にも言わない……ごめん、琉実《るみ》もやるねぇ、くらいは言うかも。で、実際はどうなの？　性悪《しょうわる》全開だったの？　違《ちが》うって言うなら、行っておいで。そして、純君《じゅん》がどうしたのか、私に教えて」

わたしは瑞真《みずま》を利用して、純《じゅん》を試《ため》して――そういうことなの？

そんなつもりじゃなくて。

ただ、行くなって言って欲しかっただけで。「なんでそんな酷《ひど》いこと言うの？」

「酷《ひど》い？　酷《ひど》い事《こと》、言った？　私は状況《じょうきょう》から憶度《おくたく》される、そうなんだろうなと思う事柄《ことがら》を列挙したただけだよ？　この際、今の状況《じょうきょう》を利用してみるってのも良《い》いんじゃない？　そのバスケ男子を友達だと言うのなら、逆に純《じゅん》君の事を相談してみるとか。そういうのもありでしょ？」

那織《なおり》がどういう気持ちで言っているのか、ちっともわからない。わたしを応援《おうえん》してくれているんじゃないだろうし、かと言って騙《だま》そうとしてるって感じでもなくて。

「そうだ、さっきの話の続きをしてあげる」

「さっきの……？」

「箱の話。琉実《るみ》は三つの箱の内、最初に選んだ箱から変えないって言ったよね。残る二つの内、片方が外れだと分かっても」

「ああ、その話。言ったけど……今その続き？　まぁ、いいけど。うん、変えない。だって、当たりは自分の箱か残った箱のどっちかでしょ？　当たるかどうかは半々じゃん」

「そう思うでしょ？　でも、当たる確率は残った箱の方が上なんだよ」

「どうして？」

「最初から行くね。まず、琉実《るみ》の選んだ箱が当たる確率は1／3。他の箱も同じ。この時、ちょっと視点を変えて、琉実《るみ》が選んだ箱と、残った箱のグループで考えてみようか。そうすると、残ったグループが当たる確率は2／3でしょ？　ここまで良《い》い？」

「うん。1／3の箱が二つあるからね」

「だよね。そして、残った箱のグループから箱を一つ選んで開ける。外れ。そうすると、開けなかった箱が当たる確率は、単体で2／3に集約されるでしょ。ほら、琉実《るみ》が選んだ箱が当たる確率は1／3のままだよ。つまり、ここで選び直した方が当《あ》たり易《やす》いってことになる」

「わかったような……でも、なんかもやっとする」

「n個で……じゃあ、百個で考えてみる？　九十八個開けて全部外れ。最後に残った一個と、琉実《るみ》が最初に選んだ一個。こうすると、残った一個の方が当たりそうじゃない？」

「そう言われると、そんな気がする……」

「まぁ、最初に箱を一つ開けて、残った二つから選んで下さいだったら、シンプルな二択《にたく》になるんだけど、それはこの際置いておいて――私が言いたかったのは、状況《じょうきょう》に合わせて選択《せんたく》を変えていくのも決して愚策《ぐさく》じゃないよって事。止めてくれなかったから行ってみるか、も十分に選択《せんたく》としてありなんじゃない？　もちろん、行かない選択《せんたく》だってある。どれが当たりなのかは誰《だれ》にも分からない。現実は結果が総《すべ》てだから。ｉｆは無い。ただ、最初の考えが外れたから、もう何にも分からない、考えられないってなるよりはマシでしょ。それを踏《ふ》まえた上で、琉実《るみ》が行った場合、純《じゅん》君はどうするのかなって興味が湧《わ》いた。そんだけの話」

「……それで純《じゅん》が止めてくれたとしたら……」那織《なおり》はそれでいいの？

そこまでは言えなかった。

「何、その顔。止めてくれたらわたしが有利だっ！　純《じゅん》がわたしを選んでくれたっ！　とでも言いたい訳？　だから言い差したの？」

「えっと……そんなつもりじゃなくて」

「それに関しては、良《い》いよ。気にしないで。純《じゅん》君が腹を決めるとは思ってないから」

那織《なおり》は、確かにそう言った。純君が腹を決めるとは思ってないから。

なんで？　純《じゅん》と何かしてるの？　わたしだって、それでどうこうなるって思うほど厚かましくはないけど、自信満々に言われると、わたしに何か隠《かく》してるんじゃないかって――

「るーみっ！」

「あ、ごめん。何？」

はっとして振《ふ》り向《む》くと、着替《きが》え終わった可南子《かなこ》が、眉間《みけん》に皺《しわ》を寄せていた。

「何ボーっとしてんの？　周りが見えるのはコートの中だけなの？」

「ごめん。ちょっと考えごとしてて」

手に持ったままだった制汗《せいかん》スプレーを噴《ふ》いて――ん？　二回目かも。ま、いいや。

「さっきからずっと呼んでるのに。ほら、昨日、瑞真《みずま》に呼び止められてたっしょ？　何言われたのかなーって。そろそろ白状しなさいよ」

可南子《かなこ》の後ろで、みんなが「そうだー教えろー」「まさか告られた？」「それだったらうける。瑞《みず》っちって、白崎《しろさき》と友達じゃなかった？」「そうなん？　やば」「うち、そういう修羅場《しゅらば》大好き」「昼ドラとか？」「え？　それオバサンじゃん」「違《ちげ》ぇーし」と騒《さわ》ぎ立《た》てる。

これ、言う必要なくない？

ほぼ当たってんじゃんっ！

「まぁ、それに関してはご想像にお任せってことで――」

すかさず可南子《かなこ》が、両手をメガホンみたいにして「れいらーっ！　どーなの？　あんた、聞いたんでしょー？」と大きな声を出した。

「私に訊《き》かないでよ。ほら、琉実《るみ》。もう言っちゃえば？　みんなが面倒臭《めんどうくさ》い」

「それは瑞真《みずま》が可哀想《かわいそう》――」

気付いた時には、手遅《ておく》れだった。

言っちゃったようなもんじゃん。

部室で始まるわたし抜《ぬ》きの会話。

「マジで？　え、琉実《るみ》に？」「あー、そうなんだぁ」「これは面白《おもしろ》くなってきた」「どーすんの？　付き合っちゃう感じ？」「バスケバカ二人はやばいっしょ。デートは絶対コートじゃん」「公園でバスケ？」「それ、朝からバスケしかしないパターン」「そういう意味じゃ、お似合い？」「うん、白崎《しろさき》よりは合ってるかも」「でもさぁ、瑞真《みずま》って、ライバル多いんじゃない？」「うちのクラスにも居るわ」「うちは好みじゃないなぁ」「まぁ、顔は悪くないもんね」「何、あんたもしかして狙《ねら》ってた？」「やめてよー。違《ちが》うって」「でもさ、マジで改めて考えてみると、スペック高くね？」「それ、ある」「あれで成績もイイのがムカつく」「やっぱ、琉実《るみ》、狙《ねら》われちゃうんじゃない？」「確かに。後ろに気を付けないとマズいかも」「コート外だと、うちらのが周り見えてるまである」「いっちょ、フォローしてあげますか」「仕方ないなぁ」「琉実《るみ》をいじめるヤツがいたら、うちらが許さないから大丈夫《だいじょうぶ》っ！　安心してっ！」

「うっさいっ！　安心できるかっ！」

うちのメンバーって、どうしてこう騒《さわ》がしいのっ！

てか、この光景、ちょっと前にも見た気がするっ！

ほんっとやだ。いいからほっといて……どうせバレちゃったんだし、みんなの意見を訊《き》いてみるのも手だったり？　メンバーの殆《ほとん》どは中等部からで、瑞真《みずま》との付き合いだってある。案外、悪くないかも——みんなの方に向き直った時、座っている真衣《まい》の表情が曇《くも》っている気がして、少し引《ひ》っ掛《か》かった。いつもだったら、可南子《かなこ》と二人でめっちゃ騒《さわ》いでくるのに。

練習中は普段《ふだん》と変わらなかった——はず。

「どうしたの？」と尋《たず》ねると、真衣《まい》が小さく手招きした。

「（ここだけの話……あたし、実は瑞真《みずま》と付き合ってたんだよね）」

——えっ⁉


思わず叫《さけ》びそうになって、慌《あわ》てて口を塞《ふさ》いだ。

隣《となり》に座ったわたしの耳元で、真衣《まい》が衝撃的《しょうげきてき》なことを口にした。

「(え、マジで?)」

大きな声が出そうになるけど、頑張《がんば》って音量を下げる。

「(うん。だから、今の話——)」

付き合ってた⁇　いつの話⁇

待って。マジで知らない。

「そろそろ部室閉めないとやばいよー」麗良《れいら》がみんなに聞こえる声で言った。

慌《あわ》てて真衣《まい》に「あとで話そっ」と言って、自分の荷物を片付ける。脱《ぬ》いだ服やら出した物を仕舞《しま》って——真衣《まい》が瑞真《みずま》と付き合ってた。衝撃《しょうげき》の事実が頭をぐるぐると回る。

一刻も早く、真衣《まい》と話をしたい。みんなに相談とか言ってる場合じゃない。

このあと……今日は木曜だし、ご飯の時間もあるし……ちょっと話すくらいだったらいいよね。それくらいなら、お母さんだって怒《おこ》んないよね。しょうがないよね。

だって、真衣《まい》の話を聞かなきゃおさまんないもんっ。

着替《きが》えが終わって、部室を出て、鍵《かぎ》やら色々と片付けて、校門を出たところでちょっとだけ散る。わたしは真衣《まい》のとこに駆《か》け寄《よ》って「カフェでいいよね？」と耳打ちした。

「うん。あたしも落ち着いて話したいし」

駅が近くなったところで、先頭集団に「わたし、真衣《まい》とちょっと」と声を掛《か》けた。

「どっか寄ってくの？　うちも行く。麗良《れいら》は？」「可南子《かなこ》が行くなら」

「他は？」「今日はパス」「次は行くー」「また誘って」

可南子《かなこ》がそんなことを言い出して、ああっ、出来れば真衣《まい》と二人で——困りながら真衣《まい》を見ると、小さく頷《うなず》いて、声を出さずに「いいよ」と口を動かした。

結果、駅に入ってるカフェに四人で入った。みんなでケーキとかタルトとかシュークリームなんかを恨《うら》めしそうに眺《なが》めながら、ご飯前だからって言ってけん制し合ってたのに、最後に会計をした可南子《かなこ》が、「チーズケーキも」なんて言うもんだから——そう、可南子《かなこ》がそんなこと言ったのが悪い。わたしのトレーにタルトが載《の》っているのも可南子《かなこ》のせい……これくらいなら、ご飯に影響《えいきょう》はない。運動した後だし。大丈夫《だいじょうぶ》。

そう心の中で唱えていたら、麗良《れいら》や真衣《まい》も同じことを言い出した。とりあえず、罪悪感を共有しておけば怖《こわ》くない。うん、ご飯とは別腹。部活頑張《がんば》ったご褒美《ほうび》ってことで。

ひとしきり世間話をして、静かになったタイミングで、「さっきの話なんだけど、続きを聞かせて。いい？」と真衣《まい》に話を振《ふ》った。「何の話？」と横から可南子《かなこ》。

「さっき、琉実《るみ》にちょろっと言ったんだけど、あたし、瑞真《みずま》と付き合ってたんだよね」

「は？　マジで？　え、そんなこと一言も──麗良《れいら》は知ってた？」

「知らない。今、初めて聞いた。それって、いつの話？」

「春休みくらい。落ち着いたらみんなにも言おうって思ってたんだけど……」

伏《ふ》し目《め》がちに話し始めた真衣《まい》が、言《い》い淀《よど》んだ。合いの手を入れようかと思ったところで、真《ま》衣《い》が何かを決心したみたいにちょっとだけ、ゆっくりと頷《うなず》いた。

「あたし、そっこー振《ふ》られちゃったんだよね。ってゆーか、告った時もすぐ断られたんだけど、一週間だけでイイから、仮みたいな感じでもイイからお願いっ！　って何とか頼《たの》み込《こ》んで。そんな感じだったから、言うに言えなくて。で、ちゃんと付き合えたら言おうって思ってた」

なんだか純《じゅん》に告白した自分と重なって、すぐには何も言えなかった。

わたしが純《じゅん》と別れた裏で、そんなことがあったなんて──てか、真衣《まい》が瑞真《みずま》を好きって、全然知らなかったんだけど。わたしだけ？　みんなは知ってたの？

「マジか。そんなん全然気付かなかった。うちにくらい言ってくれれば──」

「言えないって。だって、超《ちょう》カッコ悪いじゃん」

マジで可南子《かなこ》も知らなかったんだ。じゃあ、真衣《まい》は本当に誰《だれ》にも相談せず──凄《すご》い。わたしなんて、麗良《れいら》にめっちゃ相談しまくってたし、そうじゃなきゃ純《じゅん》に告白なんてできなかったと思うし、真衣《まい》は自分だけでそれを──強いなぁ。超強《ちょうつよ》いじゃん。

「真衣はカッコいいよ。わたしなんて、麗良《れいら》に超相談《ちょうそうだん》してたのに」

「ほんと、凄《すご》い。こっちは、毎日琉実《るみ》からうにゃうにゃ聞かされてたんだよ？」

うにゃうにゃってっ！ 麗良《れいら》っ！

ぱっと睨《にら》んだけど、無視された。このっ！

「ちなみに、なんで振《ふ》られたん？」

可南子《かなこ》がいきなり確信に切り込んでいく。さすがフォワード。

「……好きな人が居るって」

可南子《かなこ》と麗良《れいら》の視線が、わたしに集まる。


待って。それ、わたしってこと？


いや……えっと……マジかぁ。やっぱり、そうなる？

きっつ。この場合……なんて言えばいいの？

やめて。二人してそんな目で見ないで。

「そうゆうことか。ちょっと琉実《るみ》、どうすんの？ なんとか言いなさいよ」

「そんなこと言われても……」

「可南子《かなこ》、大丈夫《だいじょうぶ》だから」真衣《まい》が可南子《かなこ》を制して、「ねぇ、琉実《るみ》。琉実《るみ》は瑞真《みずま》になんて言われたの？ 教えて」と、試合の時みたいな真剣《しんけん》な目——いや、どちらかと言うと、懇願《こんがん》するみたいなちょっと探《さぐ》るような目で、真《ま》っ直《す》ぐにわたしを見つめてきた。

まだ好きなんだね、瑞真《みずま》のこと。

わたしは、今まであったことを全部話した。断ったことも、遊ばないかと言われていることも。そして、純《じゅん》とのことも。純《じゅん》との話をしないのは、フェアじゃないって思った。可南子《かなこ》も、わたしを茶化すことなく、静かに聞いていた。わたしが一通り話し終えると、今度は真衣《まい》が、付き合ってた一週間の話をして、振《ふ》られた時のことを、ゆっくり、たまにつかえそうになりながら話してくれた。

「そんな話があったとはねぇ。まったく、二人とも、うちには秘密にして。何なの？　うちら、ずっと一緒《いっしょ》にやって来た仲じゃん。水臭《みずくさ》い」

真衣《まい》が話し終わって、重くなった空気をどうにかしようとしてくれたんだと思う、可南子《かなこ》がおどけながら言って、「ま、あんたらの気持ちもわからなくはないよ。彼氏《かれし》居たことはないけど」と自虐《じぎゃく》ネタを付け加えた。

「うん、そうだね。ありがと」

「ちょっと真衣《まい》、そうだねって何？　そうだねって。失礼じゃない？」

「可南子《かなこ》に彼氏《かれし》居ないのは事実じゃん」

「おら、麗良《れいら》っ！　あんた、喧嘩《けんか》売ってる？　自分だけ彼氏《かれし》持ちだからって」

「可南子《かなこ》に喧嘩《けんか》売るほど、話し相手には困ってないよ」

「ああっ、この余裕《よゆう》っ！　この余裕《よゆう》がムカつくっ！」

可南子《かなこ》と麗良《れいら》がそんなこと言い出して、わたしと真衣《まい》もつられて笑う。

「可南子《かなこ》にも、誰《だれ》かいい人探してあげないと。性格がどんどんギスギスになっちゃう」

「確かに。わたしなんて、いっつも矛先《ほこさき》向けられるんだから」

真衣《まい》に乗っかってわたしも。

「琉実《るみ》なんてまだ良《い》い方《ほう》だよ。私なんて、これだよ？　彼氏《かれし》が居るだけで、悪いことしてる的な勢いで色々言われるんだから。でも、可南子《かなこ》って、彼氏《かれし》ができたらウザいくらいノロけて来そうじゃない？　こういうタイプって、絶対そう」

「「わかるわぁ」」

真衣《まい》と被《かぶ》って、みんなで――可南子《かなこ》以外で爆笑《ばくしょう》。

「おまえら。マジで見てろー。絶対にいい男捕《つか》まえて彼氏《かれし》にしてやる」

「期待してる」

「琉実《るみ》っ！　期待してるじゃないっ！　あんたは瑞真《みずま》と遊びに行って来なっ！」

「なんでよ」

「真衣《まい》のこと、あんたからも訊《き》いて来《き》てよ。琉実《るみ》は瑞真《みずま》に興味ないんだし、瑞真《みずま》だって真衣《まい》とヨリを戻《もど》した方《ほう》が絶対にいいっ！　うちが言うんだから間違《まちが》いないいっ！」

「ちょっと可南子《かなこ》、あたしは別に――」

「まだ好きなんでしょ？」可南子《かなこ》が真衣《まい》を遮《さえぎ》る。

「そうだけど……」

「だったら――」

真衣《まい》と可南子《かなこ》のやり取りを見ていたら、言うしかないじゃん。

「いいよ。わかった。行って来る」

「だよね。琉実《るみ》、さすが」

「……琉実《るみ》。いいの？」

「真衣《まい》の為《ため》だもん。瑞真《みずま》に気持ち、訊《き》いてくる」

那織《なおり》のわけわかんない屁理屈《へりくつ》なんかより、こっちの方がよっぽど納得《なっとく》できる。あいつは、絶対面白《おもしろ》がって言っただけだもん。「純《じゅん》君の反応を見てみたい」とか言ってさ。わたしも、本音を言えば、それにはちょっとだけ興味はあったけど、今はどっちでもいい。

那織《なおり》は純《じゅん》のことを相談したらとも言ってた。

真衣《まい》のこと、純《じゅん》のこと、瑞真《みずま》に訊《き》いてみる。


友達として、相談してみようと思う。

純《じゅん》、ごめん。試《ため》すわけじゃないけど、わたし、瑞真《みずま》と会ってくる。

※　※　※

（白崎《しろさき》　純《じゅん》）


駅前で琉実《るみ》を待って居たのだが、一向に現れない。

那織《なおり》と帰っていたのもあって、一度家に帰ってから駅に向かった。鞄《かばん》を玄関《げんかん》に置いてすぐに家を出たし、道中でも琉実《るみ》に遭遇《そうぐう》しなかった。行《い》き違《ちが》いになってはいない――だろう。

そして、相変わらずＬＩＮＥに返事は無い。

夕飯の後、那織《なおり》にチェスを教える約束になっている。それを考えると、いつまでもここで待っている訳にはいかない。僕らも下校時刻ギリギリまで学校に居たから、琉実《るみ》との時間差は無《な》い筈《はず》なのに。遅《おそ》い。一体、何してるんだ。何かあったんじゃないよな？

焦《あせ》りが、少しずつ憤懣《ふんまん》と心配に変わって混ざり合っていく。良くない。一旦《いったん》、落ち着こう。

もしかしたら、部活の連中と飯でも……それは金曜日が多かったはず。このままじゃ埒《らち》が明かない。〈昨日のことで話したい。駅で待ってる〉って送ってみるか。また既読《きどく》スルーされたらと思って、待っていることは黙《だま》っているつもりだったが、そうも言ってられない。既読《きどく》が付けば、少なくともスマホを見られる環境《かんきょう》だと判断できる。

仮に琉実《るみ》が事件に巻き込まれていたなら、既読《きどく》は付かない――スマホのパスを無理やり訊《き》き出《だ》されて、琉実が見たことを偽装《ぎそう》されたらどうしようもない。いや、それは考えすぎだよな。好きな本や映画がそれ系ばかりだから、想像が偏《かたよ》ってしまう。

とにかく、メッセージを送ろう。

既読《きどく》はすぐについた。返事も来た。

《ごめん》

《今日はムリかも。まだバスケ部のみんなといる》

琉実《るみ》の返事を信用するなら（擬製《ぎせい》メッセージでないなら）、さっさと家に帰って那織《なおり》の来訪に備えた方が良さそうだ。スマホを仕舞《しま》おうとした刹那《せつな》、短く振動《しんどう》した。

《昨日はごめん。わたしも話さなきゃって思ってた》

《あとで連絡《れんらく》する》

〈僕こそ悪かった。またあとで〉

琉実《るみ》との蟠《わだかま》りは解消されていないが、文面のやり取りが出来ただけで随分《ずいぶん》心持ちが違《ちが》う。

となれば、考えなきゃいけないのは、那織《なおり》のこと。

那織《なおり》がチェス、か。

昔、何度か誘《さそ》って断られた経験があるだけに複雑な気分だが、理由はどうあれ、那織《なおり》がチェスをやる気になってくれて、素直《すなお》に嬉《うれ》しい。この勝負のあとも那織《なおり》がチェスを続けてくれれば、いい相手になりそうだし、寧《むし》ろそうなることを望んでいる。機会があれば、古間《ふるま》先輩《せんぱい》とも一局交えてみたいが、今は那織《なおり》の勝利が最優先。

おじさんから貰《もら》ったチェス盤《ばん》は、確か押し入れの中だよな。

急いで帰らなきゃ。

夕飯を食べ終え、母さんに那織《なおり》が来ることを伝え、あれこれ支度《したく》を整えた頃《ころ》、チャイムが鳴った。Tシャツ姿の那織《なおり》を部屋に通し、母さんが持って来たお菓子《かし》を摘《つ》まみつつ、世間話をする二人を眺《なが》める。若干余所《じやつかんよそ》行き交《ま》じりの那織《なおり》と母さんが会話しているを見ていると、何だかこそばゆさが込《こ》み上《あ》げてくる。これはどういう感情から発露《はつろ》される物なのか——琉実《るみ》の時はそうでもないんだけどなぁ。

母さんは幼い頃《ころ》から那織《なおり》を知っていて、もちろん那織《なおり》の本性《ほんしょう》だって分かっている。そんなことは那織《なおり》だって百も承知だろうに、それでも礼儀正《れいぎただ》しくあろうとする姿に、親のような気持ちになっているのかも知れない。

母さんが部屋を出たので、本題に入る。今日のメインだ。

「さて、チェスはどこまで覚えてる？」

飲み物やお菓子《かし》を端《はし》に寄せ、ローテーブルの上にチェス盤《ばん》を出して駒《こま》を並べながら訊《き》く。

「えっと、将棋《しょうぎ》同様インドのチャトランガがルーツで——」

「そういうことじゃねぇよ。ルールだよルール」

「そんな言わなくてもいいじゃん。分かってるって。どう指すか、でしょ？　なんとなくは覚えてる。ただ、この歩《ふ》みたいな――ポーンだっけ？　なんか、変な取り方無かった？」

「ポーンは斜《なな》め前《まえ》に居る駒《こま》を取ってそのマスに動く、はいいよな？　多分、那織《なおり》が言ってるのはアンパッサンだ。この辺が将棋《しょうぎ》と違《ちが》うとこ……棋譜《きふ》の読み方は分かるか？」

「将棋《しょうぎ》で言う段が数字で、筋がアルファベットでしょ？　将棋《しょうぎ》同様、棋譜《きふ》は筋から読む、で良かったよね？　a1ルーク、みたいに」

「そうそう。なんだ、結構覚えてるじゃんか」

ポーンとかルークみたいに駒《こま》の名前も分かっているし、これなら、説明に時間を掛《か》けることなく実戦に移れそうだ。この感じからするに、口ではああ言って居たが、何度かおじさんと対戦しているのだろう。やはり、そこまで心配する必要は無さそうだ。

「これくらいは……泣いて嫌《いや》がる幼子を押さえ付けて無理矢理叩《たた》き込《こ》まれ――」

「だから、言い方っ！」

「事実だし。私は嫌《いや》だったもん。チェスやりたいなんて一言も発してないのに。だから、泣いて嫌《いや》がる我が子を無理矢理は誇張《こちょう》してない。で、そのフラ語っぽいヤツの取り方は？」

泣いて嫌《いや》がるは、絶対に誇張《こちょう》だ。那織《なおり》が泣いて嫌《いや》がるもんか。

むすっとして「もうやらないっ！」って騒《さわ》いだに決まってる。

「ああ、アンパッサンだったな。これはポーンが5段目に――」

「待って。やっぱり引《ひ》っ掛《か》かる。気になって頭に入って来ない。アンパッサンってフランス語だよね？　アンで切れるでしょ？　音から察するに、パッサンって pass とか passing みたいな意味じゃない？　なんでそこだけフラ語なの？」

「各地にチェスが伝わりながら伝播《でんぱ》したから、その名残《なごり》って聞いたことあるぞ」

おじさんから。以前、僕も同じことを訊《き》いた。だから、気持ちはよく分かる。

それでもまだ承服《しょうふく》し兼《か》ねると云《い》った顔をしていたが、アンパッサンやキャスリングなんかの変則ルールを再確認《さいかくにん》する内に、いつものちょっと澄《す》ました顔貌《かおかたち》に戻《もど》っていった。

この手のゲームは、口で説明するより実戦で思い出す方が早い。対局しながら、「この場合はどうするか？」みたいな戦術を教えていく。e4とe5のポーンから始まるオープン・ゲームでも、キングズ・ギャンビットやビエナ・ゲーム、ロシアン・ディフェンス、スコッチやイタリアン・ゲームなど、多種多様な展開がある。もちろん、e4とe5以外の展開だって、それぞれに戦術——過去のチェスプレイヤーが残した闘《たたか》いの歴史がある。

僕自身《じしん》、最近はアプリでの対局が専《もっぱ》らだったこともあって、チェスの本を横に置きながら戦略を教えていくのは、かなり楽しかった。覚え立ての頃《ころ》を思い出すと同時に、忘れていることも沢山《たくさん》あった。それに気付けただけでも儲《もう》け物《もの》だ。

眉間《みけん》に小さい皺《しわ》を寄せて、真剣《しんけん》に考えている時の那織《なおり》は、口数が少ない故《ゆえ》に、人を撒《ま》く煙《けむり》を纏《まと》っていない本来の那織という感じがする。黙《だま》っていれば、可愛《かわい》いんだよな。

その後、「もういい時間だから」と母さんが言いに来る度《たび》に生返事を繰《く》り返《かえ》し、そろそろ終わろうかと思う頃《ころ》には十時を疾《と》うに過ぎていた。まさに盤上《ばんじょう》の夜って感じだ。

「那織《なおり》、そろそろ終わりにしないと」

「もう？　あとちょっとやりたい」

「そろそろ帰らないと時間的にマズいだろ。おばさんだって心配するぞ？」

「しないでしょ。純《じゅん》君のとこに行くって言ってあるもん。これが外で遊び回ってるって言うなら話は別だろうけど、勝手知ったる隣家《りんか》だよ？　このまま泊《と》まったって文句は――」

「そこは帰れよ。明日も学校だぞ」

「学校が無かったら泊《と》まって良《い》いの？」

那織《なおり》がテーブルに手を突《つ》いて、顔を近付けてくる。衝撃《しょうげき》で駒《こま》が倒《たお》れた音がした。

思わず身を引くと、ダボっとした襟口《えりぐち》から胸元《むなもと》が――目に入った。

「そういう話じゃないだろ」悟《さと》られないように、下を向いたまま倒《たお》れた駒《こま》を片付ける。

「那織《なおり》、盤《ばん》を片付けるから、手を――」

「ねぇ、いつなら泊《と》まっても良《い》いの？」

「泊《と》まって良《い》いって――それは流石《さすが》に……」

空気に耐え切《たき》れなくなって、床《ゆか》に置いてあるチェスの本を拾って立ち上がり、棚《たな》に戻《もど》す。

泊《と》まるって、那織《なおり》はどういうつもりなんだよ。

「今日の所はこれくらいで――」そう言って振《ふ》り返《かえ》ろうとした時だった。

僕は、いきなり、後ろから抱《だ》き着《つ》かれた。よろけそうになって、咄嗟《とっさ》に手を突《つ》くと、棚《たな》に飾《かざ》ってあった小さいエンタープライズD型の模型が、大きく揺《ゆ》れた。

「えっと……那織《なおり》？」

「泊《と》まりたい」

背中で那織《なおり》の声が響《ひび》いた。腕《うで》に力が籠《こ》められ、お腹《なか》に食い込む。

「無茶言うなって」

「子供の頃《ころ》は泊《と》まっても良かったのに、高校生になったらどうしてダメなの？」

そりゃ、高校生だからだろ――言おうとして、飲み込んだ。

遊《あそ》び疲《つか》れてそのまま泊《と》まる。子供の時は、確かにあった。電話のやり取りだけで、親同士もそれを承諾《しょうだく》した。そういう近さが、かつての僕らにはあった。

泊《と》まることを目論《もくろ》んだ那織《なおり》が、寝《ね》た振《ふ》りをしていたこともある。僕と琉実《るみ》はそれをチャンスだとばかりに、「那織《なおり》が寝《ね》ちゃった」なんて親に言いに行ったりした。

今は違《ちが》う。あの頃《ころ》とは何もかもが違《ちが》う。

僕らはもう、子供だった三人じゃない。

「我《わ》が儘《まま》言うなよ。な？」

腕《うで》を取って解《ほど》こうとするが、那織《なおり》は力を抜《ぬ》かない。

「昔みたいに、みんなで泊《と》まったら楽しいかもな。僕もちょっと思い出したよ」

那織《なおり》の言う泊《と》まりたいと、僕の言った話には隔《へだ》たりがあるかも知れない。でも、僕はそう言わなきゃいけない。那織の泊まりたいと、僕の考える泊まりたいが同じであると願わなきゃいけない。この願いの差が、子供の頃《ころ》との違《ちが》いなんだよ。那織《なおり》だって分かってるよな？

みんなでじゃない――そう聞こえた気がした。背中に伝わるか伝わらないか分からないくらいの、とても小さな声で、那織《なおり》がそう言った気がした。

聞き返してはいけない。僕は聞こえなかったことにしなきゃいけない。そうじゃなきゃ、僕の考える泊《と》まりたいと齟齬《そご》が生まれてしまうから。

那織《なおり》の腕《うで》から力が抜《ぬ》けた。

優《やさ》しく那織《なおり》の腕《うで》を解《ほど》いた。

「我《わ》が儘《まま》言ってごめん。帰るね」

表情を見せること無く、那織《なおり》が僕の部屋を出て行った。

疲《つか》れがどっと押《お》し寄《よ》せてきて、力がふっと抜《ぬ》けたようにデスクチェアに腰《こし》を下ろした。

階下で「遅《おそ》くまですみません。お邪魔《じゃま》しました」と声がして、玄関《げんかん》のドアが閉まった。

ローテーブルの上に置かれた二人分のグラスが、さっきまでの現実を判然化していく。

応えてやりたいよ。

僕が応えたら、琉実《るみ》はどうなるんだ？

逆だって同じこと。


気持ちをぶつけられればぶつけられるほど、僕は応えられなくなるんだよ。

※　※　※

（神宮寺那織《じんぐうじなおり》）


「我ながら、あれはアカデミー賞を獲《と》れるんじゃないかと思ったよ」

お弁当をほぼほぼ食べ終わった私は、朝コンビニで買ったプリンを開けた。この時期は、お母さんがランチバッグに保冷剤《ほれいざい》を入れてくれるから、冷え冷えの物を買っても困らない。

ありがたし。お陰様《かげさま》で愛娘《まなむすめ》の校内ランチは今日も充実《じゅうじつ》しております。

「先生、その話、何回目？　演技って言うけど、古間先輩《ふるませんぱい》の相手を白崎《しろさき》君と教授君の二人に任せて、自分は白崎《しろさき》君の後ろに隠《かく》れて、何にも言わずに突《つ》っ立《た》ってただけでしょ？　それを演技とは言わないし、先生の場合、素でしょ？」

それなのに、この性悪娘《しょうわるむすめ》と来たら……お願いされても、プリンの味見だけは、絶対にさせてあげない。一口たりともあげないからね——元々あげる積もりはありゃしませんけど。

「素じゃないっ！　ちゃんと気弱で勝負事が苦手そうな女の子を思《おも》い浮《う》かべて、それを具現化して立ってたのっ！　だから演技なのっ！」

あれはれっきとした芝居《しばい》ですから。見ても居ないのに、勝手に判断しないでよね。

「ほんとうに黙《もく》することのできる者だけが、ほんとうに語ることができ、ほんとうに黙《もく》することのできる者だけが、ほんとうに行動することができる——キルケゴールだったっけ？　言葉を費《つい》やせば費《つい》やすほど、嘘《うそ》っぽくなるんだよ？　先生だって、分かってるでしょ？」

「あの人は本当は頭がいいから阿呆《あほ》の真似《まね》ができるのね。上手にとぼけてみせるのは特殊《とくしゅ》な才能だわ——シェイクスピア『十二夜』」

ふ。こしゃくな小娘《こむすめ》め。

はぁ。プリン超《ちょう》うまっ。

「はいはい。そういうことにしておきましょうねぇ。それより、先生って、チェス出来るの？　負けたら古間《ふるま》先輩《せんぱい》に白崎《しろさき》君を取られちゃうよ？　あ、取られちゃうって、肉体的な意味じゃないからね。別に二人が意気投合して、それこそお互《たが》いの事を一番に考えるようになって、先生が入り込む隙間《すきま》も無いくらい親密になって——みたいな意味じゃ無いからね」

「生モノはやめて」その話を膨《ふく》らませたら、日が暮れそう。「チェスは純《じゅん》君に教《おし》えて貰《もら》ってるから安心して。昨日だって、純《じゅん》君の部屋で熱い時間をたっぷり過ごしたんだから。もう純《じゅん》君ったら、熱くなりすぎちゃって、お前を帰さないなんて言ってくれたりして。少女漫画《まんが》の主人公は、こんな感じで強引《ごういん》なオレ様キャラに組《く》み伏《ふ》せられるんだって、肌《はだ》を以《もっ》て実感したよ」

「言って無いよね。組《く》み伏《ふ》せられて無いよね。嘘《うそ》が雑過ぎるでしょ。どーせ、先生が子供みたいに駄《だ》々《だ》をこねて、『まだ帰りたくないでちゅ』とか言ってたんでしょ？　絶対にそう。そうやって白崎《しろさき》君を困らせてばかりいると、嫌《きら》われちゃうよ？　それこそ、完全に負けヒロイン街《かい》道《どう》まっしぐらだよ？　あーあ、私はネタとして負けヒロインって言ってたのに、現実化しちゃった。先生は自分を過大評価しすぎるのが弱点だよね。そこが良《い》い所《ところ》でもあるんだけど——やっぱり、長所と短所は表裏《ひょうり》一体《いったい》だねぇ」

ちーがーうー。絶対に、昨日のは効果的だったたってっ！

あれこそ、我ながらよくやったと思ってるんだけどっ！

去り際、完璧《かんぺき》だったじゃん。あれ以上は無いでしょっ！

ま、私の手練《てれん》手管《くだ》は、部長には一生掛《か》かっても会得《えとく》出来《でき》ないでしょうね。残念。

「あのねぇ、バカにするのも大概《たいがい》にしてくれる？　何、まだ帰りたくないでちゅって。そんなん言う訳ないでしょ。ちょっと憂《うれ》いを秘めた声色《こわいろ》で、泊《と》まりたいって。それだけだよ。一言に全身全霊《ぜんしんぜんれい》を込《こ》めて言っただけ。あれはかなり効いた筈《はず》。間違《まちが》いない」

「へぇ。そうなんだぁ。凄《すご》いね。また白崎《しろさき》君を騙《だま》したんだね」

もうやだっ！　さっきから何なのっ！

部長って絶対に友達居ないタイプでしょ？

超《ちょう》性格悪いじゃんっ！　邪悪《じゃあく》の権化《ごんげ》じゃんっ！

「騙《だま》したって酷《ひど》くない？　そんな大袈裟《おおげさ》じゃないし。多少の譎詭《けつき》は駆《か》け引《ひ》きのスパイスでしょ？　自分こそ、この前壮大《そうだい》に騙《だま》してくれたじゃん。棚《たな》に上げてよく言うよ」

「私の場合、誰《だれ》も不幸になってないよ」

部長が忌々《いまいま》しいほどのドヤ顔をして、お弁当箱をカチャカチャと片付け始める。

「ねぇ、純《じゅん》君が不幸になってるとでも言いたい訳？」

「不幸かは分かんないけど、困ってるんじゃない？」

――うっ、それは……確かにそういう側面もあるけど、興味を持ってもらえるよう仕向けてるだけで、純粋《じゅんすい》に困らせる事を目的としてる訳じゃないもん。あー、でも、楽しんでるとこはある。うん、ごめん。ちょっとはある。でも、まだ可愛《かわい》らしい我《わ》が儘《まま》の範疇《はんちゅう》だし。

「はい、図星二ポイントめゲット。十ポイント溜《た》まったら何と交換《こうかん》しよっかなー」

「図星じゃないってばっ！　ちょっとは楽しんでるけど、困らせ目的じゃないもん。結果的にそうだとしても、私の意図じゃないし……てか、二ポイントめってどういうこと？　さっきの『まだ帰りたくないでちゅ』の事を指してるんだったら、違《ちが》うからね。言って無いから」

あー、部長に大陸間弾道ミサイル《ピースキーパー》撃《う》ち込《こ》みたいなぁ。ほんと、むかつく。

「先生が白崎《しろさき》君を困らせて負けヒロイン道に落魄《らくはく》するのは良《い》いとして――」

「良くないっ！　負けヒロイン道に落魄《らくはく》って何？　人道を逸《そ》れたみたいに言わないでっ」

「それは良《い》いのっ！　そんなことより、私は先生のチェス勝負の件を心配しているの。それを先生が、やれ白崎《しろさき》君の部屋に行っただの、しょーもない誘惑《ゆうわく》しただの言うから」

部長がミネラルウォーターをひと口含《ふく》んで、ゆっくりと瞬目《しゅんもく》した。

「先生、与太話《よたばなし》はこれくらいにして、実際の所、勝算はどれくらいあるの？　古間先輩《ふるませんぱい》って人はどれくらいの強さなの？　その辺のデータはあるの？」

「分かんない。でも、基本的な展開は色々教《おし》えて貰《もら》った。家に帰ってから、名勝負と言われる棋譜《きふ》も調べた。アプリも入れて、オンラインで戦ったりもした。お陰《かげ》で、超寝不足《ちょうねぶそく》」

午前の授業は地獄《じごく》だった。ちょいちょい寝《ね》たけど緊急避難《きんきゅうひなん》ですので。

午後の授業を凌《しの》ぐ為《ため》には、もっと糖分を加算《ブースト》しないとダメだよねん。

故《ゆえ》に、英明なる私はプリンを追加投入した――食べ終わっちゃった。

プリン君、ばいばい。あとはカフェインの力を借りることにするよ。

「めっちゃ本気だ。先生がそこまでするって珍《めずら》しいよね」

「絶対に負けたくないもん。完膚無《かんぷな》きまでに捻《ひね》り潰《つぶ》す積もり。アプリのランクだって、めっちゃ上位まで行ったんだよ。もしかしたら、私ってチェスの才能あるかも」

今日は純《じゅん》君と対戦する積もり。絶対に勝つ。

あ、そだ。賭《か》けでもしようかな。負けた方は、勝った方の言う事を的な——漲《みなぎ》って来《き》た。

「これはもう、先生の新しい趣味《しゅみ》として——」

「それは無いかな。この勝負に勝てさえすれば、その後はどっちでも良《い》い。純《じゅん》君がどーしてもやりたいって言うのなら、相手をしてあげなくは無いけどね」

「勿体《もったい》ないじゃん。そこまで強くなったんだったら——そだ、今度私にも教えてよ」

「別に良《い》いけど……チェスやりたいの？」

「先生に勝ちたい。勝ってドヤ顔したい。悔《くや》しがる顔を撮《と》りたい」

「ほんと、性格悪いよね。望む所だけど。撮《と》られるのは部長だよ」

「性格が悪いのは、お互《たが》い様《さま》じゃない？」

「お、遂《つい》に認めたね。部長が自分の性格の悪さを認めたっ！　どうしちゃったの？　頭を何処《どこ》かにぶつけたりした？　この後、保健室行く？　一緒《いっしょ》に行ってあげようか？」

ほれ、頭顱《とうろ》を撫《な》でてやろうぞ。うりうり。

部長が「うぅ」とでも言いたそうに口を結ぶ。悔《くや》しがってる部長、可愛《かわい》い。

決まったっ！　ナパーム弾《だん》をぶち込んでやった！　完全に火の海だっ！

いやぁ、お昼のナパームもまた、格別でありますなぁ。

「やめてよっ！　もうっ」部長が私の手を払《はら》って、これ見よがしな咳払《せきばら》いをした。

いつもの顔に戻《もど》った部長が、真面目な話をしますよとでも言わんばかりに、肘《ひじ》を突《つ》いて今度は思案顔で身を乗り出した。「一緒《いっしょ》に行くと言えば、慈衣菜《しえな》ちゃん家《ち》、次はいつ行く？　この前、楽しかったよね。アイン君可愛《かわい》かったし」

「楽しかったけど、胸をまさぐられた記憶《きおく》しかない。慈衣菜《しえな》って、ちょっとスキンシップ過《か》剰《じょう》じゃない？　あのノリについて行くの、しんどいんだけど」

「そう言えば、先生、がっつり揉《も》まれてたねぇ。『育乳じゃっ！』とか言って、ノリノリで差し出してたけど、育った？　育ったんだったら、私にも――やっぱいい」

「差し出してないでしょっ！　めっちゃ拒否《きょひ》ってたじゃんっ！　しつこいんだもんっ！」

「そうだっけ？　私には悦《よろこ》んでいるように見えたけど……」

「今の〝よろこぶ〟だけど、脳内で悦楽《えつらく》の悦《えつ》を当てたでしょ？　違《ちが》うからね？　さっきも言ったけど、拒否《きょひ》ってたからね？　裾《すそ》から手を入れて来た時は、ガチで怒《おこ》ったからね？」

胸への到達《とうたつ》は阻止《そし》したけど、しれっとお腹触《なかさわ》られたし。許さない。

「やっぱりさ、肉布団《にくぶとん》先生の魅力《みりょく》は、そこなんだよ。男女を問わないって素敵《すてき》だね」

「うっさいっ！　自分より胸が大きい人にそんなことされても嬉《うれ》しくないっ！」

でも、形だったら……慈衣菜《しえな》はダンスやってたからクーパー靭帯《じんたい》が――もしや、慈衣菜《しえな》は私の美乳に魅《み》せられてしまったってこと？　運動しない者しか勝てない無情な世界ってこと？

ああ、走るべき道を教えよ

為《な》すべき事を知らしめよ

慈衣菜《しえな》、おっぱいの為《ため》には、怠惰《たいだ》な生活が必要なんだよ。

食べて寝《ね》てごろごろする生活こそが正しいんだって、今度、教えてあげなきゃ。私って、周りの捻《ひね》くれ者達《ものたち》と違《ちが》って、ほんとに優《やさ》しい。性格良過ぎて自分でもびっくりする。

「部長、慈衣菜《しえな》は可哀相《かわいそう》な子羊だったんだ。ようやく分かったよ」

「ごめん。意味が全然分かんない。どういう思考を辿《たど》ってその結論に至ったの？」

「部長には分からない悩《なや》み……この世はかくも無情なり」

「ねぇ、今、バカにしたでしょ？」

「んー、バカになんてしてないよ」

「絶対したっ！　もうやだっ！　先生のニヤついたその目、ほんと嫌《きら》いっ！」

「ほんとは好きな癖《くせ》に」

「はいはい。死ぬまでずっと言ってて下さい。私も死ぬまで先生のニヤついた目が嫌いって言い続けるから。それよりっ！　慈衣菜《しえな》ちゃん家《ち》はどうするのっ？」

部長が怒気《どき》を孕《はら》んだけど、声が可愛《かわい》いから迫力《はくりょく》が無い。やっぱり、コアリクイだ。

「あー、その件なんだけど――」

私には、隣家《ヒューミント》の会話で仕入れた有益な情報《インテリジェンス》がある――必要なのは準備と覚悟。

※　※　※

（神宮寺琉実《じんぐうじるみ》）

昨日の帰り道、純《じゅん》にラインしたけど、なかなか既読《きどく》が付かなかった。家に帰ると、那織《なおり》の姿が見えなくて、お母さんに尋《たず》ねると、純《じゅん》のところに行ったと言っていた。

その所為《せい》で既読《きどく》が付かないのかなって考えると、ちょっと複雑な気分だった。わたしの方が先に純《じゅん》と約束してたっていうか——何時何分みたいに決めてはないけど、最初に話をしてたのはわたしなのにって。お風呂に入ったりして、しばらく経った頃、明日のお昼を一緒《いっしょ》に食べようって、純《じゅん》からメッセージが来た。まだ那織《なおり》が帰って来る前だったから、わたしは同意した。

だからわたしは、今、純《じゅん》といつもの場所に居る。

「昨日、あんな遅《おそ》くまで那織《なおり》と何してたの？」

「那織《なおり》がチェスを教えてくれって。それでずっと教えてた」

「チェス？　那織《なおり》が？　あんなに嫌《きら》ってたのに。なんで？」

小さい頃《ころ》、お父さんが無理やり付き合わせて以来、那織《なおり》は絶対にやろうとしなかった。わたしもお父さんに誘《さそ》われたけど、やらなかった——オセロとかの方がわかりやすくて好きだったし。そんな過去を知ってるから、那織《なおり》がチェスって意外。どういう切《き》っ掛《か》け？

「話すと長くなるんだが……那織《なおり》から聞いてないのか？」

「何を？」

「そっか、あいつ言ってないんだ。うーん、僕が言って良いのかわからないが……聞かなかったことにしてくれるとありがたい」

「うん。わかった」

「部活を作ろうって那織《なおり》が言い出したんだよ。それで、部室を見繕《みつくろ》ってたら他の部活――そっちもまだ正式な部じゃないんだけど、なんやかんやあって、明日そこと部室を賭《か》けてチェスで勝負することになったんだ。それで、相手から那織《なおり》が指名された」

ん？　んんっ？

部活？　どういうこと？

「部活って？　え、部活作るの？　何の？」

「説明が難しいんだが……まぁ、集まって喋《しゃべ》るだけだな」

「なにそれ、どんな部活なの」

那織《なおり》と、そんなことしてたんだ。わたしにはバスケがあるから入れてとは言わないし、純《じゅん》や那織《なおり》の話はそもそもよくわからないんだけど――せめて教えて欲しかったな。

そっか、この前の那織《なおり》って、こんな気持ちだったんだ。

こういうことだったんだ。

だったら、わたしには何も言う資格、ないや。なんにも言えない。

「琉実《るみ》が言うのも仕方ない。僕もそう思う。とにかく、その部活絡《ぶかつがら》みなんだ」

「わかった。早く部活できるといいね」

わたしが言えるのは、これくらい。これが精一杯《せいいっぱい》。

純《じゅん》が部活、か。本当のこと言うと、わたしは純《じゅん》に弓道《きゅうどう》を続けて欲しかった。純《じゅん》の袴姿《はかますがた》、大好きだった。カッコよかった。あんまり言うと嫌《いや》がるから、言わないけど……また弓を引いてるとこ、見たい。戦績がよくなくたって、気にすること――そうもいかないか。部活でやってると、どうしても周りの人と比べられちゃうもんね。バスケ始めたばっかの頃《ころ》、周りが自分より上手《うま》くて、すっごく悔《くや》しくて、一人で泣きながら練習してたことあるし、純《じゅん》の気持ちもわからなくない。なんだか勿体《もったい》ない気もするけど、これぱっかりは仕方ないよね。

「ありがとう。それで……一昨日のことなんだが」

わたしの顔色を窺《うかが》うようにして、純《じゅん》が言った。

「まずはご飯食べよ。話はそれから」

これと言って何かを話すでもないけど、ご飯を食べながらちょっと雑談――おじさんが海外工場の立ち上げで出張に行ってるとか、お母さんが庭で育ててるキュウリがゴーヤサイズになったみたいな、お互《たが》いの家族の近況《きんきょう》報告をした。わたしたちの共通の話題。

話を先延ばしにしたかったって言うより……ううん、先延ばしにしたかった。この前はわたしも感情的になっちゃったし、そのあとにも色々とあって、瑞真《みずま》と出掛《でか》けることになったしで、もちろん今日だって朝からどう言うか考えてたんだけど……いざ純《じゅん》を前にすると、緊張《きんちょう》っていうのとはちょっと違《ちが》うかな、もう少しだけ心の準備をしたかった。

ご飯を食べ終わって、無言になる。

「一昨日は済まなかった。確かに、無責任って指摘《してき》は尤《もっと》もだと思った。琉実《るみ》の言う通りだ。ただ、僕は琉実《るみ》がどう思っているのか——その、安吾《あんご》は僕の友人だし、琉実《るみ》の友人でもあって、僕としても無下に出来ないって気持ちもあったし、ちょっと嫌《いや》だなって思いがあったのも事実だ。正直に言えば、僕もどうするのが最善かわからなかった。それもあって、単純に琉実《るみ》の意見を訊《き》きたかっただけなんだ。それであんな言い方をしてしまった」

最初に口を開いたのは純《じゅん》だった。わたしの方を向いていたけど、ずっと目が合ってるんじゃなくて、たまに目が合う感じで——柔《やわ》らかくて優《やさ》しい声だった。

「わたしもあれから色々考えてみたんだけど、純《じゅん》もいきなり言われて困ったのかなって思った。普通《ふつう》そうだよね、瑞真《みずま》は純《じゅん》の友達だもん。止めて欲しいって気持ちばかりが先行してて、そこまで気が回ってなかった。ごめん」

また、会話が止まった。

純《じゅん》が言ったことは本当だと思うし、わたしが言ったことも本当だ。でも、まだお互《たが》いに言いたいことを言い切れてない気がする。遠慮《えんりょ》してる感っていうか、なんて言えばいいか難しいんだけど……もっともっと純《じゅん》の気持ちを聞きたいって、そう思った。

「今、ちょっと嫌《いや》だなって言ったけど……瑞真《みずま》と遊んでくるって言ったら、やっぱイヤ？」

「行くのか」

「うん、行こうと思ってる。瑞真《みずま》に訊《き》いておきたい話もあって。あ、これは女バス絡《がら》みだから、純《じゅん》がどうとかじゃないよ。うちらの話」

ひとつ嘘《うそ》を吐《つ》いた。純《じゅん》のことを相談しようと思ってるとは、さすがに言えない。

「ちょっと嫌《いや》だなって気持ちがあるのは本当だ。ただ、僕は琉実《るみ》と付き合ってる訳じゃないし、寧《むし》ろなあなあにしているのは僕の方なのに、どんな面《つら》して嫌《いや》だなんて言うのかって――格好悪すぎるだろ。だから、あの時はすぐに言えなかった。けど、安吾《あんご》が悪《わる》い奴《やつ》じゃないって僕は知ってる。それに、相談もあるんだろ？」

「うん。ちょっと真面目な話」

「だったら、行って来いよ」

突《つ》き放《はな》す感じじゃなかったし、どうでもいいって感じでもなかったけど、やっぱり僕が言える義理じゃないみたいな、諦《あきら》めっぽい感じがしたのが、気になった。

純《じゅん》の言いたいことも、わかんなくはない。うちらの関係が宙ぶらりんだってのは、今さら言うまでもないし。それに関して言えば、純《じゅん》がはっきり――ううん、わたしだって同じ。

わたしは純《じゅん》に告白してない。

はっきりやり直したいって言ってない。

うやむやにしてるのはわたしも一緒《いっしょ》だ。

今の関係は、付き合ってる時ほどあれこれ悩《なや》まなくて、昔よりはちょっぴり距離《きょり》が近くて、
今回みたいな喧嘩《けんか》？　すれ違《ちが》い？　みたいなことだって、前だったらもっとこじれてたって思うし……わたしも居心地《いごこち》の良さに十分甘えている。断れない純《じゅん》の罪悪感に甘えている。

「ありがと」

「御礼《おれい》を言われるほどじゃない」

「ううん、ありがとで合ってる」

そろそろ戻《もど》らなきゃ。トイレ行ったりしたいし。

立ち上がって、伸《の》びをする。

窓の外は晴れている。雲がもこもこしていて、夏っぽい。このまま、梅雨明《つゆあ》けないかなぁ。

「ね、純《じゅん》がどう思ってるかはわかんないし、言わなくてもいいんだけど、わたしは……ごめん、なんでもない。気にしないで」勢いで言いそうになった言葉を、慌《あわ》てて止めた。

もうちょっと、あとちょっとだけ甘えていたいから。


でも、安心して。

いつまでも甘えていられるって、思っていないから。

「……琉実《るみ》」

そんな目で見ないで。

言いたくなっちゃう。

「ほんと、なんでもないから。さ、教室戻《もど》ろ」

教室に戻《もど》ったわたしは、そのまま瑞真《みずま》のところに寄って、「行ってもいいよ」と言った。

瑞真《みずま》には悪いけど、行くなら行くで、早く言っておきたかった。さっさと済ませたかった。

あんまり他のことを考えたくないなって、純《じゅん》とお昼を食べて、改めて思ったから。

ズルズル引っ張っても、いいことは、多分ない。

「いいのか？」

「その代わり、明日とかでもいい？」

明日、純《じゅん》がチェスの勝負をするって言ってた。

だったら、わたしが出掛《でか》けるのも明日がいい。

「えらく急だな……」

明日は試合明けの週末だから、練習はお休み。本当は麗良《れいら》たちと遊ぶ予定だったんだけど、可南子《かなこ》が家の用事とかで日曜日になった。つまり、明日はちょうど空いてる。

それに、先に瑞真《みずま》と話をしておけば、日曜日に報告もできる。流れは完璧《かんぺき》。

明日は男バスも休みだったはず。瑞真《みずま》に予定があったら、ダメなんだけど。

「なんか予定ある？」

「……ない。大丈夫《だいじょうぶ》」

予鈴《よれい》が鳴って、教室内がバタバタとざわついた。机や椅子《いす》を戻《もど》す音とか、教室を出て行く他クラスの生徒とか——一気に騒《さわ》がしくなる。

わたしの「またあとで」も、もしかしたら雑音に紛《まぎ》れ込《こ》んじゃったかも知れない。

部活に向かう前、なんとなく純《じゅん》と話がしたくて、HRが終わってすぐ純《じゅん》の席に向かった。話したいことは特にないけど、純《じゅん》成分を蓄《たくわ》えておきたくて……純《じゅん》成分って何？　我ながら、何をバカなこと言ってるんだろう。自分にひく——あ、話したいことあるじゃんっ。

「あの、明日なんだけど」

「明日？」

「うちで夕飯食べない？」

さっきの話だと、今週の土日はおじさん帰って来ないみたいだし、明日はおばさんも夜勤だって言ってたから。瑞真《みずま》の話だってしたいし、那織《なおり》のチェスの話も聞きたい。

「土曜だし、気を遣《つか》わなくていいよ。適当にコンビニで済ますから」

「土曜だったらいいって、どういう理屈《りくつ》？」

「平日は次の日学校だし――それでも厄介《やっかい》になる理由にはならないんだが、そこは昔からの慣習ってことで良《い》いんだけど、休日くらい自分でどうにか――」

もうっ、めんどくさいなぁ。純《じゅん》、そういうとこだかんねっ！

「イヤなの？」

「嫌《いや》とかじゃなく、迷惑掛《めいわくか》けるから――」

「今さら何言ってんの？　イヤじゃないなら、明日は家《うち》でご飯。決まり」

ぽんぽん予定が決まっていって、満足度が高い。強引《ごういん》に決めてるって言えばそうなんだけど、この際、それは置いておく。とにかく、明日も明後日《あさって》も、予定が埋《う》まった。

純《じゅん》とのご飯が待っているんだったら、瑞真《みずま》と遊ぶのも楽しめる。そんな気がする。

自分の席に戻《もど》って、急いで支度《したく》をして、カバンを背負って廊下《ろうか》に出ると、瑞真《みずま》が壁《かべ》に寄《よ》り掛《か》かって待っていた。「お待たせ」わたしは、前みたいに軽い感じで言った……言えた。

「おう。浅野《あさの》は？　待つか？」

「んー、そうだね――あ、来た」

麗良《れいら》がこっちに向かって来て、瑞真《みずま》を見付けて一瞬《いっしゅん》止まる。わたしが手招きすると、申し訳なさそうというか、おっかなびっくり近付いてくる猫《ねこ》みたいな感じで、歩いてきた。

「(私、居ていいの？)」

近付いてくるなり、麗良《れいら》がわたしのブラウスを摘《つ》まんで小声で言った。

「（大丈夫《だいじょうぶ》）」麗良《れいら》に返してから、瑞真《みずま》に話を振《ふ》る。「ね、瑞真《みずま》。明日、何時にする？」

「おー、そうだな。昼前くらいにすっか？　んで、どっかでメシ食って」

「いいよ。どこ集合？」

「そうだなぁ、なんか食べたいものとかあんのか？」

「パッと思い付かないなぁ。麗良《れいら》、オススメのとことかある？」

「私？　それこそ急に言われても……」

「浅野《あさの》は彼氏《かれし》とデートで美味《おい》しいもの食べたりしないのか？」

何故《なぜ》か麗良《れいら》のことは苗字《みょうじ》で呼ぶ瑞真《みずま》。これは昔から。

「普通《ふつう》にファミレスとかだし……ちょっと待って。思い出す」

「高いとこはダメだぞ」

「何、瑞真《みずま》がおごってくれるの？」

「そりゃ、俺が誘《さそ》ったんだから、メシくらい出すよ」

「え、いーよ。冗談《じょうだん》だって」

全然本気じゃなくて、マジで冗談《じょうだん》だったんだけど。

「いいじゃん。折角《せっかく》だし、出《だ》して貰《もら》えば？」

麗良《れいら》がわたしのお尻《しり》を軽く叩《たた》いた。

「浅野《あさの》もそう言ってるし、遠慮《えんりょ》すんなって。つっても、高いとこは無しだぞ」

「じゃあ、ファミレスにしよ。ドリンクバーあるし。ハンバーガーでも可」

それだったら、そんなに高くないし。

「それでいいのか？」

「十分だよ。さぁて、瑞真《みずま》に何をおごってもらうか考えなきゃ」


部活が終わって、家に帰ると、またしても那織《なおり》の姿がなかった。

二階に上がって、カバンを置いて、勢いよくベッドに倒《たお》れ込《こ》んだ。お母さんに見られたら、スカートが皺《しわ》になるとか言われそう。でも、着替《きが》えるより先に、寝転《ねころ》びたかった。

今日も純《じゅん》の家、か。なんか、ずるい。

なにかしないと気が紛《まぎ》れなくて、スマホで明日の天気を調べてみる。晴れ間が多くなったとは言っても、まだ梅雨明《つゆあ》け宣言は出されていなくて。だから、念のため。明日が晴れなのは知ってる。画面に表示された予報は、やっぱり晴れだった。

はぁ。明日、何着てこう。こういう時って、どんな服を着ればいいの？

普通《ふつう》に、麗良《れいら》とかと遊ぶみたいな恰好《かっこう》？　ちょっとはお洒落《しゃれ》するべき？

でも、下手にお洒落《しゃれ》なんかして瑞真《みずま》にからかわれたら――そんなこと言わないか。わたしは、すぐこういうことを考えちゃうからダメなんだよね。うん、悪い癖《くせ》――なんだけど、そこまで自信持てないっていうか、自分のことを可愛《かわい》いって思えないっていうか。

ボールを持ってる時は、意識してスイッチを入れるようにしてる感じがあって、試合だったら弱気になったら隙《すき》を突《つ》かれちゃうし、自分のプレイには自信持ってるし、ちゃんと練習を積み重ねてるし、とは言え、この間みたいに上手《うま》くプレイできずに負けることももちろんあるんだけど、それでも基本的にボールを触《さわ》った時間は裏切らないって思ってる。

けど、男の子と遊びに行くとか、ちょっと恋愛《れんあい》が絡《から》むことだったりとか、自分を可愛《かわい》く見せる方法とか、そういうことって練習したわけじゃないから――もしかして、みんなは練習してるの？　でも、小《ち》っちゃい時から自然とできてる子とかも居て、その差は何だろうって思っちゃう。幼稚園《ようちえん》とか小学校の時から、女子のわたしからしても仕草とか服とか言葉遣《ことばづか》いとかが可《か》愛《わい》いなって思える子を何人か見て来たし、中にはそれはちょっと狙《ねら》い過《す》ぎじゃないって子も居たりしたけど、わたしにはできないから凄《すご》いなって思うところもあって。

こんな話、那織《なおり》にしたらバカにされそう。


って身近に居るじゃん、良くも悪くも代表例が。

ほんと、それに関して言うと、双子《ふたご》なのにこのメンタリティの差は何なんだって本気で問《と》い詰《つ》めたくなる。誰《だれ》にって話なんだけどさ。だって、同じ家で一緒《いっしょ》に育って、歳《とし》だって同じで、確かに性格は違《ちが》ったけど、こうも変わる？　あの子の自信家なとこ、ちょっとわけて欲しいくらい――ほんのちょっとでいいかな。うん、ちょっとだけ。そんなには要《い》らない。

だって、わたしが那織《なおり》みたいな物言いしたら、めっちゃ叩《たた》かれるもん。間違《まちが》いない。可南子《かなこ》とか、ガチで怒《おこ》ってきそう。そう考えると、那織《なおり》は得してるよなぁ。今日だって――

「琉実《るみ》ーっ！」

一階《した》からわたしを呼ぶ声がした。ご飯？

「なぁーにっ？」大声で返事したけど、返って来ない。

よっと。上半身を起こしたところで、ドアが開いた。

「ねぇ、白崎《しろさき》さんが、琉実《るみ》も一緒《いっしょ》に夕飯どうかって――ちょっと、スカートで寝《ね》てたでしょ？　ちゃんと着替《きが》えなさいよ。皺《しわ》になる――」

やっぱり。

「わかったって。ごめん。で、夕飯が、なに？　純《じゅん》のとこ？」

「そう。那織《なおり》がお邪魔《じゃま》してて、夕飯をご馳走《ちそう》になるみたいで。ついでに琉実《るみ》もどうかって誘《さそ》ってくれたのよ。私も今から作るとこだったし、折角《せっかく》だから行って来たら？」

「うん。それじゃあ、行って来ようかな……」

「そうしてくれると助かる。白崎《しろさき》さん、純《じゅん》君がうちで夕飯食べるの、気にしてるから。私が好きでやってるから気にしないでって言っても、ね。大人は気にする生き物だから」

「大人って、面倒《めんどう》なんだね」

「面倒《めんどう》なことを引き受けて生きてるから、大人なの」

「今の言い方、ちょっとお父さんっぽかった」

「ねぇ、やめてよ。あの人と一緒《いっしょ》にしないで」

余りにも真剣《しんけん》な顔で否定するのが可笑《おか》しくて、わたしが噴《ふ》き出《だ》したら、つられてお母さんも笑い出した。わたしも那織《なおり》っぽいって言われたら、同じ顔して否定しちゃうかも。

よし、着替《きが》えて純《じゅん》の家に行こう。おばさんと話すの、ゴールデンウィーク振《ぶ》り？


純《じゅん》の家のチャイムを鳴らす。

考えてみれば、純《じゅん》の家に上がるの自体、久《ひさ》し振《ぶ》りかも。だからと言って、緊張《きんちょう》したりはしなくて、それよりも久《ひさ》し振《ぶ》りに行った親戚《しんせき》の家みたいな照《て》れ臭《くさ》さが少しある。

しばらくして、普段着姿《ふだんぎすがた》の純《じゅん》がドアを開けてくれた。

「こんばんは」

「おう、あがれよ」

「那織《なおり》、もしかして学校終わってからずっと居るの？」

「ずっと居る。せめて着替《きが》えたらとは言ったんだけどな」

踵《きびす》を返《かえ》してリビングに向かう純《じゅん》を呼び止めて、「これ、お母さんから」と言って、持たされたビニール袋《ぶくろ》を渡《わた》す。中身は桃《もも》。ちょっと早いけど、山梨《やまなし》のお祖父《じい》ちゃんから送られてきたヤツだから、絶対に美味《おい》しい。

「ありがとう。ご馳走様《ちそうさま》。気を遣《つか》わせたみたいで、逆に悪いな」

「そこはほら、お互《たが》いさまでしょ」

「それもそうだな」

純《じゅん》に続いてリビングに入ると、那織《なおり》が——箸《はし》を並べているところだった。おばさんの手伝いをしていた。さすがに余所《よそ》の家だと、動くんだ……軽く衝撃《しょうげき》。それとも、わたしが居なかったから？　いつもはわたしが先に動いちゃう——もしかして、わたしが那織《なおり》を甘やかしてたってこと？　そうだったら、さすがに思うところがあるかも……。

「琉実《るみ》ちゃん、いらっしゃい。桃《もも》ありがとね。ご馳走様《ちそうさま》って伝えといて」

おばさんが、純《じゅん》から袋《ふくろ》を受け取って振《ふ》り返《かえ》った。

「はい。こちらこそ、今日はご馳走様《ちそうさま》です」

「いつも純《じゅん》がお世話になってるんだから、これくらい気にしないで。それに、明日は夜勤でしょ？　だから、作り置きしとかなきゃって思ってたとこなの。そしたら、那織《なおり》ちゃんが居るじゃない。食材買い込んだとこだし、ちょうど良《い》いなって思ったのよ。寧《むし》ろ、うちの方こそ、いきなり声掛《か》けてごめんね」

おばさんは、昔から優《やさ》しい。お母さんが純《じゅん》のことを気に掛《か》けるように、おばさんもわたし達姉妹《しまい》のことを気に掛《か》けてくれていて、美味《おい》しいケーキだったり、フルーツだったりをお裾分《すそわ》けしてくれる。わたしが手首を痛めた時だって、ああした方がいい、こうした方がいいって教えてくれて、テーピングだってさすが看護師って感じで、本当にありがたかった。

そして、何より雰囲気《ふんいき》が上品。ガサツなお母さんと違って、これぞ大人の女性って感じ。

わたしもこんな風になれたら——その頃《ころ》には結婚《けっこん》してて、子どもは二人くらいで。わたしが親の歳《とし》になった時、純《じゅん》はどんな感じになってるのかな？　うちのお父さんみたいになってたりして。小難しいことを言ったり……今もそうか。一緒《いっしょ》じゃん。

もし純《じゅん》と結婚《けっこん》したら的な妄想《もうそう》、子どもの頃《ころ》から数えると、それこそ何度もした。数え切れないくらい。ひとりでこっそり、白崎琉実《しろさきるみ》って書いたこともあった。恥《は》ずかしくなって、その紙はすぐに捨てたけど——気付けばまた書いてた。ネットで画数を調べたりもした。

付き合ってた時だって、何度も想像した。自分の両親を見て、純《じゅん》の両親を見て、自分に置《お》き換《か》えたりして。だけど、純《じゅん》に話すのはもちろん恥《は》ずかしくて、照れがハンパなくて、でも、言ってみたくて、真剣《しんけん》な感じじゃなくて、おどけたっていうか、「今の、もしわたしが奥さんだったら、絶対怒《おこ》ってるよ」みたいな言い方をするのが精一杯《せいいっぱい》だった。言おうか限界まで迷って、純《じゅん》がどんな顔するか見てみたくて、マジにとられるのは怖《こわ》くて、軽い調子で言った。

わたしは、いつだってそうだった。

この前、親が喧嘩《けんか》しててさ。父さんの出張が結婚《けっこん》記念日に被《かぶ》ったって理由なんだよ。仕事なんだから仕方ないよなって思うんだけど、えらく母さんが不機嫌《ふきげん》で。そこまで怒《おこ》ることないじゃんって思っちゃうんだけど……日付をずらせば済むのに。そう思わないか？

純《じゅん》が言いそうなことだった。まぁ、言ったんだけど。

わたしがふざけつつ、様子見で返したら、純《じゅん》は一瞬《いっしゅん》黙《だま》って、真面目な顔で「日付ずらすのもダメなのか？　突発《とっぱつ》で何かが入ったら詰《つ》みだな」といつもの調子で言った。流されたら流されたで、めちゃくちゃ腹が立ったけど、ほんの少し安心してるわたしも居た。内心（全部ひっくるめて、そういうとこだぞ）って毒吐《は》きまくってやったんだけどね。

ミネストローネを作るおばさんの横顔を見て、昔の記憶《きおく》が蘇《よみがえ》った。

おばさん、あなたの子どもは、おじさんと同じことをしそうです。

日付をずらすのがダメなんじゃないんだよね。全然わかってない。

那織《なおり》も純《じゅん》と結婚《けっこん》したら的な妄想《もうそう》、するのかな？

あー、昔あったかも。何歳の時だったか、そんな話をした気がする。うん、した。身近に居る男の子が純《じゅん》だったからって空気出して、純《じゅん》を例に出して、那織《なおり》に訊《き》いた。確か、那織《なおり》の反応を見たかったんだった。あの時、那織《なおり》はなんて言ってたっけ？　覚えてないや。覚えてないってことは、わたしが気にしてないってことだから、あんまり反応なかったのかも。

おばさんと四人でご飯を食べて、桃《もも》も剝《む》いてもらって、学校の話や家のこととか近況《きんきょう》報告みたいな話から始まって、色んな話をした。おじさんとのデートの話まで聞かせてもらった。純《じゅん》は嫌《いや》がってる感じがして、露骨《ろこつ》にスマホをいじり出したけど、初めて聞く話なのか、黙《だま》って座っていた。わたしは、両親のそういう話、聞きたい派だし、友達ともそんな話をしたことあるけど——男子は嫌《いや》なのかな？　男子っていうか、純《じゅん》が嫌《いや》なのかな……あー、お母さんが昔の話をしてる時、お父さんは気まずそうにして、すぐ居なくなるっ！　ってことは、男の人は嫌《いや》がるのかも。けど、なんで？　なんで嫌《いや》がるの？　恥《は》ずかしいから？　よくわかんないけど、聞いてるうちに居たたまれなくなったのか、純《じゅん》が「那織《なおり》、そろそろ明日に備えないと」と言って、ぐずる那織《なおり》を置いて、お父さんと同じようにリビングから出て行った。

「明日って？　何かするの？」おばさんが、那織《なおり》に尋《たず》ねた。

「ちょっとチェスで勝負を……その特訓と言いますか……」

那織《なおり》が、歯切れ悪くおばさんに答える。なんで？　と思ったけど、そうか、わたしが居るから説明しづらいんだ、と気付いた。わたしが「勝負？　誰《だれ》と？」みたいに突《つ》っ込《こ》むのを面倒《めんどう》がってるんだって考えると、合点《がてん》がいく。部活がどうのってところから話さなきゃだし。知ってるんだけどね。

「ね、那織《なおり》。わたし、先に純《じゅん》のとこ、行ってるよ」

わたしが立ち上がると、「待って」と言いながら小走りで付いてきた。

「来ても良《い》いけど、邪魔《じゃま》しないでよね」

階段を上るわたしの背中に、那織《なおり》が不満気な声を投げてくる。口では来ても良《い》いなんて言ってるけど、来て欲しくないって感じが伝わってくる。

那織《なおり》を無視して純《じゅん》の部屋に入ると、「今日は那織《なおり》にチェスを教えなきゃいけないから、もし暇《ひま》になったらその辺の本でも適当に読んでてくれ」なんて言うもんだから、なんだか悔《くや》しくなって、最後まで居てやろうって気分になった。二人して、わたしが居たら邪魔《じゃま》みたいな言い方しなくたっていいじゃん――純《じゅん》はそこまで言ってないけど、なんかモヤる。

「今日は私が教《おし》えて貰《もら》うんだからね？　琉実《るみ》は大人しくしててよ」

那織《なおり》がうざったそうにわたしを押しのけて、床《ゆか》に座るや否《いな》や、不満を口にした。

ローテーブルの上には、駒《こま》とチェス盤《ばん》が出ている。それを避《さ》けて、ベッドの縁《ふち》に座る。

チェスを邪魔《じゃま》するつもりはないのに、そんな言い方しなくてもよくない？

「邪魔《じゃま》はしないって。見るくらいいいじゃん。明日、部室を賭《か》けて勝負するんでしょ？」

わたしだって、事情くらい知ってるんだから。

那織《なおり》がキッと純《じゅん》を睨《にら》む。「純《じゅん》君が言ったの？」

やばっ、これ、言っちゃいけないヤツだった！

「ああ。てっきり琉実《るみ》も知ってるものだと……すまん」純《じゅん》が小さく頭を下げた。

純《じゅん》、ごめん！　わたしの代わりに言わせちゃった！

「ごめん。純《じゅん》には聞かなかったことにしてくれって言われてたの。だから──」

「良《い》いんだけど。言って無かったのは私だし。絶対に秘密って積もりでも無かったし」

だったらいいじゃんっ！　めんどくさいなぁ、もう。

「だから琉実《るみ》っ！　邪魔《じゃま》だけはしないでねっ！」

そんな面と向かって何度も言われると、ちょっとムカつく。邪魔《じゃま》する気はないってばっ。

「わかってる。わたしは見てるだけですよー」

ベッドに寝転《ねころ》がって、壁《かべ》に足を向けて、純《じゅん》の横からチェス盤《ばん》が見えるポジションを作る。

「いいじゃないか。こうして三人で僕の部屋に居るの、久《ひさ》し振《ぶ》りなんだし」

「ねぇ。純《じゅん》の言う通りだよ。何年ぶり？」

「昔話に花を咲《さ》かせないでっ！　ほら、早くやろうよっ！」

純《じゅん》が「そうだな。悪い」と言って、駒《こま》を盤面《ばんめん》に並べだした。チェスが始まると、お互《たが》い真剣《しんけん》な顔で、たまにぶつぶつ言ったりはするけど、基本的にずっと無言で、ルールがよく分からないわたしは、思わずスマホで調べたりして──なんだけど、どっちが勝ってるかはよくわかん

ない。表情的に、純《じゅん》が苦しそう？　ってくらい。

耐《た》え切《き》れなくなって、純《じゅん》に「これってどっちが勝ってるの？」と耳打ちした。

「こんなこと言いたくないんだが……ちょっと押されてる」

那織《なおり》を盗《ぬす》み見《み》ると、目を細めてにんまり笑っていた。何あの顔っ！　めっちゃムカつく。

わからないながらも、さっきスマホで見た知識――クイーンは縦・横・斜《なな》めに進める最強の駒《こま》。加えて、何マスも進める超強《ちょうつよ》いヤツ――言うまでもなく、純《じゅん》はわかってるだろうけど、ちょっとでも参加したくて「あそこの、那織《なおり》のクイーン取れるんじゃない？」と口にした。

「うん。取れるよね？　取ったら？　ほらほら」

不敵な笑《え》みを浮《う》かべて、那織《なおり》が純《じゅん》を煽《あお》る。

え？　ダメなの？

「琉実《るみ》の言う通り、取れるんだよ。でも、あれを取ったら負ける。取らなくても……完全に見えてるわけじゃないんだが、恐《おそ》らく苦しい展開になる――」

「そんなこと無いでしょー。私、復帰二日目だよ？　純《じゅん》君に勝てるなんて、まさかぁ」

ああ、これは純《じゅん》の負けだ。あの憎《にく》たらしい顔を見て、理解した。このあとどんな展開になるのか、わたしには全くわからないけれど、あれは間違《まちが》いなく勝利を確信してる表情《かお》だ。

那織《なおり》とこの手のゲーム――オセロとかをやらなくなった一番の理由がそこにあった。

那織《なおり》の顔が心底ムカつく。

「全く、ボビー・フィッシャーみたいな手を使いやがって。いいよ、取ってやる。絶対に巻き返してやるからな。僕にだってプライドがあるんだ」

「あれ？　チェスは熱くなったら負けるって、昨日言って無かった？　今、冷え冷え？」

ああっ！　自分の妹ながら、めっちゃ腹立つっ！！！

わたしが戦ってるわけじゃないのにっ！！！

「ねぇ、ボビー・フィッシャーって？」

純《じゅん》に尋《たず》ねると、「羽生善治《はぶよしはる》をして、チェス界のモーツァルトと言わしめた天才だよ。一九五八年に十五歳でグランドマスターになった。当時、世界最年少のグランドマスターだ。功績や人生について話すと長くなるから割愛《かつあい》するが、ボビー・フィッシャーが十三歳の時にした象徴的《ちょうてき》な対局があったんだ。相手は全米オープン選手権の前チャンピオン、ドナルド・バーン。その対局で、フィッシャーはナイトを餌《えさ》にした。だが、バーンは乗って来なかった。次に、フィッシャーはクイーンを取らせるよう仕向けた。バーンはクイーンを取った。そして、四十一手目にフィッシャーがルークでチェックメイト。五時間にも亘《わた》る試合がそこで終わった。伝説の試合だよ」と解説してくれた。とりあえず、有名な人っぽい。

純《じゅん》は、それからずっと黙《だま》り込《こ》んでしまった。

那織《なおり》は、たまに真剣《しんけん》な表情になるものの、終始目を細めて口の端を歪《ゆが》めて「ふ〜ん」とでも聞こえてきそうな——もろに悪役顔で純《じゅん》のことを見ていた。

結局、純《じゅん》が負けた。

次第《しだい》に純《じゅん》の駒《こま》が減っていって、よくわかってないわたしでも、最後の方は追《お》い詰《つ》められてるのが伝わって来た。とても口を出せる雰囲気《ふんいき》じゃなかった。純《じゅん》はお父さんとよくチェスをやっていたし、決して弱くはないと思うんだけど、那織《なおり》がこの手のゲームに強いのも知ってる。

「クイーン・サクリファイス。やってみたかったんだよねー。成功成功」

勝負が終わって、那織《なおり》がけろっとした顔で言った。

「完全に僕の負けだ。尋常《じんじょう》じゃないくらい悔《くや》しいけど、それと同じくらい安心感がある。明日は大丈夫《だいじょうぶ》だろう。自信持っていい……って負けた僕に言われても、だよな」

「いやいや、そこまでは。純《じゅん》君の方が歴が長いし。でも、ありがと。それより、途中《とちゅう》、ステイルメイトに持ち込もうとしなかった？　ちょっと狙《ねら》ったでしょ？」

ちょっと上目気味で「ん？　違《ちが》う？」みたいな顔。那織風《なおりふう》に声を充《あ》てるなら、「ほれ、言うてみ？」みたいな感じ。多分、心の中はそんな感じ。

「ステイルメイト？　何それ」

那織《なおり》の態度の原因っぽい。さっき調べた時、載《の》ってたっけ？

「チェスには引き分けがあるんだ。チェックされていない状態で動けない——簡単に言うと、王手にはなってないけど、キングを動かしたら相手の駒《こま》の動線に入ってしまう、つまり自殺になるから動けない、それをステイルメイトって言うんだ。引き分けになるパターンは他にもあるが、それはいいとして……ステイルメイト、一瞬《いっしゅん》頭を過《よ》ぎったんだが、止めたんだよ。それすら見抜《みぬ》かれていたとはな。那織《なおり》なら勝てそうだわ。僕がやるより確率高いかも知れない。あの先輩《せんぱい》、那織《なおり》を相手に指名したのは、マジで失敗だな」

純《じゅん》が清々《すがすが》しい表情で笑った。

それで那織《なおり》があんな顔したのか。純《じゅん》が引き分けに持ち込もうとしたから。

わかっちゃいたけど、知ってはいるけど、那織《なおり》ってああいう時、心の底から生き生きしてる感じがする。それがもう、色々と思い出されて、ああっ！　てなる。

なんか、負けた純《じゅん》の方が、潔《いさぎよ》くてカッコイイんだけど。

べ、別に純《じゅん》のことが——とかそういうんじゃなくて、あの悪魔的《あくまてき》笑《え》みを浮《う》かべてる妹を見て、カッコイイとは思えないっていうか、あの見下した目。あれ、最悪。性格悪すぎない？

ま、今さらだけど。うん、今さら言ってもしょうがない。

「もう一回するの？」

誰《だれ》にともなく言うと、純《じゅん》が「どうする？　休憩《きゅうけい》するか？」と那織《なおり》に訊《き》く。

「やってもいいよ。休憩《きゅうけい》でも良《い》い」

「じゃあ、ちょっと休憩《きゅうけい》しよう。頭が疲《つか》れた」

「純《じゅん》でも頭が疲《つか》れること、あるんだ」

そう言って頬《ほお》を突《つつ》くと、人差し指を摑《つか》まれて外された。「突《つつ》くなよ。僕にもあるさ」

「何いちゃいちゃしてるの？　見せ付けてるの？」

那織《なおり》が身を乗り出して——おもむろに純《じゅん》の頬《ほお》を平手でぱちんと挟《はさ》んだ。

そして、ドヤ顔でこっちを見る。え？　その勝ったみたいな顔は何？

「痛っ！　おまえ、何すんだっ！」

「私は両手だし。指で言えば十本だし」

「シンプルに痛《いて》ぇよ。ふざけんな。蚊《か》じゃねぇんだぞ」純《じゅん》が那織《なおり》の手を払《はら》う。

超《ちょう》バカじゃん。

「おっぱいで挟《はさ》んだ方が良かった？　それは上を脱《ぬ》がないと——」

「やめなさいっ！」このバカ妹っ！

思わず手が出てしまった。

けど、この場合、仕方ないよね？　わたしは悪くなくない？

「痛い。やめてよ。脳筋《マッスル・ヘッド》に殴《なぐ》られたっ！　純《じゅん》君も見たよね？　暴力だっ！」

「僕は、今さっき那織《なおり》に暴力を振《ふ》るわれたけどな」

――ぷっ……っはははははっ。

純《じゅん》の拗《す》ねたみたいな言い方が、ツボに入って、お腹《なか》が痛いっ！

笑わせないでっ！！！　てか、頬赤《ほおあか》いっ！！！

「何笑ってんだよ。どんだけ笑いの沸点《ふってん》低いんだ」

「だって……っく……頬《ほお》に那織《なおり》の手形……が……」

「手形っ？　マジかよ。道理で痛いと……那織《なおり》、おまえ……」

「琉実《るみ》は勢い系の笑い好きだもんねぇ。脳味噌《のうみそ》使わない系の」

「無視すんなっ！　話逸《そ》らすなっ！　母さんに見られたら、なんて――」

「幼馴染《おさななじみ》のパンツを覗《のぞ》き込《こ》もうとして、二人から叩《たた》かれたってことにしようっ！　おばさんだったら、これくらいの冗談《じょうだん》は通じる筈《はず》っ！　琉実《るみ》もそう思うよね？」

微塵《みじん》も思わないけど。でも、那織《なおり》が言うならノッてあげるけど。面白《おもしろ》そうだし。

「通じねぇよっ！　家から追い出されそうだわっ！」

「えー、わたしも那織《なおり》に加勢しようかと思ったのにー」

「珍《めずら》しく琉実《るみ》と意見があったことだし、ここは漢《おとこ》を見せて――ロハだと可哀想《かわいそう》だから、証言通りパンツ見とく？　特別にスカートを捲《めく》る権利を――」

立ち上がった那織《なおり》の肩《かた》を押さえ付けて、「あんたはいい加減にしなさい」と制す。

「自分がスカートじゃないからって。何、悔《くや》しいの？　琉実《るみ》もパンツを脱《ぬ》いでパンツを――」

「パンツパンツうるせぇよっ！　イントネーションの差異だけで語るな。ややこしい。頼むから大人しくしててくれっ！」

うん。今のは純《じゅん》が正しい。

てか、那織《なおり》って実は露出癖《ろしゅつぐせ》あるんじゃない？　どんだけ見せたがりなの？　貞操《ていそう》観念おかしくない？

そろそろ家族会議レベルでしょ。お母さんに――言い付けられないよっ！

ま、純《じゅん》がその手の露骨《ろこつ》な誘惑《ゆうわく》には乗らないのは、イヤってほど知ってるから大丈夫《だいじょうぶ》だとは思うけど――わたしは色仕掛《いろじか》けしてないけどねっ！　イヤってほど知ってるって何っ？　自分で言ってて、それこそイヤになりそう……わたしは露骨《ろこつ》じゃなかったからダメだったの？

わかりづらかった？　伝わりづらかった？

あー、やめよう。色々と思い出しそう。

「私は十分すぎるくらい大人しい女の子だと思うけど？」

「「はっ？」」

純《じゅん》と声が重なった。

「何その反応？　腹立たしいんだけど。事実じゃん。そこの脳筋《マッスル・ヘッド》みたいに暴れたりしないでしょ？　暇《ひま》さえあれば、暴れるか筋トレするかみたいな、ＢＣＡＡをおかずにプロテインを食べるみたいな琉実《バルバロイ》とは違《ちが》うでしょ？」

「ちょっとっ！　暴れるって何っ？　わたし、暴れてなんてないでしょっ！」

「え？　琉実《るみ》って、暴れ欲求を運動で誤魔化《ごまか》してるんじゃないの？　ずっとそう思ってたんだけど。バスケで物足りなくなったら、アメフトとかラグビーに転向するのかなって――それとも格闘技？　今の所はバスケで解消出来てるみたいだけど、その内肉弾系に――」

「あんた、その辺にしとかないと、今度、トレーニングに付き合わせるからね。わたしと同じメニュー、最後までこなしてもらうから。終わるまで解放してあげない」

「ほら、そういう発言が脳筋《マッスル・ヘッド》なんだって。自己紹介《しょうかい》ありがとう」

あぁぁぁっ！！！

ほんっっっと、ムッツッカつくっ！！！

「ねぇ、純《じゅん》。那織《なおり》がムカつく。お願い。どうにかして」

「僕には無理だ。是非《ぜひ》とも、神宮寺《じんぐうじ》家《け》で解決してくれ」

那織《なおり》が純《じゅん》の腕《うで》に抱《だ》き着《つ》いて「お願いだから、私を押し付け合わないで」と泣きそうな声ですがる。なにその三文芝居《しばい》。わたしを取り合わないで的な言い方してるけどっ！　逆だからっ。

「琉実《るみ》、そろそろこのヘレネス気取りをギリシアに連れ帰ってくれ」

えっと、それ何だっけ……あ、那織《なおり》がさっきバルバロイって言ったからっ！

古代ギリシア人がヘレネスで、異民族がバルバロイっ！　そうだっ！　思い出した。

急に世界史ワード出さないでよ……もう。学校でやったことだからまだいいけど、このノリで映画とか小説の話をされるから、純《じゅん》とか那織《なおり》の話はよくわからない。

てか、一瞬《いっしゅん》で思い出したわたし、マジで偉《えら》い。

「確かに、もういい時間、だね」スマホを見ると、九時半。

「え？　まだ早いよ。もうちょっと遊ぼうよ。金曜の夜だよ？　琉実《るみ》が帰りたいって言うなら、琉実《るみ》だけ先に帰って。私はもうちょっとここに居る」

「琉実《るみ》だけ先に帰ってじゃないわよ。帰る時は連れてくから」

もうちょっとくらい、居てもいいかな？　迷惑《めいわく》かな？

「なんかさ、この感じ、懐《なつ》かしいね。子どもの時、こんな感じだったよね？」

「だな。琉実《るみ》や那織《なおり》とこんな風に過ごすの、凄《すご》く懐《なつ》かしい気がする。三人で会ってない訳じゃないんだけどな。二人の家でご飯だって食べるし――」

「三人で純《じゅん》君の部屋に居るのも、三人で私達の部屋に居るのも、ここ何年かは無かったからだよ。リビングとか、学校とか、そういうのはあったけど、三人がどっちかの部屋で遊ぶのは、小学生以来じゃない？　だから、懐《なつ》かしいと云《い》う感情は的確だよ。間違《まちが》ってない」

「そっか。言われてみればそうかも」

なんで――と言《い》い掛《か》けてやめた。中学に上がってから、少しずつ変わったんだよね。

わたしたち。

ううん、わたしが、だ。

「たまには、いいな。久々に楽しかったよ」

「そっか。純《じゅん》君は両頰《りょうほお》を平手打ちされても、楽しめるタイプなんだ。覚えとくね」

「違《ちげ》ぇよ。勘違《かんちが》いすんなっ。そこじゃねぇっ！」

そう言えば、純《じゅん》の頰《ほお》、さっきよりは赤みが引いて来た、かな？　良かった。

……良かった？

今思うど、那織《なおり》だって、十分暴れてるじゃん。

「ごめんごめん。今度はキスマークとかに――」

「いい加減にしろ。大体、口紅なんて――」

「「え？」」

思わず、那織《なおり》と顔を見合わせる。

「何だよ。変なこと言ったか？」

「ふふ。ううん。なんでもない」

可愛《かわい》いとこ、あんじゃん。

「笑ってるだろ。何だよ」

純《じゅん》がわたしと那織《なおり》を交互《こうご》に見る。

「純《じゅん》君のそういうとこ、私は嫌《きら》いじゃないよ。うん」

那織《なおり》がにやにやしながら、わたしに目で合図を送ってくる。

「そうだね。わたしもいいと思う。そう来るとはね」

じゃあ、付き合ってる時、この部屋で——そうなることを望んでしたキスの痕《あと》は、純《じゅん》の中でキスマークじゃなかったんだ。そう言えば、あの時、自分の鎖骨《さこつ》の下辺りを見ながら「痕《あと》付けんなよ」としか言ってなかったっけ。ふーん。わたしの肩《かた》にも付けた癖《くせ》に。

人に見られないようにして、ふとした時に服をずらして純《じゅん》に付けられたキスマークを見て、お風呂《ふろ》で鏡に映ったキスマークを見て、最後まで出来なかった後悔《こうかい》と、別れる前に残された純《じゅん》の痕跡《こんせき》だと思って、いつまでも消えて欲しくないって——那織《なおり》には申し訳ないって思いつつも、わたしが純《じゅん》に付けたキスマークもずっと消えないでって願ったりした。

そっか、純《じゅん》は知らなかったんだ、キスマーク。物知りなのに、知らなかったんだ。

キスマークを付け合ったこと、わたししか知らなかったんだ。


純《じゅん》に勝った感。結構、気持ちいい。

誰《だれ》にも言わないけどね。麗良《れいら》にも。

久々に味わう時間が、楽しいから。

今だけは、全部忘れることにする。

そうじゃなきゃ、この時間を楽しむ資格がない。

純《じゅん》が居て、那織《なおり》が居て、良かった。

あとちょっとだけ、味わいたいな。
前とは違《ちが》う臆病《おくびょう》さが、生まれそう。
ううん、これは臆病《おくびょう》とは違《ちが》うよね。

わたしは一度、この関係を崩《くず》したんだ。変える勇気がわたしにはあったんだ。
今日の楽しさは、純《じゅん》に甘えたからじゃない。全員が見て見ぬ振《ふ》りをしたから。
だからこれは、臆病《おくびょう》なんかじゃなくて、暗黙《あんもく》の了解《りょうかい》がたまたま一致《いっち》しただけ。

今の関係が変わったあとも、同じように出来ないかな。
偶然《ぐうぜん》訪《おとず》れただけの、二度とない瞬間《しゅんかん》にはしたくないな。

第四章

TITLE

怖かったんだ。ずっと怖かった

（白崎純《しろさきじゅん》）

KOI WA FUTAGO DE WARIKIRENAI

今日、琉実《るみ》は安吾《あんご》と出掛《でか》けている。何処《どこ》で何をするのか、詳細《しょうさい》は知らない。

今朝（と言っても、殆《ほとん》どお昼に近い時間だ）、少し早めに那織《なおり》を迎《むか》えに行くと、琉実《るみ》が出掛《でか》けるところに遭遇《そうぐう》した。Tシャツにロングスカート姿の琉実《るみ》は、いつもよりお洒落《しゃれ》をしているように見えた。まるで、デートにでも出掛《でか》ける——男女二人だけで遊びに行くことをデートと定義すれば、条件は十二分に満たしている。

安吾《あんご》と出掛《でか》けることについて、僕は既《すで》に結論を出している。理解も納得《なっとく》もしている。

それなのに、ほんのり色付いた唇《くちびる》やぱっちりとした目に、心がざわめく。友達として遊びに行くのに、そこまで——いいや、違《ちが》う。友達だからと言って、お洒落《しゃれ》をしない理由にはならない。分かってる。理解はしている——琉実《るみ》と安吾《あんご》はそういうんじゃない。

「純《じゅん》も出掛《でか》けるとこ？」

「そう……いや、ちょっと早いが、準備がてら作戦をと思って」

「そっか。珍《めずら》しく、ちゃんと起きてたよ。朝からお父さんの書斎《しょさい》を漁《あさ》ってた」

「おう。早めに行くって言ってあるしな。これから安吾《あんご》と出掛《でか》けるのか？」

何を言ってるんだ僕は。訊《き》くまでもないだろ。

「うん。行ってくる。純《じゅん》も頑張《がんば》って。って、やるのは那織《なおり》か。とりあえず、行ってくるね」

「気を付けてな」

そう言って琉実《るみ》を送り出したのに、その背中を見ていると、心の表面に立った細波《さざなみ》が、白波《はくは》に変わっていく錯覚《さっかく》を覚える。胸《むね》の奥に靄《もや》が掛《か》かったような不快感が、鼓動《こどう》を速くする。今すぐにでも琉実《るみ》を呼び止めたく——なるのを、ぐっと堪《こら》える。

僕は一体何を考えているんだ……そんな資格は無いって、自分で言っただろ。琉実《るみ》がどこの誰《だれ》と何をしようが、口を出せる資格なんか欠片《かけら》ほどもない。理解《わか》っているのに、このざわめき立つ感情を抑《おさ》えられない。僕はどんだけ欲張りなんだ。

神宮寺家《じんぐうじけ》のチャイムを押せぬまま、小さくなる琉実《るみ》の背中から目を逸《そ》らし続《つづ》けることしか出来なかった。見詰《みつ》め続《つづ》けることなんて、出来るわけがなかった。

どんな顔して、那織《なおり》に会えばいいんだよ。

僕は選べるような立場の人間じゃない。選ぶだなんて傲慢《ごうまん》だ。最近、そんなことを頻繁《ひんぱん》に考える。二人から、はっきり交際を求められたわけじゃない。でも、それを理由にすべて無かったことには出来ない——しようとしたけれど、それこそが傲慢《ごうまん》だったとも言える。

理屈《りくつ》をあれこれ並べて、論理《ロジック》にばかり拘泥《こうでい》して、自分の気持ちに向き合おうとして来なかった。訳柄《わけがら》だけで解釈出来《かいしゃくでき》るなら、世の中はもっと単純に動いている。

僕が望むモノ――二人と楽しく日々を過ごせたらそれで良《い》い。それは二人が望むモノでもあると、ずっと思ってきた。だから、僕は自分の選択《せんたく》にそこまでの疑義《ぎぎ》を挟《はさ》まなかった。

すべては誤想で誤謬《ごびゅう》に満ちた、自分勝手な思《おも》い違《ちが》いだった。

恰好付《かっこうつ》けて、池波正太郎《いけなみしょうたろう》の引用なんてしていた自分が心底恥《は》ずかしい。結局、言葉遊びやレトリックの域を出ていなかった。そこに自分の言葉は無かった。

選択しない、いと云《い》うのは思考の放棄《ほうき》に過ぎなくて、結果として小さなひずみを生じさせただけで、何も解決はせず、何も提示はされず、ひずみが大きくなっていくのを、為《な》す術《すべ》も無いまま凝然《ぎょうぜん》と見過ごすだけだった。それを知って尚《なお》、僕に出来ることなんて無かった。

琉実《るみ》と付き合って、別れて、人と向き合うのがこんなにも得意じゃないんだと、痛いほど思い知った。見栄《みえ》や自尊心や含羞《がんしゅう》――矮小《わいしょう》なプライドと視野の狭《せま》さで傷付けてばかりだった。

そんな僕に、一体何が出来るというのか。

この間だって、意図の有無《うむ》は別にしろ、結果として那織《なおり》に酷《ひど》いことをした。

知らないうちに、那織《なおり》を追い込んでいた。

どちらかを選ぶなんて、傲岸不遜《ごうがんふそん》な真似《まね》は出来ない。今の僕に、その資格はない。

そう、今の僕には。

もっと視野を広げて、色んなことに気付けなきゃダメだ。二人が待ってくれるかは分からない。待ってくれないのなら、それでもいい。全部、僕がガキだったが故《ゆえ》に起きたことだ。

こうして、未練がましく琉実《るみ》の背中を脳裏《のうり》で追《お》い掛《か》ける嫉妬《しっと》と執着《しゅうちゃく》、次の瞬間《しゅんかん》には那織《なおり》のことを考えている不誠実さ、それら全てを認めなきゃいけないんだ。

自分の弱さを――決断できない弱さを受け入れて、克服《こくふく》しなきゃならない。問題から逃《に》げるのをやめて、向き合わなきゃいけない。ただ、向き合うだけの時間が欲《ほ》しい。難しい問題だからこそ、大切な関係だからこそ、時間が欲《ほ》しい。ホームズの言葉を借りるなら、《不十分な資料で、早まった仮説なんか作りあげるのは、この職業には禁物ですからね》ってとこだ。

那織《なおり》の勝負が終わったら、琉実《るみ》が帰ってきたら、正直な気持ちを述懐《じゅっかい》する。

もっと成長した僕で判断して欲しい、と。言ってることは変わらなくても、気持ちは違《ちが》う。

そうしなければ、次に進めない。進むことが出来ない。


どっちが大切……いや、どっちが好きか？

そんなもん、どっちも好きに決まってる。

それじゃダメなんだ。そんな未来はない。

僕は、ようやく神宮寺家《じんぐうじけ》のチャイムを押した。


がらんどうの教室で食べるお昼は、いつもと違《ちが》って特別感がある。悪いことをしているような、本当に良《い》いのか？　みたいな後ろめたさと、誰《だれ》も居ないという解放感。そして、誰《だれ》にも見られていないが故《ゆえ》の万能感《ばんのうかん》。それらが綯《な》い交《ま》ぜになって——楽しい。嫌《きら》いじゃない。

みんながどう思って居るのか、窺《うかが》い知《し》ることは出来ない。ただ、思い思いに買って来たお弁当やパンを食べながら、誰《だれ》に遠慮《えんりょ》するでもなく、好きなことを話している姿を見ると、さして変わらないのだと思いたい。ひとりだけワクワクしてるとしたら、バカにされそうだ。

僕らが食べ終わる頃《ころ》、ようやく雨宮《あまみや》が姿を現した。一緒《いっしょ》にお昼を食べようみたいな軽い約束だし、時間通りに来るとは思っていない。寧《むし》ろ、早い方だったと言える。

雨宮《あまみや》が「マジごめ～ん。これで許して」と言って、鞄《かばん》からお手製のプリンとシフォンケーキを取り出した。雨宮《あまみや》が来るまでは遅《おそ》いだの散々言ってた癖《くせ》に、プリンに目がない那織《なおり》は遅刻《ちこく》を咎《とが》めることなく飛び付いた。分《わ》かり易《やす》い奴《やつ》め。

やはり、那織《なおり》を無力化するには甘い物理論が正しいようだ。過去、何度も証明済みだが。

プリンを頬張《ほおば》り、教室のあれこれを擬人化《ぎじんか》して――机と椅子《いす》から始まり、時計の長針と短針とか、窓とカーテンとか、天井《てんじよう》と床《ゆか》とか――盛り上がる女子三人を眺《なが》めながら、僕と教授は、仮に那《な》織《おり》が負けた場合について考えていた。実際、古間《ふるま》先輩《せんぱい》は部員が見付かった時、部室問題をどうするつもりなのだろうか。しかし、それを僕らから尋《たず》ねるのは憚《はばか》られるので、こうして教授と話す以外――想像する他ない。

「言っても、この校舎は広いし、俺らが見落としてる教室くらいありそうだよな」

「まあな。あとは、放課後使わない教室を融通《ゆうずう》してもらう、か」

「それだと、私物置けなくね？　意味ねぇよ。いっそ、道場破りでもするか？　弱そうな部活を見付けて、勝負を吹《ふ》っかけて回るとか」

「悪名に恐《おそ》れを抱《いだ》かない教授はいいかも知れないが、僕は関わりたくないな。それに、運動系の勝負を提示されたらどうすんだよ。教授くらいしか相手出来なくないか？」

頼《たよ》れるのは、元サッカー部の教授くらいだ。僕より身長も高いし、体格もいい。暫《しばら》く本格的な運動をしてないとは言え、体育での活躍《かつやく》を考えれば十分すぎる戦力だ。

雨宮《あまみや》も元ダンス部だから、多少は動けるかも知れないが、それに関しては未知数だ。中等部の頃《ころ》も含《ふく》め、体育で一緒《いつしよ》になった記憶《きおく》はない。正確には、一緒《いつしよ》になったことはあるかも知れないが、僕は認識《にんしき》していない。尤《もつと》も、目立つことを理由に、雨宮《あまみや》は参加しないだろう。

「俺一人である程度はいけんじゃね？　最悪、安吾《あんご》辺りを助《すけ》っ人《と》に――」

不意に名前が出て、一瞬《いっしゅん》思考が止まった。

那織《なおり》と目が合った。

「いくら何でも安吾《あんご》は無理だろ。面が割れすぎてる」教授も大概《たいがい》だけどな。

「それを言ったら、雨宮《あまみや》だってそうだろ？」

「そうだが……あいつはそういうのには、加わらないんじゃないか？」

「なにー、なんか、エナの話してるー？」

椅子《いす》の背凭《もた》れに仰け反《ぞ》って、バサッと髪《かみ》を垂らした雨宮《あまみや》が、会話に参加してきた。

ちょっとホラー映画っぽいぞ、その恰好《かっこう》……ホラーというか、撃《う》たれたみたいだ。

「なんでもねぇよ。気にすんな」

雨宮《あまみや》がよっと言いながら身体《からだ》を発条《ばね》にして席を立ち、「なんかさー、教授っち、エナに冷たくない？」と言って、教授の前でしゃがみ込んだ。そして、教授の膝《ひざ》に手を置き、「エナ、なんかした？」と、子供みたいな甘ったるい声と上目遣《うわめづか》いで畳《たた》み掛《か》けた。

これを素でやってるのか、狙《ねら》ってやってるのか——質問に意図が無いのは確実だ。

自分に興味がない奴《やつ》にどう見られようが構わない精神の持ち主だしな。何となく絡《から》んでみたくなっただけだろう……みたいに考えていたら、那織《なおり》と亀嵩《かめだけ》が「あれは教授落ちたんじゃない？　変態風を吹《ふ》かせていても、畢竟《ひっきょう》するに、あの手のありがちであざといプレイに弱いんだよ」「確かに。教授君、簡単に騙《だま》されちゃいそう」などと話しているのが聞こえた。

おうおう、教授、言われてんぞ。

「つ、冷たくなんてしてねぇよ」

視線を横に向けながら、口笛でも吹《ふ》き出《だ》しそうな顔で教授が言った。

めちゃめちゃ効いてんじゃねぇか！

「だって、ザキ」

「なんで僕に振《ふ》るんだよ」こっち見んな。

「てかさぁ、この時期になると、スラックス超《ちょう》うらやましい。スカートと交換《こうかん》しない？」

「しねぇよ。スカートの方が涼《すず》しいだろ」相も変わらず、脈絡《みゃくらく》のないヤツだ。

その、何を守れるのか全く分からん丈《たけ》のスカートの方が、涼《すず》しいに決まってる。蒸《む》れたりとかし無さそうだし、僕からすればスカートの方が羨《うらや》ましい。穿《は》かないけどな。

「俺と交換《こうかん》するか？　今すぐにでもスラックス脱《ぬ》ぐぞ」

隣《となり》でベルトに手を掛《か》ける、生徒指導室一歩手前野郎《やろう》。

「えー、やだぁー」

「なんでだよっ！　交換《こうかん》しろっ！　ほら、ここで脱《ぬ》ぐから、雨宮《あまみや》も――」

「部長、あそこに露出魔《ろしゅつま》が居るから、職員室行こっか」

「うん。そうだね。治安が一気に悪くなった」

眉《まゆ》を顰《ひそ》め、薄眼《うすめ》の女子二人が教授に侮蔑《ぶべつ》の視線を送る。

「待て待てっ！　通報だけはっ！」

「じゃあ、こうしよ。黙《だま》っててあげるから、その代わりずっとパンイチで過ごそう。誰《だれ》かに見付かったら終了《しゅうりょう》ね。はいっ、ゲームスタートっ！」

そう言って那織《なおり》が、手をパシンと叩《たた》いた。

「おうおう、おまえは悪魔《あくま》かっ！　本当に終了《しゅうりょう》じゃねぇかっ！」

「慈衣菜《しえな》にはここで脱ぐからって言わなかった？　それなのに、私の言葉は聞けないの？」

バ会話は放っておいて——雨宮《あまみや》に訊《き》く。「つーか、なんでスラックスが羨《うらや》ましいんだ？」

本気で穿《は》きたいなら、スラックスを選択《せんたく》すれば良い。その辺の自由度は高い。

「この時期、太ももの裏がぺとんってなるんだよねー。超不快《ちょうふかい》なのー」

「分かるっ！　椅子《いす》が温《ぬる》くなって、汗《あせ》ばんでうざいのっ！　んで、ちょっと足をずらして、冷やっこい所に乗せたりとかして。その繰《く》り返《かえ》し」

まだ喚《わめ》いている教授を無視して、那織《なおり》が加わって来た。

「だよねだよね。なるよね？」

机に乗せた腕《うで》が汗《あせ》ばむ感じの、脚《あし》バージョンってとこか。そうか、スカートにはそういう悩《なや》みもあるのか。想像すらしたこと無かったわ。

とは言え、それは丈《たけ》の問題……では？

「おまえらはスカートの丈《たけ》が短いから……亀嵩《かめだけ》は無いだろ？」

「うん。ない。でも、立ち上がる時、脚《あし》にスカートが張り付いたりはするよ」

「それはスラックスでも一緒《いっしょ》だわ。なぁ？」

相手にされなくなって、拗《す》ね気味《ぎみ》の教授に話を振《ふ》ってやる。というか、この場でスラックスを穿《は》いてるのは僕と教授しか居ないし。教授は脱《ぬ》がされる寸前だったけど。

いや、脱《ぬ》ごうとしてたんだっけか？　何《いず》れにしても、絶望的なほど頭が悪い。

「ああ。張り付くな。股間《こかん》なんか、クッソ蒸《む》れるぞ。しまいには、袋《ふくろ》が張り付いて脚《あし》と同化するまである。股間《こかん》専用の携帯《けいたい》ファン付けてぇ」

よくもまぁ、女子の前で袋《ふくろ》とか言うよな、この男は。気持ちは分かるけど。

亀嵩《かめだけ》辺りが冷ややかな視線と声で一蹴《いっしゅう》するかと思いきや、「うちの頼《らい》君も、扇風機《せんぷうき》の前でパンツ引っ張って風を当ててたりするんだよね」などと、弟を例に挙げて話にのって来た。

「わかるー。エナも、スカートの中に携帯《けいたい》ファン付けたいっ！」

「スカートは扇《あお》げるだけよくね？　スラックスだとそれすら出来ねぇからな。体育のあとは、パンイチになりたいくらいだわ。白崎《しろさき》だってそう思うよな？」

教授に振《ふ》られて、「夏服で生地《きじ》が薄《うす》いって言っても、普通《ふつう》に汗《あせ》で張り付くし、確かに扇《あお》げるのは羨《うらや》ましい。パンイチになりたいとは思わないがな」と同意しつつ釘《くぎ》を刺《さ》すと、雨宮《あまみや》が張り合うように「それだったら、ブラのがヤバいし。汗《あせ》で濡《ぬ》れると、マジ最悪だかんね。超気持《ちょうきも》ち悪《わる》い。ストラップのトコ、めっちゃかゆくなるから」と言い出した。

「わかるっ！　バックベルトとかストラップが汗《あせ》で湿《しめ》ってると、かぶれて赤くなるもん。シート で拭《ふ》いてどーにかなるレベルじゃない。ブラ替《か》えたいってなる」

「先生、すぐ赤くなるもんね。見てて辛《つら》そうだなーって思うよ」

「肌弱《はだ》いと、汗《あせ》はふつーにヤバいよねー。エナもすぐ赤くなるから、超気持《ちょうきも》ちわかる」

那織《なおり》や亀嵩《かめだけ》の同意を得た雨宮《あまみや》が、勝《か》ち誇《ほこ》った顔で僕と教授を瞥見《べっけん》する。

那織《なおり》は小さい頃《ころ》から肌《はだ》が弱くて——なんて思い出話をひっさげて加わる訳にもいかず、教授は教授で、加わりたいけど話題がセンシティヴ過ぎてネタに走れないもどかしさが、全身から溢《あふ》れ出《で》ている——教授の貧乏揺《びんぼうゆ》すりが止まらないのを見れば、明らかだ。

「いっそのこと、人間も全裸《ぜんら》で生活するべきだよな。服なんて着てるから蒸《む》れるんだ」

耐《た》え切《き》れなくなった愚《おろ》かな男が、これ以上無いくらい頭の悪い暴論を発した。どうしてこの男は我慢《がまん》が出来ないんだ……そんなに女子からいじられたいのか？

那織《なおり》と亀嵩《かめだけ》の呆《あき》れ果《は》てた視線が教授に注がれた刹那《せつな》、あらぬ方向から放たれた「わかる。家だと、たまに裸《はだか》の時もあるし」という雨宮《あまみや》の発言に依《よ》って、教授の目が明らかに光を増した。

「何のカミングアウトだよっ！　つーか、これは何の会話だ？」

とても、この後に勝負が控《ひか》えているとは思えない。

ま、これくらいの方が僕らしい、か。

その後も続く、頭の悪い会話の切れ目を見計らって、席を立つ。珈琲《コーヒー》が欲《ほ》しくなった。無理して飲み始めたブラックの珈琲《コーヒー》も、最近では当たり前に選択肢《せんたくし》のひとつとなった。本音を言えば、薄《う》っすら甘いくらいが一番良《い》いのだが、自販機《じはんき》やコンビニで丁度良《ちょうどい》い甘さに出会ったことがない。僕には、微糖《びとう》でも甘すぎる。結果、ブラックを買う。

教授やその他友人達から、恰好付《かっこうつ》けてると揶揄《やゆ》されたりもするけれど、いちいち説明するのが面倒《めんどう》で、いつも流してきた。ちゃんと話したのは、琉実《るみ》と那織《なおり》くらいだ。

ぼんやりと階段を下りていると、後ろからトタトタっと足音が付いてきた。

「那織《なおり》もか？」

「うん。甘い物が飲みたくなった。糖分摂《と》らなきゃ頭回んない」

「さっき、プリンやら食ってただろ？」

「それは準備用だから。今から買うのは、勝負の最中に摂取《せっしゅ》する用。用途《ようと》が違《ちが》う」

二年のフロアは、そこそこ生徒が居るのだろう、遠くで雑音がする。階段からでも分かる。

「頑張《がんば》れよ」

「任せて。実は、昨日、お父さんともやった」

那織《なおり》がおじさんとチェス？　あんなに嫌《いや》がってたのに。マジで本気なんだな。

おじさんのことだから、感激の余り、陰《かげ》で泣いてるかも知れない。正直、僕も嬉《うれ》しい。

「どうだった？」

「もち、勝った」

「マジか。よく勝ったな。相手は僕の師匠《ししょう》だぞ？」

復帰二日目で、僕とおじさんに勝った？　自分が凄《すご》く強いなんて言う積もりはないが、凄《すげ》ぇな。マジで尊敬するわ。僕なんかより、チェスに向いてるんじゃないのか？

「誰《だれ》に言ってるの？　私だよ？　藍《あい》より青いよ？」

「どっちかって言うと、青より生まれて群青《ぐんじょう》や瑠璃《るり》になった質《たち》だな」

那織《なおり》の場合は、青々しくなるんじゃなくて、親より濃《こ》くなってる。

「群青《ぐんじょう》や瑠璃《るり》、良《い》い色だね。藍系《あいけい》なら、深縹《ふかきはなだ》とか好き」

「ふかきはなだ？」

「藍染《あいぞめ》の、めっちゃ濃《こ》い色。紺《こん》みたいな、ちょっと紫《むらさき》みがある感じ。濃《こ》い縹色《はなだいろ》だよ」

縹色《はなだいろ》と言われてもピンと来ないが、何となく伝わった。縹色《はなだいろ》、か。覚えておこう。

「染物は良《い》いよな。染物と言えば、さらっと甚平《じんべい》を着られる人、ちょっと憧《あこが》れる」

「着たら良《い》いのに。絶対似合うよ。あと、雪駄《せった》も装備して――ね、今度、お祭り行こうよ。お祭りならどんどん来い甚平《じんべい》ってイベントじゃん？　甚平《じんべい》こそ正装じゃない？」

「祭りや温泉街だと、確かに正装だな。あとは、陶芸家《とうげいか》とか？」

「そうそう。陶芸家《とうげいか》は甚平《じんべい》のイメージある。今度、一緒《いっしょ》に買いに行こ？　私も、新しい浴衣《ゆかた》欲《ほ》しいもん。お母さんに融資《ゆうし》して貰《もら》わなきゃ――ううん、融資《ゆうし》じゃなくて、この場合は出資《しゅっし》」

十分出資《しゅっし》して貰《もら》ってるとは思うが……祭りか。人混みは嫌《きら》いだが、祭りの喧騒《けんそう》は不思議と嫌《きら》いじゃない。好きと言っても良《い》い。あの喧噪《けんそう》も祭りの醍醐味《だいごみ》だからかも知れない。

部活が出来たらそのメンバーで——琉実《るみ》も誘《さそ》わなくては。行くなら、皆《みんな》でだ。

「甚平《じんべい》を着た純《じゅん》君が、土に目覚めて陶芸家《とうげいか》……ありかもよ？　菊練《きくね》りじゃっ！」

無言で土を捏《こ》ねる——悪くないかも知れない。

僕はその手の趣味《しゅみ》にハマるタイプだと、自分でも思う。余分な思考を一切捨《いっさいす》てて、目の前の物事に集中するの、大好きだしな。集中力が高まって、まるで自分が機械の一部になったような感覚——そういう没入感《ぼつにゅうかん》は、何度味わっても心地《ここち》いい。

「子供の頃《ころ》に行った旅行で、ほら、陶芸《とうげい》体験みたいなので、マグカップ作ったことあったよな。あれは何処《どこ》に行った時だっけか。とにかく楽しかった記憶《きおく》あるわ」

「あったねー。んーと、あれは長野《ながの》……うん、長野《ながの》だよ。んで、純《じゅん》君は既《すで》に侵《おか》されてて、確か、マグカップに宇宙艦隊《かんたい》のマーク入れてた。うわぁ、そこにも描《か》くって引いた記憶《きおく》あるから間違《まち》いない。お父さんと二人で盛り上がってたよね？　お父さんはホームズのロゴだったかな。絵心無いから、全体的に超歪《ちょうゆが》んでて、帽子《ぼうし》なんて出来の悪いUFOみたいになっちゃって、琉実《るみ》と二人で苦笑いしてた。あれだったら、UFOに誘拐《アブダクション》される牛にでも軌道《きどう》修正した方が、リアルに仕上がったかも。牧場に行った後だったから不謹慎《ふきんしん》？　だとしても、キャトル・ミューティレーションの方がリアルになったんじゃない？　今だから言うけど」

なんでホームズの横顔が誘拐《ゆうかい》された牛になるんだよ。ソフトクリームを食べたあとに、血や内臓を抜かれた牛の絵《キャトル・ミューティレーション》って、不謹慎《ふきんしん》というか神経を疑うレベルだわ。

「おじさんに絵心が無いのは……わかるけれど、それは言い過ぎだって」

「だから、気を遣《つか》って、その場では言わなかったじゃん」

あの時作ったマグカップ、何処《どこ》にやったんだろう。最近、見た記憶《きおく》がない。

那織《なおり》はどんなマグカップを——思い出した。那織《なおり》だって人のこと言えない。

「天上天下唯我独尊《てんじょうてんげゆいがどくそん》って書いたのは、何処《どこ》のどいつだよ。あれこそ、引いたわ」

「なんでよ。恰好良《かっこうい》いじゃん。歪《ゆが》んだ宇宙艦隊《かんたい》とかホームズより余程《よほど》マシだよ」

「おばさんに、暴走族が背中に書くヤツとか言われてたけどな」

「あの人は湘南《しょうなん》生まれだから、すぐそういう発想に行き着くんだよ。私はそんな意図で書いてないし。飽《あ》くまで私に相応《ふさわ》しい文字列を選んだ結果だもん。琉実《るみ》のバスケ命みたいなセンスの欠片《かけら》も無い、バカっぽい字面《じづら》より百億倍マシ。間違《まちが》いない」

すまん琉実《るみ》、そればかりは那織《なおり》に同意する。

那織《なおり》とそんな話をしながら一階に下りて、いつもと違《ちが》って混んでいない自販機《じはんき》に五百円を投入する。普段《ふだん》の学校もこれくらい静かだと良《い》いんだけど——とか言うから、根暗だの陰《いん》キャだの言われるんだよな。ま、学校は人が多すぎて疲《つか》れるって、心の底から思ってるけど。

「好きなの買えよ」

「え？　奢《おご》ってくれるの？」那織《なおり》の目が爛々《らんらん》と輝《かがや》いた。

「部室は那織《なおり》の双肩《そうけん》に掛《か》かってるからな。ジュースの一本くらい安いもんだ」

「ありがとっ！」

不意打ちだった。昔話をしていた所為《せい》か、綻《ほころ》んだ那織《なおり》が子供みたい見えた——無邪気《むじゃき》で天衣《てんい》無縫《むほう》な、僕が好きだった頃《ころ》の那織《なおり》がそこに居て、目を逸《そ》らした。正視出来なかった。

いつも大人ぶっていて、あれこれ理屈《りくつ》を並べ立てて——そういう那織《なおり》のこともちろん嫌《きら》いじゃないが、時折見せる子供っぽさが可愛《かわい》い。つまり、那織《なおり》のこういう表情に僕は弱い。

那織《なおり》がカフェオレを選んだ。

僕が珈琲《コーヒー》のボタンを押そうとすると、お釣《つ》りが全て出て来てしまった。少しくらい待ってくれよと心の中で文句を言って、お金を入れる。僕は——カフェオレを買った。

「珍《めずら》しいね。ブラックは背伸《せの》びだったって云《い》う静かなる告白《カミングアウト》？」

「たまには良《い》いかなって思ったんだよ」

屈《かが》んで小振《こぶ》りなペットボトルを取ろうとした時だった。ポケットのスマホが震《ふる》えた。

安吾《あんご》からだった。

《俺、琉実《るみ》のこと本気だから》

たった一言、そう書いてあった。

（神宮寺那織《じんぐうじなおり》）

本人は取《と》り繕《つくろ》っている積もりだろうけれど、スマホを見た純《じゅん》君の顔は、周章《しゅうしょう》を抑《おさ》えようとしているのに狼狽《ろうばい》が漏《も》れ出《で》ている、そんな面貌《めんぼう》をしていた。ちらっとスマホを覗《のぞ》き込《こ》むと、LINEのトークに《俺、琉実《るみ》のこと本気だから》とあった。

琉実《るみ》と出掛《でか》けている、安吾《あんご》なる人物からだろう。

うーん、この場合はどうしてあげるのが正解？　私としては、琉実《るみ》がそっちに靡《なび》いてくれれば好都合だけど——そればかりは有り得ない。私が一番分かってる。

琉実《るみ》が私の与《あずか》り知《し》らない所で部外者《モブ》とバチバチやるのは構わないし、どうぞご自由にって感じなんだけど、今回のパターンは、純《じゅん》君が部外者《モブ》から直接攻撃《こうげき》されたってとこだろうから、余計に質《たち》が悪い。こんなことなら、琉実《るみ》が行った場合、純《じゅん》君はどうするのか興味が湧《わ》いたなんて、琉実《るみ》を嗾《けしか》けなきゃ良かった？　けど、大馬鹿野郎《やろう》からLINEが来るまでは、純《じゅん》君は琉実《るみ》が出掛《でか》ける事に納得《なっとく》してたっぽいし、現に私と学校に居るんだし——相手の男子のこと、興味無さ過ぎて全く考えて無かった。まさか、純《じゅん》君にこんなメッセージ送るなんて。

ここで行って来なよって言えたら恰好良《かっこうい》いんだけど……もし、ここで行かせて、気持ちはどうあれ、言葉の弾《はず》みでみたいな展開は嫌《いや》。けど、心に引《ひ》っ掛《か》かりを残されるのも、嫌《いや》。

どうしよう。この場合、どうしたらいいの？

ここで行って良いよって言ったら、私に罪悪感を抱《いだ》いてくれる？　貸しになる？

「気になる？」

「えっ……と、何を――」

「ごめん、スマホ見ちゃった」

「……まぁ、そういうことだ。気にはなるが、今はそれより那織《なおり》の勝負の方が――」

「どうしても気になるって言うなら、行っても良いよ。もやもやするんでしょ？　その代わり、私の所に戻《もど》って来《き》てくれる？　ちゃんと埋《う》め合《あ》わせしてくれる？」

キーラ・ナイトレイが come back to me って言ってたのは「Atonement《つぐない》」だっけ？　ま、私はキーラみたいなもんだし、気分は――って、それだと結末は悲劇じゃん。縁起《えんぎ》でもない。

「けど、今からチェスの勝負が……」

口ではそう言ってるけど、すっごく悩《なや》んでる。懊悩《おうのう》が伝わってくる。複雑。振《ふ》り切《き》ってくれたら、私はもっと嬉《うれ》しい。関係無いって。でも、振《ふ》り切《き》ってくれるなら、純《じゅん》君はあれこれ悩《なや》んでない。それも分かってる。だから――罪悪感を利用する。うん、そうしよう。

「気になるんでしょ？」

「……ならないと言えば、嘘《うそ》になる」

「貸しだよ？　返してくれなきゃ許さないよ？」

「……本当に行って良いのか？　このあとは勝負が……それに、みんなにも……」

「上手《うま》く言っといてあげる。その代わり、後で、何があったのかちゃんと教えて」

やば。私、めっちゃ良《い》い女じゃない？　超格好良《ちょうかっこうよ》くない？

「わかった。那織《なおり》、ありがとう」

とは言ったものの、本当に行くんだ。そっか、行くんだ。言ったのは私だけど――

「行って来ますのちゅーは？」これぐらい言ってもいいでしょ？

「……それ、本気で言ってんのか？」

何、その怪訝《けげん》な目は？

この場合、真面目に訊《き》き返《かえ》すのが、一番無い。ちょっと考えれば分かるでしょ。せめて、応じるか、冗談《じょうだん》として流すかのどっちかじゃない？　応じなさいよと言いたいところだけど。

「はぁ。純《じゅん》君にはがっかりだよ。ほら、行っといで」

期待した私が莫迦《ばか》でした――純《じゅん》君の顔が近付いて来て、口唇《くちびる》が頬《ほお》に触《ふ》れた。

紅潮した頬《ほお》を隠《かく》すように、唇《くちびる》を隠《かく》すように、口元に手を添《そ》えて俯《うつむ》く男の子。


へへっ。やれば出来るじゃん。

出来れば口が良かったけど、仕方ない、許す。だって、初めて純《じゅん》君からしてくれたから。

やば、にやけそう――ダメっ。今の私は良《い》い女《おんな》を決めてるんだから、にやけたら台無し。

「なんでほっぺなの？」

半分は本気。半分は諧謔《かいぎゃく》……冗談《じょうだん》と言うより、いじわる？

「……そ、そんなこと言うなって。くっそ恥《は》ずかしかったんだぞ」

「もっと恥《は》ずかしくなってくれた方が、私は嬉《うれ》しいんだけどなぁ」

私ばっかり——ってことも無いけど、もっと恥《は》ずかしくさせたい。

「……那織《なおり》には感謝してる……けど、これ以上は——」

純《じゅん》君の頬《ほお》を挟《はさ》んで引き寄せる——ぷはっ。

「ほら、行っておいで。埋《う》め合《あ》わせ、絶対だかんねっ！」

火照《ほて》りを悟《さと》られないよう純《じゅん》君をくるっと回して、私は情報と共に純《じゅん》君を送り出す。

「多分、琉実《るみ》は大宮《おおみや》だよ。お守り買うって言ってた。お土産《みやげ》よろしくねっ！」

私、超《ちょう》良《い》い女《おんな》じゃない？　自分に惚《ほ》れそう。

って云《い》うか、私は良《い》い女《おんな》だし、自己愛に満ちている訳ですけどね。悪《あ》しからず。

（神宮寺《じんぐうじ》琉実《るみ》）

※　※　※

お昼を食べて、これからどうしようかってところで、瑞真《みずま》はカラオケとかダーツとか言ってきたけど、個室で二人っきりはちょっとだし、わたしは買わなきゃいけない物があって、大宮《おおみや》の氷川神社《ひかわじんじゃ》まで歩くことにした。公園もあるし、話をするにはちょうどいい。

今日の集合場所を大宮《おおみや》にしたのは、買い物があるからって理由。

正直、うちの学校の生徒と遭遇《そうぐう》する可能性もあるんだけど、それを気にしてたらもっと遠いとこに行かなきゃだし、公園で話すのは普通《ふつう》だし、そもそもわたしは目的があって来てるから、何か言われても構わない——男子と二人で居るとこを見られるかもって考えるだけで、こんなことを考えなきゃいけないのは、なんだか息苦しい。

小学生の頃《ころ》なんて、高学年になると男子と遊ぶだけで噂《うわさ》になったりして、酷《ひど》い悪口になると裏で男好きとか言われたりして、なんでこうなっちゃうのかなって思ってたのに、いつしかわたしもそういうことを気にするようになった。

この年齢《とし》になると、昔ほど気にならないとは言え、この年齢《とし》だからかもだけど、周りの囃《はや》し立《た》てがちょっと本気っぽくて、それはそれで面倒《めんどう》だったりする。

「前から訊《き》こうと思ってたんだけど、琉実《るみ》って、昔は左利《ひだりき》きだったのか？」

なんで？　と言《い》い掛《か》けて、思った。「リストバンド、右にしてるから？」

「そうそう。それとも、たまたま？」

「ミニバスやってた時、たまたま右に着けたらシュートが入ったから。そんだけだよ」

実を言うと、ちょっとだけ違《ちが》う。わたしは、那織《なおり》のことを思い出して——羨《うらや》ましく感じていたことを思い出して、思い付きで右手に着けた。シュートが入ったのは、本当。

昔――幼稚園《ようちえん》の頃《ころ》だからそれこそ超昔《ちょうむかし》の話なんだけど、那織《なおり》は左利《ひだりき》きだった。うちの親は右利《みぎき》きにさせようとしなかった。わたしと那織《なおり》が座る位置はいつも同じで、那織《なおり》がわたしの左側に座っていた。当時の名残《なごり》で、今もうちの食卓《しょくたく》での並び順は変わらない。

わたしは、左利《ひだりき》きの那織《なおり》が羨《うらや》ましかった。人と違《ちが》った個性みたいのが、羨《うらや》ましかった。

それなのに、小学校に上がるちょっと前、那織《なおり》はいともあっさり左利《ひだりき》きをやめた。

それは本当に突然《とつぜん》で、自然過ぎて家族の誰《だれ》も気付かなくて、ご飯を食べ始めてしばらくしたら、お母さんが「那織《なおり》、右手でもお箸《はし》使えるの？」と言い出して、わたしとお父さんはそこで初めて、那織《なおり》が右手で箸《はし》を持っていることに気付いたくらいだった。

あの子のことだから、隠《かく》れて練習していたんだと思う。那織《なおり》は、「どっちもつかえたらいいなっておもったの」なんて言っただけだった。当時はいきなりどうしてって思ったけど、今ならよくわかる――家族で左利《ひだりき》きは那織《なおり》だけだったから。

子どもの頃《ころ》の那織《なおり》は、とてもわがままだった――わがままな癖《くせ》に、ひとりで勝手に動き回る癖《くせ》に、ひとりになることを好む癖《くせ》に、ひとりにされるのをとても嫌《いや》がった。周りと一緒《いっしょ》の環《かん》境《きょう》で、誰《だれ》かが傍《そば》に居るのをわかった上で、ひとりになりたい寂しがり屋。

那織《なおり》が左手でペンを持つ姿は、ずいぶん見ていない。超レアだけど、箸《はし》は違《ちが》う。極《ご》まれに使ってる。そんな那織《なおり》を見て、左手の感覚を忘れないようにしているのかもって気がして、今はもう仲間外れじゃないから左手も使うんだってわかった時、自分の妹を愛《いと》おしく思った。

「俺も、琉実《るみ》みたいに右にしてみようかな。シュート率上がったりして」

「男子は片手《ワンハンド》だし、気になっちゃって逆に外すでしょ。わたしは両手だし、ずっと右に着けてて慣れてるのが大きいと思うよ」

「冗談《じょうだん》だよ。言ってみただけだって。そう言えば、三年に贈《おく》る物《もの》、女バスは何にした？」

「部活名の入ったペンだよ。色々候補はあったけど、去年と同じ。あとは、受験する先輩も居るから、お守りを買おうって話になってて。これも去年と同じなんだけどね」

「それで氷川神社《ひかわじんじゃ》っつったのか。ずっと気になってたんだよ、試合終わったばっかなのに、何をお願いすんだって。そういうことね」

「ごめんごめん。そういうわけだから、お守り買うの、ちょっと付き合って」

「さっきから、ずっと付き合ってってけどな」

「だね。ありがと。てか、男子は？　そういうの、用意したりしないの？」

「あるけどよー、おまえらのがちゃんとしすぎてて、言うのためらうわ。俺らなんて、白いTシャツを人数分用意して、それにみんなで寄せ書きだぞ？　外じゃ絶対に着られないTシャツにしようぜって。みんな本気で痛いメッセージ考えてっとこ」

「なにそれ。飾《かざ》る専用《せんよう》ってこと？」

「俺ら的には、全然外で着てくれてOKだけど。つーか、着てほしい。だから、部活に遊びに来る時は、絶対にそのTシャツを着てこなきゃダメみたいな。いっそ、伝統にしちゃおっかって先輩《せんぱい》たちと盛り上がってる」

瑞真《みずま》と会う前、不安があった。いつもと雰囲気《ふんいき》違《ちが》ったらどうしよう、あんまりマジっぽくて重い空気出されると……って思ってた。お守りを買う用事を被《かぶ》せたのは、そういうのが怖《こわ》くて、話題というか目的があった方が困らないかなって考えたから。

けど、そんなことはなかった。瑞真《みずま》はいつも通りだ。くしゃっと笑う顔も、話し方や声の感じもいつもと一緒《いっしょ》。身構えて損しちゃった。

「それ、自分らの代もやられるけど、いいの？」

「任せろ。俺は全然着るから。なんなら、家から着てってやるよ」

「そん時は、是非自撮《ぜひじど》り頼《たの》むね。女バスで画像回す——クラスの方が良かった？」

「晒《さら》す気《き》満々じゃん。ま、俺の着こなしを見れば、逆にカッコイイまであるぜ？」

「マジ、そういうとこだかんね？　てか、瑞真《みずま》のTシャツ、わたしもなんか書きたくなってきた。超恥《ちょうは》ずかしくなるようなの、書いてあげる」

「任せろ。さらっと着てやるわ」

幾《いく》ら瑞真《みずま》でもそれは無理じゃない？

自分で言うだけあって、瑞真《みずま》は身長も高くて、顔も悪くなくて、十分イケメンだと思う。ちょっと童顔気味なとこもあったりして、女バスの先輩《せんぱい》も瑞真《みずま》のことを可愛《かわい》いって言ってる。この前——学校の帰りに真衣《まい》たちと喋《しゃべ》った時、トイレで一緒《いっしょ》になった可南子《かなこ》に「正直、うちの趣《しゅ》味《み》じゃないけど、瑞真《みずま》だったら相手として不足ないって感じしない？　白崎《しろさき》じゃなくて、瑞真《みずま》に乗《の》り換《か》えちゃえば？　って、それじゃ真衣《まい》に恨《うら》まれっか」って言われた。

可南子《かなこ》の言うこともわからなくはないんだけど、そうじゃないんだよね。

わたしだって趣味《しゅみ》じゃない——趣味《しゅみ》じゃないっていうか、瑞真《みずま》がカッコイイってのはわかるけど、タイプじゃないし……なんて言うか、純《じゅん》は無言で居ても気にならない。そこが違《ちが》う。一《いっ》緒《しょ》に居て、喋《しゃべ》んなきゃ、何か話題をってなんない。ただ、傍《そば》に居るだけでいい。安心する。

わたしは純《じゅん》のことだって、十分カッコイイって思ってる。黙《だま》って本を読んでる姿を見ているだけでも、幸せだって思える。難しい顔、目にかかる前髪《まえがみ》、本を支える血管の浮《う》いた手、ページをめくる細長い指——ずっと見ていられる。ううん、ずっと見ていたい。写真を撮《と》ったこともある。本を読んでいる時の純《じゅん》は、最高に色気があるって思ってる。

そういうのを、瑞真《みずま》には感じない。

だから、わたしにとって、瑞真《みずま》はそうじゃない。

大きな赤い鳥居をくぐって、長い参道を歩く。家族連れやお年寄り、若いカップル。色んな人が参道を歩いている。わたしは、この参道が好き。お祭りや初詣《はつもうで》もそうだし、純《じゅん》と付き合ってる時、何度も来た。そう言えば、純《じゅん》が髙島屋《たかしまや》とかそごうで本を買ったあと、何度も鞄《かばん》から取り出してカバーを眺《なが》めたりしていて、あからさまにずっと読みたそうにしてるから、「読んでもいいよ」って言って、大宮公園《おおみやこうえん》で純《じゅん》が本を読んでるのをずっと見てたこともあった。わたしは、その姿をこっそりスマホで撮《と》った。音ですぐバレたけど、消せとは言われなかった。

あの時の写真は、今もスマホに残っている。今でも見返す大切な写真のひとつ——

「なぁ、琉実《るみ》は白崎《しろさき》のどこがいいんだ?」

「んー、わかんない」

「なんだそれ。ここがイイとか無いのか?」瑞真《みずま》の歩みが遅《おそ》くなった。

あるよ。沢山《たくさん》ある。

「なんだろうね。ずっと一緒《いっしょ》に居るから……一緒《いっしょ》が当たり前って感じ?」

「そっか。もし……あーっと、もしの話な。白崎《しろさき》が居なかったら、俺はアリだった?」

言いづらそうに、つかえながら瑞真《みずま》が言って、わたしの顔を見た——気がした。

「どうだろう。それこそわかんない。ごめんね」

わたしは、見返さない。そんなこと、考えたって意味ないし。

「謝んなよ。謝られると、やっぱクるわ」

ごめん——また言いそうになって、飲み込んだ。

しばらく無言で歩く。参道は、もうすぐ終わる。

「ね、真衣《まい》とはやり直せない、かな?」

瑞真《みずま》は何にも言わない。聞こえてないのかなと思って、瑞真《みずま》の顔を覗《のぞ》き込《こ》んで、もう一度言おうと——心を途中《とちゅう》で置き去りにしたみたいな、ぼうっとした表情をしてて、目が合ったのに何の感情も読み取れなくて——今じゃなかったと反省しかけたところで、「俺、ようやく真衣《まい》の気持ちがわかった」と瑞真《みずま》が弱々しく言った。

「俺、あいつのこと嫌《きら》いじゃないし、どうしてもって言うから——けど、琉実《るみ》と一緒《いっしょ》だ。あいつのこと、そういう目で見られなかった。そっかぁー、こういう感じだったんだな。ようやくわかったよ……なぁ、琉実《るみ》は俺と付き合えるか？」

「えっと、それは前も言ったけど——」

「同じだよ。琉実《るみ》と全く同じだ。俺は、今の琉実《るみ》と同じ気持ちだったんだよ。そして、琉実《るみ》に断られて、あいつの気持ちもよくわかった。痛いほどわかった。あいつはこんな気持ちだったんだな。俺は好きなヤツが居るからって何度も言ったのに、ずっと食い下がって来て、マジでしつこいなって思った。顔を合わせるのも面倒《めんどう》でさ、最近まであいつのこと見ないようにしてた。下手に目でも合って話《はな》し掛《か》けられたらヤだなって——よくわかったよ。こういうことだったんだ。そう考えると、今日はよく来てくれたよな。俺だったら……あー、そういうことか。真衣《まい》の話をするために。大方、女バス連中に言われたんだろ？　話して来いって」

「えっと、それは違《ちが》くて——」

違《ちが》わない。瑞真《みずま》の言う通りだ。真衣《まい》のことがなかったら、わたしは来なかった。

「いいんだ。別に怒《おこ》ってるわけじゃない。琉実《るみ》の気持ちも、真衣《まい》の気持ちも、よくわかった。

ったく、世の中うまくいかねぇな。琉実《るみ》はどうなんだ？　白崎《しろさき》とうまくいきそうなのか？」

「それが、世の中うまくいかないんですよねー」

※　※　※

（神宮寺那織《じんぐうじなおり》）


「そろそろ始めてもいいかな？」

手短に挨拶《あいさつ》を済ませ、駒《こま》を並べ終えたマープルが頬杖《ほおづえ》を突《つ》いた。

「うん」

一年だからって舐《な》めているのか、はたまた友達が居ないのか、マープルは一人で現れて、部長や慈衣菜《しえな》や教授を打ち見ただけで、まっすぐ私の所に来た。悪役《ヒール》を演じていると云《い》うよりは、社交性に乏《とぼ》しいって感じがする。人の顔を覚えるのは苦手じゃないみたい――私みたいな可愛《かわい》い女子の顔はそうそう忘れないよね。不愛想《ぶあいそ》な人間でも、中身は男子高校生だもんね。

それにしても、結構目付き悪いし、シルバーフレームの眼鏡が如何《いか》にもだし、シンプルに性格悪そう。同級生から厄介者扱《やっかいものあつか》いされてるんじゃない？　大丈夫《だいじょうぶ》？

先攻《せんこう》を譲《ゆず》ってくれたのだって、裏がありそうだもん。純《じゅん》君がチェスは先攻《せんこう》の方が有利だって言ってたけど、マープルの事だから企《たくら》みがあるに決まってる。何が「お先にどうぞ」だよ。

私から打《う》たせて貰《もら》いますけど！

私の実力に怯《おび》えて竦《すく》むがいい！

マープルの実力は分からない。幾《いく》ら私が精良《せいりょう》かつ秀抜《しゅうばつ》な人間でも、開幕から必殺技《ひっさつわざ》みたいなことは出来ない。最初は相手の事を探《さぐ》りつつ型通りに始めるしか無い。

オープニングは定石通り、ポーンをｅ４に。

マープルが表情を変えずにポーンをｅ５へ。

まずはオープン・ゲームね。何となく、そんな気がした。セミ・オープンゲームより、オープン・ゲームの方が好きそうだもん。マープルは型を重視するタイプだろうし、序盤《じょばん》は慎重《しんちょう》に進めなきゃ——それと同時に、ちゃんと学んで来ました的な演出の意味もある。教わって来ましたみたいな雰囲気《ふんいき》、マープルには有効な筈《はず》——だからこそ、次の展開を何処《どこ》に持って行くかが重要。純《じゅん》君の家で、我が家にある本で、ネットで、戦術パターンはしっかり叩《たた》き込《こ》んだ。

開始早々にセンターへ駒《こま》を進めて、ナイトはビショップより先に動かす。基本は忠実に。ナイトをｆ３へ。古典的《ルイ・ロペス》なオープニング。私の読み通りなら、マープルはナイトをｃ６に置いて、セオリー通りに続けるだろう。動き出すのは、三手目からってとこ。

「君は賢《かしこ》いんだろうな」

「どうして、ですか？」

「チェスのやり方を分かってるってことだよ。あの男子に習ったのか？」

「はい。彼はチェスが好きなので」

「彼とは仲良くなれそうだ」

案の定、マープルがナイトをｃ６に──次はビショップを動かして、早々にキャスリングってとこかな。オープニングとしては、お互《たが》いに型を守っている。最初はこれで良《い》い。

「なれると思います。彼、ＳＦが好きですから。この前、ハインライン読んでましたよね？」

「すぐ分かる辺り君もＳＦ小説が──」

「違《ちが》います。設定は付加に過ぎないと思って居るので。派手か否《いな》か。それだけです」

そこと一括《ひとくく》りにされたら沽券《こけん》に関わる。毅然《きぜん》とした態度で、断固として否定せねばっ！

「なるほど。君を指名したのは間違《まちが》いでは無かったようだ。やけに本の事を見ているし、面白《おもしろ》そうだなって思ったんだ。毛虫やサナギを見れば、色鮮《いろあざ》やかな蝶々《ちょうちょう》がわかる──」

うわ、超《ちょう》キザじゃん。素面《しらふ》でそういう事、女子相手に言っちゃう系？　超苦手《ちょうにがて》。

やっぱ、クラスで浮《う》いてるでしょ？　絶対にそう。友達が居たとしても、全員根暗。

登場人物、全員根暗。ある意味ノワール。ちょっと観《み》たいかも。

「ファウスト。もしかして、私のこと、口説いてます？」いやん。

「ふっふふふ……はっはっはっ！　面白《おもしろ》そうだなとは思ったが、想像以上だ。最初にそこの女子に呼び出された時はどうなることかと危惧《きぐ》したが……悪くない。悪くないどころか、凄《すご》く良《い》い。君は、ゲーテが好きなのか？」

「別に。家に有ったから読んだだけ、です」

「なるほど。それにしても、よく咄嗟《とっさ》に分かったな。感心するよ」

「私の友人、その手の人間ばかりなので。慣れてます。そこにも居ますけどね」

ちらっと、部長の方を睥睨《へいげい》する。「(こっち見ないでよ)」と云《い》う声が聞こえてきそうな、心底嫌《いや》そうな顔で私のことを睨《にら》んで来た――睨《にら》まなくたって良くない？

「それは楽しそうだな。良《い》い友人が沢山《たくさん》居るようだ」

「お陰様《かげさま》で、偏物《へんぶつ》や奇人《きじん》ばかりが寄ってきますよ」――貴方《あなた》みたいなのも含《ふく》め。

「よし、いいだろう。部室の件は、君たちに譲《ゆず》るよ。君の、酔狂《すいきょう》で愉快《ゆかい》な友人たちと、語り合う場にするんだろ？　それならば、快く引こう。人数も顧問《こもん》も揃《そろ》っている君たちの方が、リードしている。それは紛《まぎ》れもない事実だ。それを妨《さまた》げるのは大人気無い」


――何かたくらんでいるな。攪乱《かくらん》か、目くらましか、こけおどしか。


「えっ？　勝負はまだ――」私を遮《さえぎ》って、慈衣菜《しえな》が「マジ？　あざす」とぱーぷりん全開の未発達な日本語を大声で発しながら飛び付いて来た。

「やっぱ、ザキよりにゃおにゃおだわ。この人もにゃおにゃおの可愛《かわい》さにやられちゃったってことでしょ？　マジ、にゃおにゃお最強すぎん？」

「ちょっと慈衣菜《しえな》は黙《だま》ってて——」

「あの、それって、勝負関係なく、俺らに部室を譲《ゆず》ってくれるってことでいいんですよね？」

今度は教授。

もう、私にも喋《しゃべ》らせてよっ！

「ああ。その理解で合ってる」

マープルが眼鏡のブリッジを中指で持ち上げた。

その仕草っ！

ほんとは眼鏡ズレてないでしょっ！　どこぞの名探偵《めいたんてい》気取りより酷《ひど》いよっ！

ああ。その理解で合ってる？　言い方がいちいち……ああっ、むず痒《がゆ》いっ！

「ありがとうございます。失礼ですが、書面で取《と》り交《か》わしても良《い》いですか？」

ルーズリーフを取り出した部長が、覚書《おぼえがき》をマープルに迫《せま》る。うん、それは悪くない。とても大切。どうせだから、血の署名をメフィストから頂いちゃう？

「ついでに血判状《けつぱんじょう》にして貰《もら》う？　カッター持ってるから、親指を切って——」

「先生、それはやり過ぎ」

慈衣菜《しえな》と教授が「けっぱんじょう？」「あれだよ、血で拇印《ぼいん》を押すヤツ。ヤクザ映画とかであるだろ？」と言ってる横で、マープルが笑い出した。

「血を流さないで済むよう、是非《ぜひ》とも録音くらいで済ましてくれ。それより、神宮寺《じんぐうじ》……と言ったな、チェスを続けないか？　部室云々《うんぬん》関係なく、ただ勝負がしたい。実際、そこまで部室に固執《こしつ》していた訳じゃないんだ。いきなり下級生に譲《ゆず》れと言われて、素直《すなお》に応じるのが不服だったと云《い》うのが真相だよ。だから、気楽に——と言っても、本気でやってくれなきゃ困るが、とにかくゲームを楽しもう。それが部室を譲《ゆず》る条件だ。どうだい？」

さっきから条件条件うるさいけど——いいよ、マープル。

そういう展開、好き。根暗の癖《くせ》して、話が分かるじゃん。

私は優《やさ》しく微笑《ほほえ》み返《かえ》す。「おさらばする前に力のほどをみせてやる」

「ファウストで返してくるとは。これは条件でも何でもなく、ただのお願いなんだが——君たちの部活にお邪魔《じゃま》しても良《い》いかな？　この前の男子と言い、刺激《しげき》を貰《もら》えそうだ」

口を開きかけた教授を手で制して、私はマープルの目を真《ま》っ直《す》ぐに見返した。

「私に勝ったら、考えますすよ」

※　※　※

——琉実《るみ》が安吾《あんご》と？

（白崎純《しろさきじゅん》）

安吾《あんご》は友達だ。悪い奴《やつ》じゃない。でも、そういう、こ、と、じゃ、ない。

ったく、安吾《あんご》のヤツ――なんて言えないよな。

言えない。言えないけれど、なんて言うか……気に入らない。

琉実《るみ》と、那織《なおり》と、今までとこれからの話をしようと思った。その矢先に横槍《よこやり》が入って、気に入らないだけだ。これは、僕のわがままだ。そんなことわかってる。

もう理由だとか理屈《りくつ》だとか正しいとか間違《まちが》ってるとか選択《せんたく》だとか言葉遊びみたいな解釈《かいしゃく》はどうでもいい。すべては、僕の中の定義でしかない。身勝手な論理だ。

最初から、全部、僕のわがままなんだ。それっぽい言葉を当《あ》て嵌《は》めていただけ。

だったら、今の行動だって大差ない。

どうせ、ずっとわがままだったんだ。

感情に任せて動くなんて愚《おろ》かだ――ずっとそう思って来た。理性的であれ。小説や映画の登場人物が、感情に任せて動き回るのが嫌《きら》いだった。冷静に考えればそれは悪手《あくしゅ》だろうという行動を、友情とか恋愛《れんあい》とかその手のキレイゴトを盾《たて》に、無謀《むぼう》なやり方で推《お》し進《すす》めるのが苦痛ですらあった。そういう登場人物が亡《な》くなる展開を、そりゃそうだろと冷めた目で見ていた。

熱い展開？　感動する？　論理の破綻《はたん》を誤魔化《ごまか》してるだけじゃないか。

――すべて主情的なものは、何ものにもまして僕の尊重する冷静な理知と相容《あいい》れない。

今の僕は、理知で動いていない。それが心底気持ち悪くて、清々《すがすが》しい。

すまん安吾《あんご》。少しだけ僕のわがままに巻き込まれてくれ。


那織《なおり》の言葉に従って、大宮《おおみや》に来た。

琉実《るみ》に居場所は――訊《き》けない。理由を説明出来ない。いきなり「何処《どこ》に居る？」なんて言われたら、「どうしたの？」と尋《たず》ねられるに決まっている。素知らぬ振《ふ》りを出来るほど、僕は器用じゃない――お守りを買うってことは、目的地は氷川神社《ひかわじんじゃ》だ。

それさえ分かっていれば、何とかなる……だろう。居場所を訊《き》くのは、最後の手段だ。

琉実《るみ》と別れてから、こっち方面はずっと来なかった。避《さ》けていたわけじゃない。単に用が無かっただけ――学校と家の往復。そこに書店や喫茶店《きっさてん》、友人の家が加わる程度の変化しかない。

琉実《るみ》と居ると、いつもより行動範囲《はんい》が広くなる。

広くなった行動範囲《はんい》が、懐《なつ》かしくてもどかしい。

二人で歩いた通りを選んで、氷川神社《ひかわじんじゃ》を目指す。

歩道を行く人が、行く手を遮《さえぎ》る様な錯覚《さっかく》に陥《おちい》る。

人の流れを避《さ》けながら、次第《しだい》に捷歩《しょうほ》になって――僕は駆《か》け出《だ》していた。体育以外で走ることなんて無かった。久々に走って、心臓の鼓動《こどう》が増幅《ぞうふく》されていく。徐々《じょじょ》に息が上がってくる。

那織《なおり》の勝負はどうなった？

スマホを取り出したものの、身体《からだ》に合わせて上下に振《ふ》れる画面が、タップを阻《はば》む。緩衝器《ダンパ》が欲《ほ》しい。立ち止まることすら、もどかしい——交差点の信号が赤になった。

強制的に足止めを食らい、汗《あせ》が体中から吹《ふ》き出《で》てくる。蒸し暑《あつ》さも相俟《あいま》って息が苦しい。溽暑《じょくしょ》に全力疾走《しっそう》するなんて、我ながらバカげてる。肩《かた》で息をしながら、ＬＩＮＥを開こうとするが、暴力的な陽光が画面に反射する。汗《あせ》が画面に滴《したた》り落《お》ちる。Ｔシャツで汗《あせ》を拭《ぬぐ》って、どうにかグループにメッセージを飛ばす。

亀嵩《かめだけ》や教授辺りが気付いてくれる筈《はず》だ。那織《なおり》に直接送ろうとも思ったが、気付かれない可能性が高い。それに、勝負の最中にスマホを触《さわ》るのはマナー違反《いはん》だ。

那織《なおり》ならやれる。心配はしていない。あんなに賢《かしこ》くて可愛《かわい》い女の子は、そうそう居ない。相手が誰《だれ》だろうと、どんなに追《お》い詰《つ》められようと、最後は勝つに決まってる。神宮寺《じんぐうじ》那織《なおり》は、そういう女の子だ。

かめだけ《まだ勝負してる。けど、部室は譲《ゆず》ってくれるって》

返事はすぐに来た。

勝負はしてるけど、部室は譲《ゆず》ってくれる？　どういうことだ？　尋《たず》ねようとした瞬間《しゅんかん》、信号が青に変わった。部室問題が解決したのなら、ひとまず安心して……いいのか？　流れが全くわからん。今すぐにでも詳細《しょうさい》を訊《き》きたい――が、拘《かかず》らうのは今じゃない。質《ただ》したい気持ちを抑《おさ》え、〈勝負が終わったら教えてくれ〉と返してから、横断歩道を渡《わた》る。


大宮神社《おおみやじんじゃ》の境内《けいだい》に二人の姿は無かった。入念に探したが、それらしき人影《ひとかげ》は見付からない。ここまでの道中でも擦《す》れ違《ちが》わなかった。だとすれば大宮公園《おおみやこうえん》に――来る途中《とちゅう》、例えば何処《どこ》かの店にでも入っていたら……見落としていた可能性は否《いな》めない。蓋然性《がいぜんせい》は低くない。先を急ぐ余り失敗した。今から戻《もど》る――のは愚策《ぐさく》だよな。先に公園を見てからだ。

とは言え、大宮公園《おおみやこうえん》はかなり大きい。すぐに見付けられる保証はない。

だが、心当たりはある。琉実《るみ》は池が見えるベンチがお気に入りだった。

神社からはちょうど反対側――まだ走らないとダメか。

疲労《ひろう》と云《い》う名の生体アラームが鳴っている。限界はとっくに超《こ》えている。

こんなことなら、運動しとけば……って、言うのは簡単だよな。正直、やらない自信しかない。二度と走りたくねぇ。駆《うぐつ》くのは金輪際ごめんだ。走らないで済む人生を送ってやる。

まばらな木々を抜《ぬ》け、ようやく視界が開けた。左手に池が見えてきた。僕が思っている場所に居るのなら、対岸のあの辺に――居たっ！！！

スピードを緩《ゆる》め、呼吸を整えようとするが、乱れた息は中々収束してくれない。木陰《こかげ》に入って休もうかとも思ったが、勢いに任せないと辿《たど》り着《つ》けない気がして、冷静になってはいけない気がして、僕はこのまま二人の座るベンチに向かうことにした。

「……琉実《るみ》っ！」

ぜえぜえとした喘鳴《ぜんめい》の合間にどうにか絞《しぼ》り出《だ》した声は、自分でも驚《おどろ》くくらい大きくて、近くを歩いている人までもが、二人と同時に振《ふ》り向《む》いた。

「……え？　純《じゅん》？　なんで？」ぽかんとした琉実《るみ》とは対蹠的《たいしょてき》に、安吾《あんご》はさして驚《おどろ》いた風ではなく、じろっと一瞥《いちべつ》して「来たのか」と零《こぼ》しただけだった。

「おまえが……はぁ……あんなＬＩＮＥを送るから、だろ？」

「俺としては、素直《すなお》な気持ちを書いただけだったが――で、何しに来たんだ？　横取りすんなってか？　つーか、めっちゃ息上がってんな。走ってきたのか？」

「うるせぇ。誰《だれ》の所為《せい》だと……で、どーすんだ？　わざわざあんなことを言って来たってことは、僕に言いたいことがあるんだろ？」

「どーすんだはこっちのセリフだよ。白崎《しろさき》こそ、どうするつもりなんだ？」

「ねぇ、なんの話？　わたしにもわかるように――」

「すまん、ちょっと待っててくれ。僕は安吾《あんご》と――」

「琉実《るみ》も当事者だろ？　言ってやれよ。そうじゃなきゃ、俺だって納得《なっとく》できねぇよ」

挑戦的《ちょうせんてき》な色味を携《たずさ》えた目付きで、安吾《あんご》が僕を真《ま》っ直《す》ぐに見抜《みぬ》く。その為《ため》に来たんだろ、逃《に》がさないからな、とでも言いたげに――ここまで来て、逃《に》げねぇよ。

逃《に》げるつもりだったら、最初から来てない。

未《ま》だ結論は出せないけれど、出せないなりに伝えたいことがあるんだ。

だから僕は――ここに来たんだ。大きく息を吸い込んで、ゆっくりと吐《は》き出《だ》した。

「琉実《るみ》、ちょっといいか？」

「……うん」

暑さの所為《せい》か、ほんのり紅潮した琉実《るみ》が小さく頷《うなず》いた。

「えっと……琉実《るみ》に言っておきたいことがあるんだ」

「改まって、どうしたの？」

琉実《るみ》の怪訝《けげん》な眼差《まなざ》しが、向けられる。

「はっきりしなくてすまなかった。あと、今までのことも、全部謝る。ごめん」

「ちょ、いきなり、何――」

「琉実《るみ》の気持ちは嬉《うれ》しかった。前みたいにやり直せるかもって、何度も思った。だけど、どうしても踏《ふ》み切《き》れない……那織《なおり》の方が、とかそういう意味じゃなくて――」

眉《まゆ》ひとつ動かさず、琉実《るみ》はじっと僕の目を見据《みす》えている。

結論は出ていない。応じないことで、僕のスタンスが伝わると勘違《かんちが》いしていた。結論が出ていないことを、きちんと説明して来なかった。しっかり向き合って、どうして決めあぐねているのかを、真剣《しんけん》に話して来なかった。

僕の大切な、二人の女の子に向き合う為《ため》に、それを言う為《ため》に、僕はここに来たんだ。

「僕は二人のことが好きだ。琉実《るみ》のことも那織《なおり》のことも、同じくらい好きなんだ。子供の頃《ころ》から一緒《いっしょ》に過ごして来て、同じ時間を過ごして来て、二人に優劣《ゆうれつ》なんて――優劣《ゆうれつ》って言い方は適当じゃないよな、今の僕には二人のどちらかを選ぶなんて出来ない。もちろん、それじゃダメだってのも分かってる。こんなことを言えた義理じゃないが、もう少しだけ時間が欲しい。今の僕じゃ、前と同じことになる。照れとか恰好付《かっこうつ》けとかそういう子供っぽさで琉実《るみ》を傷付けたんだって思ったら、余計に動けなくなった。

怖《こわ》かったんだ。ずっと怖《こわ》かった。

琉実《るみ》の気持ちを知って、那織《なおり》の気持ちを知って、応えたいのに、応えられない。だから、ずっと逃《に》げ回《まわ》って来《き》た。認めるよ。僕は、逃《に》げていただけだった。僕の弱さが、二人を悩《なや》ませていることに、気付かない振《ふ》りをしていた。すまなかった。

時間が掛《か》かっても、僕はちゃんと結論を出す。どんな結論に至るのか、今は未《ま》だ僕自身《じしん》確固たる想《おも》いがある訳じゃなくて、確かなことは何も言えないけれど、今度は、僕から二人にちゃんと言うよ。待てないと言うならそれでもいい。もし、僕の弱さを許してくれるなら、僕の弱さに付き合ってくれるのなら、この弱さを克服《こくふく》するまでの時間をくれないか？」

琉実《るみ》が視線を外した。地面に落とした眼差《まなざ》しが、瞬《また》きと同時に僕に向けられる。


（神宮寺琉実《じんぐうじるみ》）


えっと、何？　待って。どういうこと？

純《じゅん》がここに居ることからしてよくわかってないのに……いきなりすぎて、理解が追いついてないんだけど――ないんだけど、今、好きって言ったよね？

純《じゅん》が、わたしのこと――那織《なおり》の名前も出てたけど、好きって言ったよね？

那織《なおり》の名前無しで、もっと早く聞きたかった言葉。ずっと待っていた言葉を、こんな形で、今さらになって、那織《なおり》と並んで言われた――のがちょっと悔《くや》しくて、どこかずるくて、もどかしくて、頭に色んな感情と言葉が湧《わ》き出《で》てくるのに、なんて言えばいいかよくわからなくて、嬉《うれ》しい気持ちもあるから、どう返せばいいのかわかんない。

わかんなくはないか。

わたしは待つよ。

純《じゅん》が言ってくれるまで、待てる。わたしがダメにしちゃったけど、一度は付き合ったんだもん。前に琉実《るみ》と付き合ってて楽しかったって言ってくれたし。もし、純《じゅん》が考《かんが》え抜《ぬ》いた結果、わたしじゃなくて那織《なおり》のことを選んだとしても——受け入れる。イヤだけど、わたしにイヤって言う資格はないし、純《じゅん》が出した結論なら、何も言わない。

でも、それまでは——純《じゅん》が結論を出すまでは……うん、もっと素直《すなお》になる。我慢《がまん》しないって決めたんだから、自分にもっと、純《じゅん》にもっと、素直《すなお》になる。

「わかった」

去年はわたしが純《じゅん》に告白したんだし——今度は純《じゅん》の番だからね。

そう言おうと思った矢先——瑞真《みずま》が「それって、答えを先延ばしにしただけだろ？　結局、何にも決めてなくね？　琉実《るみ》に告った側としては、納得《なっとく》いかねぇんだが」と言った。

あっぶない！

瑞真《みずま》が居るの、忘れてたっ！

言わなくてよかったー。てか、お昼食べたし、お守り買ったし、もう瑞真《みずま》に――それはさすがに酷《ひど》いから言わないけど……正直、純《じゅん》と二人にして欲しい。純《じゅん》と、もっと喋《しゃべ》りたい。

「待ってくれって、都合良すぎねぇか？　琉実《るみ》からも言った方がいいぞ」

「確かに何にも決まってないよね。でも、ちゃんと考えてくれてるってわかっただけで、わたしは十分だよ。那織《なおり》のことも含《ふく》めて、ね」

「そーやって琉実《るみ》が甘やかすから、白崎《しろさき》が付け上がるんだぞ？」

「付け上がってねぇよ。二人のことを真剣《しんけん》に考えてるからこそ、軽々しく言えないんだ」

「琉実《るみ》と付き合うけどな、俺は。つーか、贅沢《ぜいたく》すぎんだよ。成績か女か、どっちかにしろ。どっちかを捨てて、少しは俺に分けろ。何でもかんでも独《ひと》り占《じ》めしやがって。おまえ、前世でどんだけ徳を積んだんだよ。なんか、言っててムカついてきた。一発殴《なぐ》らせろ」

「出た。すぐそれだ。筋肉に使うカロリーを脳に使えば、少しは――」

「なぁ、琉実《るみ》。こんなヤツのドコがイイんだ？　なんかあった時、絶対守ってくれないぞ？」

この前、那織《なおり》にもすぐやられそうって言われてたけど、瑞真《みずま》にまで言われてるよ？

やっぱ、一緒《いっしょ》にランニングとか筋トレをして、鍛《きた》え直《なお》さないとダメなんじゃない？

これでも純《じゅん》は、いつだってわたしたち姉妹《しまい》のことを最優先に考えてくれるし、付き合ってた時、休日の部活終わりは迎《むか》えに来てくれたし、わたしがわがままを言っても、「しょうがないな」って言いながら付き合ってくれるし、子供っぽいとこもあるけど、わたしの知らないこと沢山《たくさん》知ってるし、家に上がる時はちゃんと靴《くつ》を揃《そろ》えるし、お父さんと楽しそうに話してるとこを見ると、いつまでも見ていたいなって思うし――こんなにわたしの生活に入り込んでいて、色んなことを共有していて、それこそ小さい時から同じ物を見て、同じものを食べて、もうわたしの一部――って言ったら変だけど、とにかく、純《じゅん》の居ない日常は考えられない。

「やられちゃうけど、純《じゅん》は守ってはくれるよ。ね？」

「やられちゃうってなんだよ。そもそも私人《しじん》の暴力《ぼうりょく》には限度があるんだ。論理的に解決出来ないのなら、国家の有する暴力装置に頼《たよ》るのが正しい社会システムの在り方なんだよ」

「だってよ。ソッコーやられんな」

「うるせぇよ」

あ、ふて腐《くさ》れてる。

瑞真《みずま》と純《じゅん》って、いっつもこんな感じで言い合ってるイメージしかない。

「ねぇ、純《じゅん》。今日からわたしと一緒《いっしょ》に走ろっか？」

「折角《せっかく》だけど、今日は二度と走りたくねぇ。つーか、おまえら、どうしてそんなに物事が体力や筋力ベースなんだ？　同じクラスってことは、二人とも特進だよな？」

え？　そこ、関係なくない？

けど、強《し》いて言うなら――「文武両道ってことじゃない？」

「琉実《るみ》の言う通りだわ。つまり、俺らの方が、優《すぐ》れてるってことじゃね？」

「言ってくれるじゃねぇか。そこまで言うのなら、次の定期考査、僕より点数取るってことだよな？　優《すぐ》れてるんだろ？　だったら、客観評価で勝負しようじゃないか」

「おう、見てろ？　マルチプレイヤーの意地、見せてやるわ。つーか、それで負けたら、マジで白崎《しろさき》、何も残んねぇぞ？　あと、客観評価って言うなら、体力測定の結果も並べないとフェアじゃねぇよな。それぞれ偏差《へんさ》を出して、その合計点も加算しようぜ」

「それだと、純《じゅん》の負けだね。全項目《ぜんこうもく》、瑞真《みずま》に負けてるんじゃない？　シャトルランなんて、超序盤《ちょうじょばん》でリタイアしてたもんね？　わたしのが余裕《よゆう》で上だったし。てか、体力測定を加算するなら、わたしも純《じゅん》とイイ勝負できるかも」

トータルだったら、本当にイイ勝負できるんじゃない？

ちょっと気になるんだけど。そんなことより――「ね、さっきからずっと訊《き》きたかったんだけど、純《じゅん》はどうしてここに居るの？　さっきの話をする為《ため》に来たってこと？　それにしたって、なんでこのタイミング？　って言うか、どうしてここに居るってわかったの？　瑞真《みずま》？」

「俺は言ってねぇ……が、ちょっと煽《あお》った。白崎《しろさき》の本音が聞きたかったんだ。まさか、本当に来るとは思わなかったが――マジで、よく場所がわかったな」

そういうことだったんだ。瑞真《みずま》が煽《あお》って……煽《あお》るって、瑞真《みずま》は純《じゅん》になんて言ったんだろう。琉実《るみ》のことをどう思ってるか教えろ的な感じ？　そればっかりはわかんないけど、場所は恐《おそ》らく那織《なおり》……だよね。わたしが大宮《おおみや》に行くことを知ってるのは、女バスのみんなと那織《なおり》だけ。

昨日の夜、どんな服を着てこうか訊《き》くついでに、那織《なおり》とそんな話をした。

那織《なおり》はずっとチェスの本を読みながらスマホをいじっていて、わたしが何を訊《き》いても空返事《からへんじ》だった癖《くせ》に、「何着てこうって、意中の男子とデートに行くの？　そうじゃないなら、何でもよくない？　いつもみたいにジャージでいいじゃん。琉実《るみ》の正装でしょ？」なんて、憎《にく》たらしいことを言ってきた。ジャージがわたしの正装って、なによ。

そのあと、あれこれ反論したのにずっと無視してきて——ま、あの子は聞いてないようで聞いていて、聞いてるようで聞いてないみたいなとこがあるから、今更《いまさら》なんだけどさ。

「那織《なおり》が教えてくれたんだよ。お守り買うって言ってたって」

やっぱり。

それにしても、純《じゅん》を送り出すなんて、那織《なおり》らしくない。純《じゅん》が無理矢理飛び出して来たってこと？　それはそれで嬉《うれ》しいけど、純《じゅん》はそういうタイプじゃないっていうか、それ以前に那織《なおり》が許さない気がする。大体、あの子は今日、勝負がどうのって——それはあとにしよう。

「出どころは琉実《るみ》の妹か。しっかし、あの妹も大概濃《たいがいこ》いよなぁ。一見大人しい感じなんだけど、白崎《しろさき》や教授と絡《から》んでる時はめっちゃ喋《しゃべ》るし、ノリが独特つーの？　ちょっと喋《しゃべ》ってみたい気もするけど、入っていけない感じがするんだよなー」

　うん、言いたいことはわかる。

　てか、那織《なおり》と喋《しゃべ》りたいんだ。意外。

「那織《なおり》と話したいんだったら、言ってくれれば良いのに。訊《き》きたいことでもあるの？」

「家で琉実《るみ》がどんな感じとか、教えてくれそうじゃね？　こう見えて、実は部屋がめっちゃ散らかってたりとか、さ。あとは昔の失敗談とか、その手の話あんだろ？」

「散らかってないしっ！　それ、那織《なおり》だから」

「まぁ、実は椎茸《しいたけ》が嫌《きら》いとか、小さい頃《ころ》に那織《なおり》とサンタが居る居ないで本気の喧嘩《けんか》したりとか、虫が嫌《きら》い過《す》ぎて、小さい虫でも悲鳴を上げて逃《に》げ回《まわ》るとか——昔なんて服に虫が止まっただけでパニックになって、大泣きしながら暴れる琉実《るみ》を宥《なだ》めながら、虫を払《はら》ってあげたりなんてこともあったな。あと、小学生の時、水泳の授業がある日——」

「純《じゅん》っ！　余計なこと言わないでっ！」

　だって、朝イチからプールの授業で……着替《きが》えが面倒《めんどう》だったから……純《じゅん》にはずっと隠《かく》してたのに、その日の帰り道に那織《なおり》が「今、琉実《るみ》はパンツ穿《は》いてないんだよ」とかバラしてくれちゃって——スカートじゃなくて良かったとは言っても、違和感凄《いわかんすご》くて、ずっと気になって、ほんっとイヤだったんだから。今にして思えば、保健室に行けばって思うけど、当時は周りにバレないよう隠《かく》すのに必死でそれどころじゃなかった。

てか、思い出させないでよっ！

「今度その話したら、絶対に許さないからねっ！」

「すまん。ついうっかり……悪かった。金輪際言わない」

「なんだよそれー。めっちゃ気になんだろ。しかしあれだ、妹に訊《き》かなくても、おまえらにはそういう話題、沢山《たくさん》あるんだな。そりゃそっか。ずっと一緒《いっしょ》なんだよな、おまえらって」

「うん。小一のときから」

過ごした時間の長さだったら、他の子には負けない――那織《なおり》を除いて。

「小一かぁ。俺も、子どもの頃《ころ》、近所に仲のいいヤツが居たけど、今じゃ親との会話でたまに名前が出る程度だわ。俺の場合、相手は男だし、学校が違《ちが》うってのもあっけど……そうやってずっと仲が良《い》いってのは、ちょっと羨《うらや》ましいわ。変な意味じゃなく、だぞ」

「うちらも、中等部入ってすぐの頃《ころ》、ちょっと距離《きょり》あったりしたよね？　前ほど喋《しゃべ》んないっていうか、喧嘩《けんか》したとかじゃないけど、小学生の時みたいに一緒《いっしょ》に遊んだりしなくなったし」

自分の口から、こんな言葉が出てくるなんて、考えもしなかった。純《じゅん》とあんまり喋《しゃべ》らなくなった頃《ころ》のこと、初めて話題にしたかも。

別れはしたけど、純《じゅん》と付き合ったから――片付けられなかった昔のことが、消化できたのかも知れない。自分の中の、収まるべきところに収まったみたいな、不思議な感覚。

これは成長したってことなのかな。

単純に、昔のことだから？　よくわかんないけど、ちょっと大人になった感じがする。

もしかして、純《じゅん》の待ってくれって、弱さを克服《こくふく》するまでって、そういうこと？


そっか、大人になったんじゃなくて、わたしは強くなったんだ。


「まぁ、前ほどは——けど、僕らの場合、親の仲が良《い》いし、顔を合わせないとか会話しないってのは、環境的《かんきょうてき》に不可能だったからな。那織《なおり》はずっとあんな調子で、本とか映画の感想を一方的に語って来たりしてたし」

わたしは、それが耐《た》えられなかったんだけどね。わたしばっか意識してて、那織《なおり》はそんなことなくて——いま考えると、那織《なおり》は那織《なおり》で意識してたと思うし、考え方みたいなのが違《ちが》っただけなんだろうな……うん、なんだか冷静に考えられてる気がする。

「さて、ちょっと長居しすぎた。僕はそろそろ帰るよ。那織《なおり》に怒《おこ》られちまう」

純《じゅん》が、優《やさ》しく、ゆっくりと微笑《ほほえ》んだ。

「待てよ。帰るのは俺だ。おまえは残れ。ちゃんと琉実《るみ》を家まで送り届けるんだぞ……っても、おまえら、帰る家はほぼ同じだったよな。そういうとこ、いちいち鼻につくわ」

「いや、僕はこれから——」

「『いや』じゃねぇんだよ。おまえなぁ、俺の立場をちっとは考えろ」

瑞真《みずま》は純《じゅん》の肩《かた》を叩《たた》いて、「じゃ、また学校で」と言い残して――ガチで帰った。

わたしは仕方なく、困り顔の純《じゅん》に声を掛《か》ける。

「……えっと、これからどうする？」

※　※　※

（神宮寺那織《じんぐうじなおり》）


はっはっはっ！！！　ざまあみやがれ、ですわっ！

この私に勝とうなんて、五億年と四〇〇〇万年早いんだって！　カンブリア紀からやり直しておいで。アノマロカリスといちゃついてから出直《でなお》して来《き》て頂戴《ちょうだい》。

「完敗だ。もし君さえよければ、リベンジを申し込みたい」

どうしよう。超可哀相《ちょうかわいそう》。私に負けて悔《くや》ちいんでちゅね。

靴《くつ》を舐《な》めて貰《もら》う……嫌《いや》、汚《きたな》い。何か他に屈辱的《くつじょくてき》な条件を――

「先生、受けてあげなよ。どうせ、何か屈辱的《くつじょくてき》な条件を提示してやろうとか思ってるんだろうけれど、古間先輩《ふるませんぱい》は部室譲《ゆず》ってくれたんだよ？　感謝しないと」

部長がそう言ったかと思うと、私の耳元で「（人間椅子《いす》になって貰《もら》おうとか、那織様《なおり》って呼ばせようとか、奴隷契約《どれいけいやく》を結んで上級生をこき使おうとか、廊下《ろうか》で擦《す》れ違《ちが》う度《たび》に頭《ず》が高いって言って額を床《ゆか》に付けさせようとか、毎日百円ずつ巻き上げようとか、語尾《ごび》をやんすにさせようみたいなこと、考えちゃダメだよ？　ちゃんと我慢《がまん》して）」と囁《ささや》いた。

部長の首をぐっと引き寄せて、「（やめてっ！　そんなこと考えてないからっ！）」と力を込《こ》めて、もちろん音量《ヴオリユーム》は抑《おさ》えて、失礼な小娘《こむすめ》を静かに窘《たしな》める。

私のことを何だと思ってる訳？　失礼過ぎない？

「考えておきます。今日はありがとうございました」

なんとなくマープルが口を開きそうなのを察知した私は、さっと席を立った。場を離《はな》れるにはこのタイミングしか無いと思った。ここを逃《のが》したら長くなる。十分過ぎるくらい相手をしたもん。チェスしたでしょ？　だからもう終わり。

「ちょっとっ！　先生、どこ行くの？」

「トイレ。あとはお願い」

「エナも行くー」

トイレに用は無くて、本当のことを言うと、疲《つか》れた。単純に気疲《きづか》れ。余所《よそ》行きモードを崩《くず》さずに勝負するの、こんなに精神を消耗《しようもう》するの？　今後は、出来る限り避《さ》けたい。後処理は外面《そとづら》だけで生きてる部長と下世話で愚陋《ぐろう》な教授に任せる。崇高《すうこう》な人間の出る幕じゃない。

教室を出て、外の空気が吸いたくなった私は外階段に足を向ける。トイレとは反対側だけど、慈衣菜《しえな》は何も言わずに付いて来た。外に出ると、むわっとした空気が身体《からだ》に纏《まと》わり付《つ》いた。

「ねえ、にゃおにゃお」

慈衣菜《しえな》の声が、階段を下りる私の頭上から降って来た。

「んー？」

「ザキって、どしたん？　なんかあった？」

踊《おど》り場《ば》で立ち止まって振《ふ》り返《かえ》ると、慈衣菜《しえな》が近付いて来て、私の髪《かみ》を撫《な》でた。

「琉実《るみ》のとこ。通過儀礼《イニシエーション》の真っ最中」

「initiation……どゆこと？　てか、るみちーのとこって、にゃおにゃおはそれでイイの？」

恰好付《かっこうつ》けてイニシエーションなんて言ってみたけど、後顧《こうこ》の憂《うれ》いを断《た》つ為《ため》に仕方なく送り出したに過ぎない。本当は行かせたくないし、ずっと居て欲しかったけど、琉実《るみ》の事を考えながら傍《そば》に居られるのを想像しただけで、気が滅入《めい》る。それなら一層、行ってくれた方がマシ。

慈衣菜《しえな》が心配そうに私を見詰《みつ》めて来《く》る。今までは部長だけだったけど、広めておくとこういう風に声を掛《か》けて貰《もら》えるってことね。恋《こい》バナは聞く一方だったから、新鮮《しんせん》。

恋《こい》すてふわが名はまだき立ちにけり人知れずこそ思ひそめしか、なんて。

慈衣菜《しえな》に喋《しゃべ》ったのは私だし、そもそもこの前のハグだって、他の生徒の口《くち》の端《は》に上るよう仕向けた訳だし――やっぱり、協力者は多いに越《こ》したことは無い。どんどん広まれ。

「今はそれで良《い》いの。今だけは――それより、今夜のこと、よろしくね」

踊《おど》り場《ば》の手《て》摺壁《すりかべ》に背中を預けると、慈《し》衣《え》菜《な》が倣《なら》って隣《となり》で背を凭《もた》せ、ポケットから取り出したハンディファンを自《じ》撮《ど》りするみたいに構えて、送風範《はん》囲《い》に私も入れてくれた。

慈《し》衣《え》菜《な》のこういう所、私的に評価高い。ちょいちょい暑苦しいけど。

「うん。でも、次こそ、エナん家に泊《と》まってよ？　一《いっ》緒《しょ》にお風《ふ》呂《ろ》入って、おんなじベッドで寝《ね》て、起きて最初ににゃおにゃおにおはようって言いたい」

同《どう》棲《せい》初期のカップルじゃんっ！　それ、私相手にやらないでよっ！

「泊《と》まるのは良《い》いけど、同じベッドで寝《ね》るのは嫌《いや》。私、パーソナルスペースだけは堅《けん》固《ご》なる不《ふ》可《か》侵《しん》領域として死守したいタイプだし、枕《まくら》や布《ふ》団《とん》が変わるだけでも嫌《いや》なのに、隣《となり》に人が居るなんて絶対に無理。熟《じゅく》睡《すい》出《で》来《き》ない」

修学旅行とか最悪だったもん。肌《はだ》に一《いっ》切《さい》馴《な》染《じ》まない固いシーツが気になって、ずっと寝《ね》られなかったし。もふもふした肌《はだ》触《ざわ》りじゃなきゃ嫌《いや》。あんなぴっとしたシーツだと、挟《はさ》まってる感が強くて安心出来ない。包《くる》まってる感《かん》こそ大切でしょ。それに加えて、隣《となり》から人の寝《ね》息《いき》が聞こえて来るし、それが気になって寝《ね》られなくて、次の日寝《ね》不《ぶ》足《そく》で死ぬかと思った。だから、寝《ね》る時は、誰《だれ》一《ひと》人《り》近付かないよう、部屋の周りにアイアンドームを敷《ふ》設《せつ》して、ベッドの周りにはクレイモアを仕《し》掛《か》けたいくらい。

「えー、ダメなのー。でも、お風《ふ》呂《ろ》はイイんだよね？　一《いっ》緒《しょ》にお風《ふ》呂《ろ》はイイんだよね？」

「なんで二回言ったし。別にお風呂《ふろ》くらい――」

　私の美ボディを存分に、眼福《がんぷく》を味わわせてやろうと思ったけど、考えてみれば相手はモデルだし、骨格からして……ううん、私の愛くるしいまでの可愛《かわい》さなら――「やっぱ、嫌《いや》」

　だらしなくにやけきった顔の慈衣菜《しえな》を見たら、なんか苛《いら》ついて来《き》た。

「なんでー。一緒《いっしょ》にお風呂《ふろ》入ろーよ。身体《からだ》洗ってあげるし、髪《かみ》だって洗ってあげる。お風呂《ふろ》出たら、エナが身体拭《からだふ》いてあげるし、髪《かみ》も乾《かわ》かしてあげるから一」

「……考えとく。それより、この後どう動くか決めないと。私は一回家に帰るけど、慈衣菜《しえな》はどうする？　部長と待ってる？」

「そーしよかなー。てか、ふつーにエナん家《ち》来れば良くない？　んで、うちでご飯食べよーよ。今日はエナん家《ち》に泊《と》まるって設定なんでしょ？　そっちの方が、リアルっぽくない？」

「たしかし。そうしよっかな。慈衣菜《しえな》冴えてる」

「でしょ？　褒《ほ》めて褒《ほ》めて……って、ちょっとるみちーに悪い気もするけど、にゃおにゃおの頼《たの》みは断れないし。てか、マジでにゃおにゃお――」

「うん。私は本気だよ」

　そう、私は本気。すべてはこれからの為《ため》の準備。琉実《るみ》だって、今は私の計らいで純《じゅん》君と一緒《いっしょ》に居る訳だし、今日の夕飯だって一緒《いっしょ》に食べるんだし、文句を言われる筋合いは無い。

　純《じゅん》君には琉実《るみ》の所に行って欲しく無かったけど、結果だけを見れば、これ以上無いくらいフェアな運びとなった——要はパターンの組み合わせと潰《つぶ》し合《あ》いってこと。

「そっかぁ。にゃおにゃお、頑張《がんば》ってね」

「ありがと」慈衣菜《しえな》が愁色《しゆうしよく》を滲《にじ》ませて目を伏《ふ》せた。なんか不満そう「やっぱ、迷惑《めいわく》？」

「ううん、そんなことないよ。なんで？」

「ん、ならいいけど……んじゃ、荷物持って、慈衣菜《しえな》ん家《ち》行く。部長連れてってもいい？　荷物持って一人で動くの、しんどいもん」

「いーよー。したら、エナ、ご飯の準備しとく。ちな、にゃおにゃお、何かリクエストある？　なんでも言って。お肉のない青椒肉絲《チンジャオロース》でもイイよ？」

「絶対に嫌《いや》。スパイクが認めても、私はお肉の無い青椒肉絲《チンジャオロース》は青椒肉絲《チンジャオロース》とは認めないから。と言うか、私はお肉が食べたい。だから、お肉無しなんて以《もっ》ての外《ほか》」

「……シンプルにステーキとか？」

「え？　ステーキ食べられるの？」

「任せて。言っとくけど、エナの焼き加減、マジで芸術的だから。他には？　サラダとかスープとか。ステーキ以外に料理足してもいいし。あと、デザートとか」

「任せる。けど、サラダはシーザーが良《い》い。もち、ベーコンとクルトンは必須《ひつす》だからね。あと、半熟卵も。それだったら、サラダも喜んで食べる。そうそう、トマトは入れないで。生のトマト、死ぬほど嫌《きら》いだから。加工してあれば可。大好きって言っても良《い》い」

「りょ。りりぽんって、その辺どうなん？」

「部長は何でも食べるんじゃない？　草好きだし」

「ちょっとっ！　草好きだしじゃないっ！　二人してこんなとこで何してるのっ！　いきなり居なくなっちゃうし、何処《どこ》に居るかと思って、すっごく探したんだよ？」

階上に、腕《うで》組みをした部長が現れた。

やばいっ！　草好きの小姑《こじゅうと》に見付かったっ！

「今日の打ち合わせを――」

「だったら、私も交ぜてよっ！　なんで私抜《ぬ》きで話進めるのっ！　先輩《せんぱい》の対応を私に押し付けて、自分は慈衣菜《しえな》ちゃんといちゃいちゃしてるの、ずるいっ！　罰《ばつ》として、先生の夕飯はトマトだからね。お肉なんて食べさせないよっ！　全部トマトだからっ！　慈衣菜《しえな》ちゃんも、先生にお肉出したらダメだからね。トマトの過《か》剰摂取《じょうせっしゅ》で意識が朦朧《もうろう》となって、淀《よど》み切《き》った目で『私のこと、りこぴんって呼んで♡』って言うまで、トマトを食べさせるんだからっ！」

「やだっ！　生のトマトはやめてっ！　死んじゃうっ！」

「うるさいっ！　私は怒《おこ》ってるのっ！　肉布団《にくぶとん》先生の布団《ふとん》を、トマトレッドに染め上げるって決めたから。先生の血がケチャップになるまで許さない」

「ねぇ、りこぴん。りりぽん、めっちゃ怒《おこ》ってるけど、どーする？」

「りこぴんじゃないっ！　慈衣菜《しえな》までりこぴんって呼ばないでっ！」

にゃおにゃおの方が百億倍マシっ！

「プチトマト一個なら頑張《がんば》るから……お肉食べたい」

「一個じゃダメ。おっきい方のトマト、丸まる一個」

「そんなん食べたら、口の周りがじゅるじゅるになって、泡《あわ》を噴《ふ》いて倒《たお》れちゃうよ？　私、トマトで死んじゃうよ？　それでもいいの？」

「死なないから。先生、ケチャップとかミネストローネ大好きじゃん。オムライスは卵の黄色が見えなくなるくらいケチャップ掛《か》けるし、ミネストローネなんて何杯《なんばい》も食べるじゃん。トマト味、大好きでしょ？　だったら、生のトマトだって食べられるでしょっ！　好《す》き嫌《きら》いしないのっ！　私は先生の健康を思って――」

「加工品でリコピン摂《と》ってるんだから、健康的でしょっ！　健康を盾《たて》に食べたく無い物を食べさせるのって、虐待《ぎゃくたい》だからね。うちのお父さん、好《す》き嫌《きら》いめっちゃ多いけど、大人になってるし、お母さんから小言言われまくってるけど結婚《けっこん》してるし、子供だって居るし、好《す》き嫌《きら》いがあったってちゃんと人間生活送れるんだよっ！　どうしても摂《と》れない栄養素は、サプリで代用すれば良《い》いんだよっ！　前時代的な押し付けはやめてっ！」

「ねーねー、にゃおにゃおは、幾《いく》ら貰《もら》えればトマト食べられる？」

幾《いく》ら？　生トマトを食べてお金っ？　どうしよ。一万とか？　最悪、五千円でも――

「慈衣菜《しえな》ちゃんっ！　お金で釣《つ》らないのっ！　甘やかしちゃダメっ！」

「そんなに言うなら、部長は好《す》き嫌《きら》い無いの？　何でも食べられるの？　キビヤックは？　ホンオフェは？　シュールストレミングは？」

「りこちゃん先生ーっ、そうやってすぐ極論《きょくろん》に走るの、良くないと思いまーす」

りこちゃん先生っ⁉　ちょっと可愛《かわい》くなってるっ！

「で、先生。今日はこれからどうするの？　決まった？」

もう普通の先生に戻るんだ。「何となくは」

「にゃおにゃお、一人で家に荷物取り行くの寂《さび》しいから、りりぽんと一緒《いっしょ》がイイって」

「そこまでは言って――」

「せんせい、ひとりはさみちいんでちゅか？　でんしゃのるの、こわいんでちゅか？」

その顔、超《ちょう》ムカつくんですけどっ！！！

「はいはい。さみちいでちゅ。だから、一緒《いっしょ》に家まで来て欲しいでちゅ」

「いいけど、私も着替《きが》えたい。先生、帰ったら着替《きが》えるでしょ？」

「もちのろんですよ。一秒でも早く制服脱《ぬ》ぎたいもん」

「ここで脱《ぬ》いじゃダメだよ」

「脱《ぬ》がないから。じゃあ、家《うち》に寄ったあと、部長ん家《ち》も寄ろうよ。慈衣菜《しえな》ん家《ち》に行く途中《とちゅう》で一《いっ》旦《たん》電車下りればだし、それでいいでしょ？」

細かいことを三人で話し合って、自販機《じはんき》で冷たい飲み物を買って教室に戻《もど》る途中《とちゅう》、マープルと擦《す》れ違《ちが》った。マープルは「再戦、楽しみにしてるよ」と不敵な笑《え》みを浮《う》かべ去って行った。

慈衣菜《しえな》はマープルのことを純君《じゅん》っぽいみたいに言ってたけど、全然違《ちが》う。あの気取り方は、中々出来るもんじゃない。まぁ、趣味《しゅみ》は似てそうだけど。多分、ミステリも好きでしょ。

「やっと戻《もど》って来《き》たな。ちょうど、先輩《せんぱい》が帰ったとこだ」

「そこで擦《す》れ違《ちが》ったよ。気取った顔で『再戦、楽しみにしてるよ』って言われた」

「ずっと喋《しゃべ》ってたけど、そんな敵視するほど悪い人じゃ無かったぞ。ポンポン返してくれるから、話してて楽しかったわ。なんつーか、白崎《しろさき》を極限まで拗《こじ》らせて、人間味を引いたらミスターマープルの出来上がりって感じだな」

最悪じゃん。世間的には、それを嫌《いや》な奴《やつ》って言うんじゃない？

「純《じゅん》君を拗《こじ》らせて人間味を引くって、最早悪魔《もはやあくま》の所業じゃん。絶対関わりたくない」

「言ってて、俺も思ったわ」

「私はそこまで嫌《いや》な感じしなかったけどなぁ」

パキッと音を立てながら、部長がボトル缶《かん》のキャップを開けた。

「部長、ああいうの、タイプなの？」

「タイプって言うか、大人って感じしない？」

あれは違《ちが》うって。アンテナの感度、絶対にバグってる。

「大人？　あれは間違《まちが》った背伸《せの》びでしょ？　後々思い出して、悶《もだ》える系《けい》の」

マープルの場合、一生気付かない可能性もあるけど。

「それより、これからどーすんだ？　白崎《しろさき》は居ねぇし」

「エナたちは、これからエナん家《ち》でご飯だよー。教授っちも来るー？」

「ちょっ、何言ってんの？　何で教授を呼ぶ訳？　男子禁制でしょ？」

可愛《かわい》い女子三人と、教授？　有り得ないでしょ。犯罪の香りしかしないよっ！

「けどさー、仲間外れはかわいそーじゃない？」

「そう言ってくれるのは雨宮《あまみや》だけだわ。涙《なみだ》出そう。どっかの誰《だれ》かと違《ちが》って……けど、今回は遠慮《えんりよ》しとくわ。おまえらの邪魔《じやま》すんのも悪ぃし、白崎《しろさき》が居る時にでも声掛《か》けてくれ」

「私は教授君居ても良いよ。慈衣菜《しえな》ちゃん家《ち》、ほんと凄《すご》いから、教授君も驚《おどろ》くと思うよ」

「そーだよ。来なよー。ザキだって家に何度か来てるし。にゃおにゃおも、いいよね？」

「好きにすれば。その代わり、参加費はきちんと払《はら》って貰《もら》うからね」

「金取んのかよ」

「女子の家に上がるんだよ？　当然じゃない？　ましてや、こんな可愛《かわい》い女子三人とご飯を食べるんだよ？　無料だと思う方がどうかしてる」

何か、面倒《めんどう》なことになっちゃったな——教授にバレるのだけは阻止しないと。

みんなと別れて、部長と電車に乗ったところで、純《じゆん》君からＬＩＮＥが来た。まだ琉実《るみ》と居るんだ。良《い》いけど。部室問題が片付いたことを手短に説明して、ひとまず終わり。

話はこれから、だもん。今はまだ良《い》い。

※　※　※

（神宮寺琉実《じんぐうじるみ》）


喫茶店《きっさてん》で身体《からだ》を冷ましながら、純《じゅん》といっぱい話をした。付き合ってた頃《ころ》の話もした。前みたいに言い合いになったりしなくて、美味《おい》しかったお店の話とか、お祭りで互《たが》いのグループから抜《ぬ》け出《だ》して一緒《いっしょ》に花火を見た話とか、流星群が来てるからって夜に家の外に出たけど、周りが明るすぎて何にも見えなかったりとか――懐《なつ》かしくて、楽しかった。

純《じゅん》も楽しそうに話してて、わたしもどんどん楽しくなって、二人で止まらなくなった。

部活の話もした。

純《じゅん》と那織《なおり》がこれから作る部活のこともだけど、弓道部《きゅうどうぶ》の話もちょっとだけした。

今のわたしたちだったら、喧嘩《けんか》なんてしないんじゃないかってくらい、本音で話せてた。

お店を出て駅まで歩く間、純《じゅん》から手を繋《つな》いでくれた。

日差しが弱まったとは言っても、まだ全然暑くて、手にじっとり汗《あせ》をかくんだけど、絡《から》んだ指の間で混ざり合った汗《あせ》は恥《は》ずかしいようで大切なようで、拭《ふ》きたくないって思えた。

純《じゅん》の腕《うで》に寄《よ》り添《そ》うと、やっぱり汗《あせ》ばんでいて、「暑いよ」って言われたけど、言われただけだった。首筋に浮《う》いた血管の横を、汗《あせ》が滴《したた》っていくのが見えた。

今すぐにでも首元に顔を埋《うず》めたい。

悩《なや》んでくれて嬉《うれ》しいけど、考えて欲しくない。
このまま、時間が止まって欲しい。駅になんて着きたくない。帰りたくない。
だって、帰ったらいつもの日常に戻《もど》っちゃう。

今日はわたしの家でご飯を食べる日。那織《なおり》が居る日。
それはそれで悪くない——悪くないんだけど、今はすっごくイヤだ。
隣《となり》に居るのに、隣《となり》に住んでいるのに、また遠くなる。

それが、イヤ。

少しでもこの時間が長く続けばって思って、駅に着いてすぐ「本屋さん、寄ってく?」って言って、わたしはずっと手を離《はな》さなかった——離《はな》せなかった。

わたしの初恋《はつこい》は、わたしが壊《こわ》して終わった。

これは、煌《きら》めかなくなった初恋《はつこい》の続きじゃない。新しい、別の恋《こい》なんだ。

今度は、わたしから壊《こわ》したりしない。だから、わたしから手を離《はな》せない。

「欲《ほ》しい本、見付かった？」純《じゅん》から解かれた手で、後ろから肩《かた》を叩《たた》く。

本屋さんは別行動。今に始まったことじゃないし、こればっかりは我慢《がまん》する。

「幾《いく》つか目ぼしい物はあるが……どれを買おうか悩《なや》んでる所だ」

「そんなに沢山《たくさん》あるの？」

「まあな。琉実《るみ》は欲《ほ》しい本、あったか？」

「わたしは大丈夫《だいじょうぶ》――そうだ、何かわたしにオススメの本、ない？　わたし、それを買うよ」

「珍《めずら》しいな。那織《なおり》の部屋から持ち出した本は読み終わったのか？」

「その話はいいでしょっ！　しつこいっ！　それより、感動するの、どれ？」

「感動するの、かぁ。琉実《るみ》の好きそうな話だろ？　東野圭吾《ひがしのけいご》の――いや、家にあるな。家に無くて……図書館で借りた本で何か……時間貰《もら》っても良《い》いか？　ぱっと浮《う》かぶ候補はあるんだけど、どれも僕の家か琉実《るみ》の家にある本ばかりで」

「そこまで悩《なや》まないでよ。別に純《じゅん》が持ってる本でも――」

「わざわざ買うんだ、僕が持ってなくて、家にも無い本こそ、買う醍醐味《だいごみ》があるだろ」

「純《じゅん》って、変なとこ、拘《こだわ》るよね。そんな真面目に考えなくてもいいのに」

そうだった。純《じゅん》は、真面目に考えてくれるんだ。だから——「わかった。わたしにオススメの本、めっちゃ考えて。楽しみにしてる。あ、あんまり話が難しいのはヤだよ。使われてる言葉が難しいのとかも。わたしでも読みやすいヤツにして」

「分かってるよ」

結局、純《じゅん》は何も買わなかった。「買わないの？」って訊《き》いたら、「別の問題でそれどころじゃ無くなった」って笑った。純《じゅん》の悩《なや》みを、わたしが邪魔《じゃま》しちゃった。


家に帰ると、那織《なおり》の姿はなかった。まだ出掛《でか》けてるのかと思ったら、慈衣菜《しえな》のところに泊《と》まるらしい。さっき、亀《かめ》ちゃんと荷物を取りに来たって、お母さんが言ってた。純《じゅん》が来るのに、慈衣菜《しえな》のとこ？　こんなこと、今まで一度もなかった。三人でご飯食べるの、那織《なおり》だって楽しみにしてたはずなのに。まさか、忘れてる……ってことはないよね。今朝も話したし。

じゃあ、どうして？　たまたま？

那織《なおり》にラインで〈今日、純《じゅん》とご飯だよ〉と送ると、《知ってる。だけど、今日は無理》と返って来た。昼間のことと言い、那織《なおり》は一体どういうつもり……なんだろう。

那織《なおり》のすることだから、何か裏があるんじゃないかって勘繰《かんぐ》っちゃうんだけど、何を考えているのか全くわかんない。まさか、身を引いたなんて――それは、ない。ありえない。

もしそうなら、何か言ってくるはずだし……わたしの考えすぎ？

まぁ、いいや。那織《なおり》が何を考えてるかなんて、本人にしかわかんないんだし。

あー、汗《あせ》を流してさっぱりしたい。練習の日じゃないのに、たくさん汗《あせ》を掻《か》いた。シャワー浴びてる時間、あるかな？　純《じゅん》だって、シャワーくらい浴びて来るよね？　今日、制服だったし、着替《きが》えるにしたって、そのままってことはないよね。

わたしだけ汗《あせ》の臭《にお》いしたらイヤだし――肩《かた》のとこに鼻を近付けて確認《かくにん》……一応、シャワー浴びとこ。部屋着を引《ひ》っ手繰《たく》って、一階に下りて、お風呂場《ふろば》に駆《か》け込《こ》んだ。

早くしないと、純《じゅん》が来ちゃう。男子って、多分、準備早いよね？

いつもよりお湯の温度を下げて頭から被《かぶ》ると、髪《かみ》の隙間《すきま》からほんのり冷たいお湯が頭に流れ込んできて、一気に冷えていく。この瞬間《しゅんかん》、大好き。

汗《あせ》を掻《か》いたあとのシャワーって、最高に気持ちいい――なんて言ってる場合じゃない。いつもより手短に髪《かみ》や身体《からだ》を洗ってお風呂場《ふろば》を出ると、玄関《げんかん》の開く音がした。遅《おく》れて届く「今晩は」の声に、一瞬《いっしゅん》、身体《からだ》が固まった――脱衣所《だついじょ》は閉めてあるから、出会《であ》い頭《がしら》に、なんてことはないんだけど、扉《とびら》の向こうに純《じゅん》が居るって思うと、凄《すご》く緊張《きんちょう》する。一旦《いったん》お風呂場《ふろば》に戻《もど》って、中で身体《からだ》を拭《ふ》く。恐《おそ》る恐《おそ》るお風呂場《ふろば》のドアを開けて、バスタオルを洗濯機《せんたくき》の中に放って、手だけ伸《の》ばして、身体《からだ》があんまり外に出ないようにして、下着を取る。次は部屋着。

もう、自分の家なのに、なんでこんなに気を遣《つか》わなきゃなんないのっ。

下着を付けて、部屋着を着て、ようやく脱衣所《だついじょ》に出た。

普段《ふだん》より焦《あせ》って拭《ふ》いた所為《せい》か、お風呂場《ふろば》の湿気《しっけ》の所為《せい》か、下着やTシャツが張り付き気味で気持ち悪くて、棚《たな》からハンドタオルを取って、軽く身体《からだ》を拭《ふ》き直《なお》す。もう、二度手間だよ。

髪《かみ》を乾《かわ》かして出ると、リビングに純《じゅん》が居た。当たり前だけど。

純《じゅん》がわたしを見て一言「僕もシャワー浴びてくれば良かった」


浴びてきなさいよっ！！！


いいけどさぁ。別にいいんだけどさぁ。なんか、腹立つ。

「超《ちょう》さっぱりしたよ。純《じゅん》も浴びてくれば良かったのに」

「だな。失敗した。那織《なおり》は？　まだ？」

「今日は慈衣菜《しえな》んとこに泊《と》まるんだって」

「マジか。色々と話したいことあったのに……雨宮《あまみや》のとこ、か」

そこまであからさまにがっかりされると、ちょっと複雑かも。

「ご飯食べたら、電話してみる？　亀《かめ》ちゃんも一緒《いっしょ》みたいだし」

「会って話すからいいよ」

「会って話すって……昼間のこと？」

「まあな。那織《なおり》にもちゃんと言っておきたい」

「そっか。そうだよ、ね」わたしだけってことは、ないよね。わかってる。

わかってるけど——ううん、いい。それ以上はわがままだから。

「しかし、雨宮《あまみや》のとこに泊《と》まるとはな。ここまで仲良くなるとは思わなかった」

純《じゅん》が、取《と》り繕《つくろ》うように話題を変えた。あからさまだったけど、別の話題になって安心した。

歯止めが利《き》かなくなる前で、本当に良かった。

「わたしも。那織《なおり》とは合わないと思って、勉強の話断ったくらいだし。こんなんじゃ、最初から那織《なおり》に言っておけば良かったのかな」

「最初から言ったとして、那織《なおり》は受けなかっただろ。それこそ、亀嵩《かめだけ》の策略あってこそって感じだわ。ま、亀嵩《かめだけ》以外の友達が出来るのは素直《すなお》に喜ばしいことだから、良《い》いんだけどな」

「そうだね。それに関しては、本当にそう思うよ」

第五章

TITLE

私は、してるよ。ずっと、どきどきしてる

（白崎純《しろさきじゅん》）

KOI WA FUTAGO DE WARIKIRENAI

那織《なおり》不在のまま、四人で食べる夕飯は初めてかも知れない。水を打ったように静まり返った食卓《しょくたく》——などでは決して無いし、誰《だれ》も居ない我が家で食べる夕飯に比べたら格段に楽しい筈《はず》なのに、例の放恣《ほうし》な憎《にく》まれ口《ぐち》が無いと物足りない。食後におじさんと語り合っていても、那織《なおり》が邪魔《じゃま》をして来ない。茶化されたい訳じゃないが、「それって、〇〇じゃない？」みたいに委細構わず割って入る声を待ってしまう——自分が居る。

なんだか、すっかり飼い慣らされた気分だ。

おじさんの話を聞きながら『ブルークリスマス』を観《み》ていると、琉実《るみ》が「ちょっとコンビニ行かない？」と言ってきた。初めて観《み》る映画だったし、断ろうかと思ったが、奥の方でおばさんの「コンビニ行くなら、牛乳買ってきて」という声が聞こえて、仕方なくおじさんに断って立ち上がった。名残惜《なごりお》しいが、続きは今度観《み》ることにしよう。

「琉実《るみ》は何を買いたいんだ？」

玄関《げんかん》を出て、じっとりと溜《た》まった熱気を掻《か》き分《わ》けながら、夜路《よみち》を歩く。

「純《じゅん》と喋《しゃべ》りたかっただけ。家に居ると、ずっとお父さんと喋《しゃべ》ってるから」

俯《うつむ》いていた琉実《るみ》が顔を上げた。僕と目が合うと、口元を緩《ゆる》めた。

「なーんて。ちょっと歩きたくなっただけ」

「……今日は散々歩いたと思うぞ？　僕なんて、既《すで》に足が痛い。明日は絶対に筋肉痛だ」

「そんな？　言うほど歩いてなくない？　大袈裟《おおげさ》すぎるって」

大袈裟《おおげさ》じゃない――僕があんなに走り回ったこと、琉実《るみ》は知らないもんな。

「暑かったし、単純に疲《つか》れただけかも……今日の月は赤っぽいな」

今宵《こよい》の月は茗荷《みょうが》を食べ過ぎたみたいな詩は、中原中也《なかはらちゅうや》だったっけ。どことなく赤らんだ月を見て、分からなくはないなと思った。ストロベリームーンはもう終わったのだろうか。

「今、露骨《ろこつ》に話題逸《そ》らしたでしょ？　運動不足って言われるから」

「違《ちが》うって。素直《すなお》に綺麗《きれい》な月だなって思ったんだよ」

図星だけど。すぐ、ランニングしようだの言われるから。

「何それ、もしかして、告ってる？」

穿《うが》つように、僕の顔をにやつきながら琉実《るみ》が覗《のぞ》いてくる。

「は？」

「だって、月が綺麗《きれい》って――」

「夏目漱石《なつめそうせき》のあれ、か？　そんなわけないだろ。ちなみに、夏目漱石《なつめそうせき》がI Love youを『月が綺麗《きれい》ですね』って訳した出典を探したことあるけど、それらしい物は無かった」

「前におじさんとそんな話になって、二人で調べたことがあるけど、見付からなかった。探せば何処《どこ》かにあるのかも知れないが、少なくとも僕は見たことない。だから、僕は誰《だれ》かの創作だと思ってる。実際に見付かれば、潔《いさぎよ》く撤回《てっかい》するけどな」

「そうなの？」

「そういうの、普通《ふつう》調べようとか思わなくない？」

「普通《ふつう》、調べようと思うだろ」

「思わないよ。でも、純《じゅん》は調べるよね。知ってる」

「まるで、僕が普通《ふつう》じゃないみたいな言い草だな」

「なに、ちゃっかり普通《ふつう》に交ざろうとしてるの？」

「失礼な奴《やつ》だな。僕はどこにでもいる高校生だよ」

「そんなことないよ。うん、そんなことない……ね、今日は楽しかった？」

「いきなりなんだよ」

「楽しかったって訊《き》いてるの」

「楽しかったよ」

本当に楽しかった。

昔を思い出すくらい、楽しかった。

「良かった。わたしも、すんごく楽しかったよ」

琉実《るみ》が僕の手を取って、ゆっくりと指を絡《から》めてきた。昼間とは違《ちが》って、琉実《るみ》の指がひんやりとしていて、それが指の細さをくっきりと浮《う》かび上《あ》がらせているようで、戸惑《とまど》いと共に改めて実感する。子供の頃《ころ》は、手の大きさも、身長も同じくらいだったんだよな。

満足そうにふふんと鼻を鳴らした琉実《るみ》の顔は、付き合い始めた頃《ころ》みたいに優《やさ》しくて、いつもより可愛《かわい》くて、目の端《はし》には子供の頃《ころ》の面影《おもかげ》がひっそりと残っていた。

「琉実《るみ》の手って、思ったより小さいよな」

「ん？　どういうこと？　バスケやってるし、他の子より――」

「そうじゃなくて、僕と比べたらって」

「意味わかんない。そんなの当たり前じゃん」

「だな。当たり前だよな」

コンビニで牛乳とシュークリームを買って、来た道を、さっきよりも時間を掛《か》けて歩く。どこかで話し込むには、冷えた牛乳が邪魔《じゃま》をする。

だから僕らの歩みは、名残惜《なごりお》しさを体現するかのように、遅《おそ》くなる。それなのに、お互《たが》いの口数はどんどん減っていく。琉実《るみ》も同じことを考えている――そう思った。

家が近付いてきて、僕は言った。「今日はこのまま帰るよ」

一時の感情に任せて流されるのは、今じゃない。昼間の一件とは意味が違《ちが》う。

「……うん」

何かを察したかのように、琉実《るみ》が静かに首肯《しゆこう》した。

琉実《るみ》の家の前で、コンビニの袋《ふくろ》を渡《わた》す。

「おやすみ」お互《たが》いに声を掛《か》けて、琉実《るみ》が家に入るのを見届ける。

誰《だれ》も居ない寂寞《じやくばく》な家に戻《もど》るという事実が、溜《た》め息《いき》を呼び込んで来る。零《こぼ》れそうになる嘆息《たんそく》を、既《すんで》のところで止めた。これで良かったんだ。僕の選択《せんたく》は間違《まちが》ってない。

琉実《るみ》と過ごせば過ごすほど、那織《なおり》と過ごせば過ごすほど、二人のことが愛《いと》おしくなる。

見慣れた玄関《げんかん》をあとにして、僕は別の見慣れた玄関《げんかん》を――見慣れない影《かげ》が目に入った。

誰《だれ》か居る――っ？

薄《うす》ぼんやりとした暗晦《あんかい》で蹲《うずくま》った影《かげ》は、恐《おそ》らく――「……な、おり、なのか？」

「しっ。静かにっ」

空気混じりの抑《おさ》えた声は、僕のよく知る女の子の声だった。

「なんで家《うち》に――今日は雨宮《あまみや》のところじゃなかったのか？」

「帰って来ちゃった」

ゆっくりと立ち上がった那織《なおり》を、街灯が切り取った。

「帰って来ちゃったって——なんかあったのか？」

「ううん」元気のある声では無かった。

斜光《しゃこう》の中の那織《なおり》は顔に影《かげ》が落ちていて、どんな表情なのかはっきりとは分からない。

「中、入るか？　それとも、自分の家に——」

「入れて」

那織《なおり》が、僕の言葉を遮《さえぎ》った。

「……わかった」

リビングに那織《なおり》を通して、コップに注いだアイスティーをテーブルの上に置いた。

何かあったのだろうか、那織《なおり》はアイスティーに口を付けることなく、黙坐《もくざ》したままテーブルの端《はし》に視線を落としていた。怒《おこ》っているとか悲しんでいるみたいな感じではなくて、思《おも》い詰《つ》めているみたいな雰囲気《ふんいき》が、少しだけ漂《ただよ》っている——そんな気がした。隣《となり》に座ろうと椅子《いす》を引くと、足元に置かれたピンク色のリュックのストラップが椅子《いす》の脚に絡《から》んで付いて来た。

「ずっと黙《だま》ってるけど、どうしたんだ？」

「……」

那織《なおり》の口がゆっくりと動いたが、聞き取れない。

「ん？」

「……泊《と》めて」

「えっと……家《うち》にって、ことか？」

「そうしたら、今日の貸し、チャラにしてあげる」

「本気で言ってるのか？」

「貸しの事？　本気だよ」

「家に泊《と》まるって話だよ」

「もちろん。ダメ？」

那織《なおり》が顔を上げた。しっとりと潤《うる》んだ――ゆらりと熱の籠《こも》った目が、僕を把捉《はそく》した。

「ダメって言うか……今日は誰《だれ》も居ないし……自分の家に――」

「だからだよ」

何を以《もっ》て『だから』なのか――誰《だれ》も居ないに掛《か》かっているのか？

「流石《さすが》に、そう云《い》うわけには……」

「なんで？　ただ、泊《と》まるだけだよ？　何か不味《まず》いの？　問題があるなら、具体的に言って」

具体的って、どう言えばいいんだよ。そんなこと、言わなくても――分かってるよな。当然だ。那織《なおり》は、分かって言ってる。自分の我《わ》が儘《まま》が通るのか、試《ため》している。

そうだろ？　そういうことなんだよな？

「……帰って来なかった癖《くせ》に。行かせたのは私だけど、あの時、琉実《るみ》の所に行く選択《せんたく》を取ったの、ちょっとショックだった。やっぱり、そっち行くんだって。それでも、帰って来てくれるならって思ってたけど……純君《じゅんくん》は帰って来なかった。だったら、私が行くしかないじゃん」

咎《とが》め立《だ》てる目付きで射貫《いぬ》かれて、居竦《いすく》むしか出来ない。那織《なおり》のことを考えなかった訳じゃない。心配しなかった訳じゃない――幾《いく》ら言ったところで、琉実《るみ》と居たのは事実だ。

昼間からずっと――さっきまで。

「私の事……嫌《きら》い？　うざい？　顔も見たくない？」

那織《なおり》が僕の腕《うで》に寄《よ》り縋《すが》って、絞《しぼ》り出《だ》すみたいに物憂《ものう》い声で畳《たた》み掛《か》けた。那織《なおり》に摑《つか》まれた部分が、じんわりと熱を帯びて僕を責める。

「そんなわけないだろ……今日、琉実《るみ》にも言ったんだが、僕は那織《なおり》のことも琉実《るみ》のことも好きだ。どっちが――とかじゃない。二人のことが、大切なんだ。だから、二人の気持ちに、今すぐ応えることは出来ない。応えられないが、今のままで良《い》いとも思ってない。すべては僕の弱さが原因だってのも、理解している。もう少しだけ時間を――」

「私の事を好きって言うなら、泊《と》めてよ。大切って言うなら、断らないでよ。もし、純君《じゅんくん》が泊《と》めてくれないなら、ネカフェにでも行く。未成年を理由に断られるなら、公園でも何処《どこ》でも良《い》い。とにかく、私は帰らない。そう決めたの」

いつもみたいに、晦渋《かいじゅう》な言葉で煙《けむ》に巻《ま》くような言い方じゃなかった。端々《はしばし》に、本当にやり兼《か》ねない――本気の響《ひび》きが編み込まれていた。その覚悟《かくご》めいた重みは、おばさんや琉実《るみ》に連絡《れんらく》するみたいな選択《せんたく》を奪《うば》うには、十分すぎた。それをしたら、那織《なおり》が口を利《き》いてくれなくなることは、容易に想像できる、そういう真剣《しんけん》さを湛《たた》えていた。

「どうしてそんなに頑《かたく》ななんだよ……好きにしろ。泊《と》まりたいなら、泊《と》まればいい」

僕は仕方なく、応じた。

応じるしか、無かった。

「ありがと」那織《なおり》が僕の首に飛びついて来て、椅子《いす》ごと倒《たお》れそうになる。

「危ないだろ」

那織《なおり》をやんわりと振《ふ》り解《ほど》く。「あんまりくっつくなよ。今日は沢山汗《たくさんあせ》を掻《か》いたから」

「私、純《じゅん》君の汗《あせ》だったら、全然大丈夫《だいじょうぶ》。って言うか、気にするほど、汗臭《あせくさ》くないよ」

「気持ちの問題だよ」

「何女子みたいなこと言ってるの？　乙女《おとめ》ムーヴなの？」

「いちいち拾うなよ」

「じゃあ、お風呂《ふろ》入って来たら？　次は私ね」

「……風呂《ふろ》も入る気なのか」

「私だって、お風呂《ふろ》に入って無いんだよ？　それこそ、気持ちの問題だよ、ワトソン君」

「分かったよ。だったら、先に入れ。その間に布団《ふとん》を準備しておく」

「純《じゅん》君が先に入って」

「僕はあとで構わない――」

「私の残り湯、堪能《たんのう》したいの？　それだったら先に入るけど……」那織《なおり》がアイスティーに口を付けて、「毛とか浮《う》いてたら恥《は》ずかしい」と上目遣《うわめづか》いで付け加えた。

ああ、分かったよっ！

わざわざそんなこと口にするなっ！

そう叫《さけ》びたい気持ちをぐっと堪《こら》えて、「とりあえず、お湯張ってくる」と言い残して、席を立った。反応したら、確実に負けだ。無視するに限る――リビングを出ようとしたら、背後から「入浴剤《にゅうよくざい》あったら入れてねっ！　泡泡《あわあわ》になる奴希望《やつ》っ！」と明るい声がした。

ほら見ろ。あいつは僕の反応を楽しんでるんだ。

「そんな入浴剤《にゅうよくざい》なんかねぇよっ！」

何が泡泡《あわあわ》になる奴《やつ》希望だよ……欧米《おうべい》か？　雨宮《あまみや》にでも影響《えいきょう》されてんのか？

つーか、マジで泊《と》まるのか？

那織《なおり》が？　僕の家に泊《と》まる？

この場合、布団《ふとん》は何処《どこ》に敷《し》くのが正解なんだ？　僕の部屋でいいのか？　リビング？　いずれにしても、床《ゆか》に敷《し》く――だったら僕が床《ゆか》に寝《ね》て、ベッドを那織《なおり》に譲《ゆず》るべきなのか？

異性の友人を泊《と》める場合、世間ではどうしているんだ？

浴槽《よくそう》を洗って、給湯器のボタンを押し、スマホで『異性　友人　泊《と》める　布団《ふとん》』と入力して、検索《けんさく》する。洗面所の壁《かべ》に凭《もた》れ、検索《けんさく》結果をスクロールする。

《これって脈ありますか？》《ヤってもいいサインを見逃《みのが》すな》《同じ布団《ふとん》で寝《ね》たのに、手を出してもらえませんでした》《体だけの関係にならないために、あなたが取るべき行動一〇選》《男友達の家で飲んだんですが、記憶《きおく》がありません。起きたら裸《はだか》でした》

ちげぇっよっ！！！

そういうことを訊《き》きたいんじゃないっ！　どんだけこの世は性欲に溢《あふ》れているんだっ！

僕はただ、布団《ふとん》を敷《し》く場所を調べたかっただけ――てか、客用の布団《ふとん》って、何処《どこ》にあるんだ？　親の寝室《しんしつ》……だよな。シーツとかも一緒《いっしょ》にある、よな？

全てがわからない。

それより、明日、母さんが帰って来て、那織《なおり》が居るところを見られたら――そっちの方が問題だ。なんて言うんだ？　何食わぬ顔で「昨日、泊《と》まったんだよ」とでも言うのか？　母さんが夜勤から帰ってくるのは、九時過ぎ。平日に起きる時間よりは遅《おそ》い。

それまでに帰《かえ》って貰《もら》わないと、ややこしいことになるぞ。

今だって、十分すぎるくらいややこしいことになってる。

こんなの、教授は言うまでもなく、誰《だれ》にも相談出来ない。

はぁ。どうしたら良《い》いんだ。

ジャーと云《い》う音が、浴室に響《ひび》く。僕を嘲笑《あざわら》うかのように、湯船に溜《た》まるお湯が、考える時間を——残り時間を無情にも奪《うば》っていく。結局、何一つ決められていない。

戻《もど》り辛《づら》さを背負いつつリビングに入ると、鼻唄《はなうた》を歌いながら那織《なおり》がスマホをいじっていた。

「アラビアのロレンスか。ご機嫌《きげん》だな」

「そう見える？　これでも、男の子の家に泊《と》まる一大イベントを前に、緊張《きんちょう》してるんだけど？　アラビアのロレンスだと抒情的過《じょじょうてきす》ぎ？　パイレーツ・オブ・カリビアンの方が良かった？」

「緊張《きんちょう》してるのに、ハンス・ジマーは違《ちが》くないか？　どっちかと言えば、鼓舞《こぶ》する系《けい》だろ？」

「男の子の家なんだし、鼓舞《こぶ》するのも強《あなが》ち間違《まちが》いじゃない、かも？　それはそうと、純君《じゅん》、ハンス・ジマー好きでしょ？　挙げ出したら切りが無い位、好きな映画多いでしょ？」

「間違《まちが》いないわ。大好きだよ」

「この曲ハンス・ジマーっぽいなって思うと、大体ハンス・ジマー」

「あるある。基本、恰好良《かっこうい》いんだよな。まさに映画音楽って感じがする。言うまでも無いが、ジョン・ウィリアムズも神だよな。サントラ聴《き》いてるだけで、テンション上がる」

「ほんと、それ。サウンドトラックに関しては、お父さんに感謝しかない。買い揃《そろ》えてくれてありがとうって言いたい。スター・ウォーズのサントラなんて、何度聴《き》いたか分かんない」

「言ってやれよ。おじさん、喜ぶぞ？」

「嫌《いや》だよ。見返りもないのに、お父さんを喜ばせて何の得があるの？　お小遣《こづか》いくれるなら何度でも言うけど。それこそ、挨拶代《あいさつが》わりに毎日でも言う」

「嫌《いや》な娘《むすめ》だな。将来、自分に娘《むすめ》が出来た時、そんなこと考えてるかと思うと、悲しくなる」

「純《じゅん》君の子供なんて、どうせ憎《にく》たらしい理屈屋《りくつや》になるよ。絶対そう。間違《まちが》いない」

「物事を邪視《じゃし》で捉《とら》えて、腐《くさ》すことが生きがいの那織《なおり》にだけは言われたくない」

「ひどっ！　ダチュラだっ！　私の事、そんな風に見ていたの？　悲しくて、泣きそう。啼《てい》泣《きゅう》しちゃう。私はただ、物事を多角的に捉《とら》えて、矯《た》めつ眇《すが》めつ見ることで、真贋《しんがん》を見極《みきわ》めようとしていただけなんだよ？　それなのに、そんな酷《ひど》い事《こと》言うんだ。嗚呼《ああ》、私の哀哭《あいこく》を止めてくれる心優《やさ》しき人間は何処《どこ》に居るの？　幼馴染《おさななじみ》が私を苛《いじ》めて楽しんでる——」

「うるせぇよ。よくもまぁ、そこまで長広舌《ちょうこうぜつ》を揮《ふる》えるよな。尊敬するわ」

「ありがとう。私、褒《ほ》められて伸《の》びるタイプだから、素直《すなお》に受け取っておくね。あと、私のデイスは愛情の裏返しだから。勘違《かんちが》いしないで。興味が無ければ、話題にすらしないもん」

その理屈《りくつ》で行くと、当初の雨宮《あまみや》に対する反応も、愛情の裏返しになるけどな。


——お風呂《ふろ》が沸《わ》きました。

台所の操作パネルから、お馴染《なじ》みの声が聞こえた。

「だって」

「おう」

「ほら、入ってきなよ」

「……覗《のぞ》いたりするなよ」

「それ、私の台詞《せりふ》だからねっ！　ほんっと、私を何だと思ってるのっ！」

那織《なおり》の場合、やり兼《か》ねないんだよ。

冷蔵庫に入っていたゼリーを与《あた》えて、そっちに興味が行ってる隙《すき》に浴室に入る。入浴剤《にゅうよくざい》を入れて湯を掻《か》き回《まわ》してから、シャワーを頭から被《かぶ》った。リビングに那織《なおり》が居るってだけで、全く気が休まらない。いきなり泊《と》まりたいだなんて……そう言えば、この前も言ってたな。邪推《じゃすい》を抜《ぬ》きにして考えれば、落ち着いて那織《なおり》と話が出来る、良《い》い機会《きかい》かも知れない。

勝負の件も含《ふく》め、那織《なおり》とはゆっくり話がしたかった。

面倒《めんどう》なことになったと思う反面、少しはこの状況《じょうきょう》を楽しもうと考え始めた自分が居る。那織《なおり》と夜通し喋《しゃべ》れる——嫌《いや》な訳《わけ》がない。楽しくない訳がない。修学旅行や合宿の夜みたいな、非日常のイベントだと思えば尚更《なおさら》だ。

何にしても、さくっと身体《からだ》を洗って出ないと。

身体《からだ》を洗い終え、泡《あわ》を流そうかとシャワーに手を掛《か》けた時だった。

不意に風呂場《ふろば》の電気が消えた。

――停電かっ？

給湯器の液晶《えきしょう》は光っている。停電じゃないなら……那織《なおり》のいたずらだな？

「那織《なおり》っ、電気消したただろ？　子供みたいなこと――」

僕の声をかき消すように、背後でガチャっと云《い》う音がした。ひんやりとした空気が流れ込んで来て、驚《おどろ》いて振《ふ》り返《かえ》る――換気用《かんきよう》の小さい窓から入る、擦《す》りガラスで漉《こ》された頼《たよ》りない明かりの中で、那織《なおり》の身体《からだ》――一糸纏《いっしまと》わぬ裸体《らたい》が薄《う》っすらと浮《う》かび上《あ》がった。

なんで裸《はだか》なんだよっ！！！

慌《あわ》てて前を向く。一瞬《いっしゅん》だったはず。僕はすぐに目を逸《そ》らした。じっくり見てなんていない。それなのに、見上げた視線の先に豊饒《ほうじょう》な双丘《そうきゅう》が――那織《なおり》の胸が――はっきり見えた訳じゃないのに、頭に焼き付いて離《はな》れない。仄暗《ほのぐら》い中とは言え、いや、仄暗《ほのぐら》いからこそ生々しくて、余

りに突然《とつぜん》すぎて、理解と感情が時間差で濁流《だくりゅう》となって襲《おそ》い掛《か》かってきた。

やばい。いくら何でも、やばすぎる。動悸《どうき》が止まらない。

あれは完全に裸《はだか》だった。てか、なんで風呂場《ふろば》に――流石《さすが》にマズいって。

「一緒《いっしょ》に入ろ？」

しゃがんだのだろう。那織《なおり》の声が、耳のすぐ傍《そば》で、した。

「背中、流してあげよっか？」

あっけらかんとした言い方とは対照的に、僕の鼓動《こどう》は全力疾走《しっそう》をした時――それこそ今日の昼みたいに、いやそれ以上に音を立てている。全身が心臓になったのかと錯覚《さっかく》するくらいだ。


「な、なにやってんだよ。これはダメだって。早く出ろよっ」


「もう服脱《ぬ》いじゃった。明るいと恥《は》ずかしいから、このままでいい？」

「そういう問題じゃなくて……気は確かか？　こっち向いてるから、その間に――」

後ろから抱《だ》き着《つ》かれた――背中に人肌《ひとはだ》と体温と体重を感じる。意識するな。考えるな。

回された手が、僕をホールドする。

さっきとは比べ物にならないくらい、心臓が早鐘《はやがね》を打つ。息苦しい。

「嫌《いや》。このまま一緒《いっしょ》に入る」

頼《たの》むからやめてくれ。これ以上は――「バカ言うなっ。お願いだから離《はな》れてくれ」

「暗いから大丈夫《だいじょうぶ》。さっきだって縹渺《ひょうびょう》だったでしょ？　はっきりとは見えなかったでしょ？」

バカ……はっきりじゃなくたって、薄明《うすあ》かりの中でそれと分かる程度には見えたんだよ。

「身体《からだ》、流すとこだった？　泡《あわ》、付いちゃった。離《はな》れてあげるから、流しなよ」

那織《なおり》が離《はな》れ、背中が湿度《しつど》を孕《はら》んだ空気を取《と》り戻《もど》した。背後で立ち上がった気配がして、下を向くしか出来ない僕の脇《わき》から、シャワーヘッドが渡《わた》された。

「はい。流したら、ちゃんとお湯に浸《つ》かるんだよ」

那織《なおり》に掛《か》からないよう、縮こまって急いで泡《あわ》を流す。

湯船に浸《つ》かる？　んなこと出来るわけないだろ。

多少泡《あわ》が残っていても、この際、構わない。

早く出ないと――「僕は出るから、どいてくれ」

那織《なおり》を見ないように、那織《なおり》に見られないように――ドアの前に居られると、動けない。

「ダメ。ちゃんと湯船に入って」

「母親みたいなこと言うなよ。僕はもうあがる。お願いだから、言うこと聞いてくれよ」

「ちょっと入るくらい良《い》いじゃん。今となれば、それくらい誤差だよ」

「誤差って……入ればいいんだな？　それで満足なんだな？」

「うん」

那織《なおり》に背中を向けたまま、湯船に足を入れる。目を瞑《つぶ》って身体《からだ》を浴槽《よくそう》に横たえる。背中が浴《よく》槽《そう》の壁《かべ》に触《ふ》れて、小さい安堵《あんど》を覚えた。風呂《ふろ》はやりすぎだって。何考えてんだよ。

椅子《いす》を引《ひ》き摺《ず》る音がして、座った気配がした。

「ねぇ、シャンプーって、どっち？　右？」

「一番左だよ。ボトルの側面に凸凹《でこぼこ》があるだろ？　そっちがシャンプーだ」

「これってそういう意味だったの？　滑《すべ》り止《ど》めかと思ってた」

「コンタクトや眼鏡を外してる時、僕はそれで見分けてた」

「にゃるほど。暗闇《くらやみ》の中でお風呂《ふろ》に入る時も便利だね」

「どういうシチュエーションだよ」

「こういうシチュエーションだよ」

お互《たが》いの声が、反響《はんきょう》する。体勢を変えた時、ズズッと鳴って、それも反響《はんきょう》する。

否《いや》が応《おう》でも、ここが浴室であることを、意識させる。

シャワーから水流が放たれる音がして、僕はようやく目を開けた。那織《なおり》の背中が、ゆらりと浮《う》かび上《あ》がった。修学旅行や合宿の夜みたいな非日常だって？

非日常が過ぎるんだよ。

真っ暗な水面に目を落として、那織《なおり》を視界から外す。

シャワーの音が止まり、わしゃわしゃと髪《かみ》を洗う音がする。

「なんか、子供の頃《ころ》を思い出すね」

「それは何の記憶《きおく》だ？　一緒《いっしょ》に風呂《ふろ》に入った覚えは無いぞ」

「そうだっけ？　じゃあ、プールかな？　ねぇ、琉実《るみ》とお風呂《ふろ》に入ったことはある？」

「ある訳ないだろ」

「じゃあ、私が初めての女だね」

「おい、言い方に語弊《ごへい》がありすぎるぞっ」

二人とも裸《はだか》なのに、会話をしている。すぐそこに、全裸《ぜんら》の那織《なおり》が居る——そのことを考えないように、気まずさを紛《まぎ》らわすように、動揺《どうよう》を感じ取られないように、昂《たかぶ》った心拍音《しんぱくおん》が聞こえないように、声が震《ふる》えないように、僕はいつも通りの声色《こわいろ》を心掛《こころが》ける。そうでもしないと、精神を保って居られない。平静を装《よそお》えない。今の自分は、六根清浄《ろっこんしょうじょう》とは対極に居る。

なんで那織《なおり》は平然として居られるんだよ……。

もしかして、僕に先に入れと促《うなが》したのは、この為《ため》だったのか？

有り得る。那織《なおり》だったら、多分に有り得る。

まさか、このあとは二人で湯船に入ろうなんて言い出すんじゃないだろうな？

那織《なおり》が髪《かみ》を洗っているうちに、出よう。これ以上は、色々と耐《た》えられない。

再びシャワーの音がした時がチャンスだ。そのタイミングで外に出る。

「今、裸《はだか》なんだなって思うと、やっぱり緊張《きんちょう》しちゃうね……純《じゅん》君はどきどきしてる？」

してるに決まってるだろ……言うまでも無いが、言えない。

「私は、してるよ。ずっと、どきどきしてる」

限界だった。

シャワーの音が聞こえた刹那《せつな》、僕は風呂場《ふろば》を飛び出した。バスタオルで雑に身体《からだ》を拭《ふ》いて、急いでパンツを穿《は》く——視界の端《はし》に、那織《なおり》の下着が飛び込んできた。見るな見るな見るな。

「なんで勝手に出るのっ！」

風呂場《ふろば》から、那織《なおり》の声がする。

那織用《なおりよう》のバスタオルを用意して、僕は無言で脱衣所《だついじょ》を出た。


（神宮寺那織《じんぐうじなおり》）


暗い浴槽《よくそう》の中で、純《じゅん》君の背中を思い出す——私の心音《どきどき》、伝わったかな。

純《じゅん》君がお風呂《ふろ》に入ってすぐ、私は洗面台の前で、服に手を掛《か》けたまま逡巡《しゅんじゅん》していた。生まれてこの方、家族以外の男の人と湯浴《ゆあ》みをしたことなんか、一度も無い。裸体《らたい》を晒《さら》したことだって、無い。純《じゅん》君だったら——そう思うんだけど、あと一歩が出なくて、思い惑《おもまど》っていた。

こんな機会は滅多《めった》に無い。逃《のが》したら、思い置く事になる。そうだよ。ぐずぐずしていたから、琉実《るみ》に取られたんじゃん。あの時、ああしておけばなんて、もう思いたくない。

那織《なおり》、何のために来たの？

だよね。そうだよね。入るしか無いよね。けど、明るいのは幾許《いくばく》か恥《は》ずかしくて、「電気消して」って、こんな気持ちかぁって思いながら、服を脱《ぬ》いで、お風呂場《ふろば》の電気を消した。


マープルから部室を奪取《だっしゅ》して、一旦《いったん》、みんなと別れた。

私は部長と荷物を取りに帰って、その後、部長の家に寄って、慈衣菜《しえな》の家に向かった。

慈衣菜《しえな》の家で夕飯を食べて、動画を観《み》たりして、ひとしきり騒《さわ》いだあと、ふっと訪《おとず》れた凪《なぎ》を捕《つか》まえて、私はバルコニーに出た。眼下に広がる無辜《むこ》な民《たみ》の暮らしを眺《なが》めて、万能感《ばんのうかん》に浸《ひた》りつつ、地上だけじゃ飽《あ》き足《た》らず、こんな高い場所に居《きょ》を構えようとする、人間の癲狂《てんきょう》を同時に味わう積もりだった。競《きそ》うように高い構造物を作る狂気《きょうき》は、何処《どこ》から生まれるのか。

澱《よど》みが希薄《きはく》な空気を、時間を掛《か》けて吸い込んだ。なるほど、高い場所も悪くない。

数多《あまた》の算術の上に成り立つこの建造物には、万斛《ばんこく》の知識と経験値が充溢《じゅういつ》している。

私はこれから、どれほどの知識を享受出来《きょうじゅでき》るんだろう。

自分の今後について、まだ鮮明《せんめい》には分からないけれど、色んな事を知りたい。自分の中に蓄《たくわ》えておきたい。物事の解像度を可能な限り上げたい。

だから私は、私の知らない世界を教えてくれる人、私の世界を広げてくれる人、私と世界観を共有出来る人と、沢山《たくさん》の時間を過ごしたい。それはとても楽しい時間だって、知っている。

そう、私は知っている。

知っているからこそ、その時間をこれ以上奪《うば》われたくない——恋《こい》ぞ積もりて淵《ふち》となりぬる。

今日は琉実《るみ》のとこに行かせちゃったけど、悪手《あくしゅ》だったかな？　でも、琉実《るみ》の事を思い出す時間を少しでも減らしておきたかった。私と居る時位、琉実《るみ》に時間を奪《うば》われたく無かった。


ねぇ、純《じゅん》君はどんな女の子が好き？　どんな女の子と、一緒《いっしょ》に居たい？


琉実《るみ》みたいなアクティブ系が良《い》いの？

それとも、私みたいに趣味《しゅみ》の合う子？


私、悪くないと思うんだけどな。見た目も中身も。えっちな事だって全然大丈夫《だいじょうぶ》だよ？

もし、琉実《るみ》みたいに運動が得意だったら、私は完璧《かんぺき》になれる？　私に足りない物は何？

悩《なや》むってことは、決定打が無いってことだよね？

それって、圧倒的《あっとうてき》な何かが無いってことだよね？

はぁ。このあと、どうしよう。泊《と》めてくれなかったら、どうしよう。

純《じゅん》君は優《やさ》しいから大丈夫《だいじょうぶ》だよね。私のお願い、断ったりしないよね——

「夜景を見て、物思いに耽《ふけ》ってるのか？」

私の摯実《しじつ》なる潜思《せんし》が、教授の声で引《ひ》き剝《は》がされた。

「ほっといて。あっちいってよ」教授の相手をする気分じゃないの。

「そう邪険《じゃけん》にすんなって。何か、悩《なや》んでるのか？　もしかして、白崎《しろさき》のことか？」

「教授には関係ないでしょ」

部長ならまだしも、教授とそんな話はしたくない。冗談抜《じょうだんぬ》きで放《ほ》っといて欲《ほ》しい。てか、部長は——部屋の中を覗《のぞ》き見《み》ると、ソファの上でアインを抱《だ》き締《し》めて喉《のど》を撫《な》でていた。

私より猫《ねこ》を取るのっ！　この薄情者《はくじょうもの》っ！

「そりゃそうだが……これでも白崎《しろさき》のダチなんだ。ちったぁ関係あるだろ。それに……」

「それに、何？」

「俺らだって、友達だろ？」

えっ？　この人、決め顔で言ったよっ！　やば。そんな台詞《せりふ》を恥《は》ずかし気《げ》も無く——まぁ、教授はそう云《い》うタイプだよね。知ってる。友達だからね。私からは言ってあげないけど。

「自分で言ってて、恥《は》ずかしくないの？」

「は？　何が？」

「何でも無い……ねぇ、教授。私に足りない物があるとすれば、何だと思う？」

「慈《いつく》しむ心と思いやり」

そっくりそのままお返《かえ》し致《いた》します。檮昧《とうまい》で思慮《しりょ》の浅い戯《おど》け者《もの》は近寄らないで下さい。

「お願いだから、今すぐ目の前から消えてくれない？」

「冗談《じょうだん》だよ。マジに取んなって。頼《たの》むから、そんな目で見るなよ。ごめんって。えぇっと、俺は、神宮寺《じんぐうじ》は今のままで十分だと思うぞ……マジで。そのままが一番だ」

「手遅れ極《きわ》まりないフォローだという自覚はある？　何にも響《ひび》かない」

「だよなぁ。完全にやらかした。空気読めてなかったわ」

「ほんと、そう云《い》うとこだかんね？　気を付けた方が良《い》いよ？　けど、ミズスマシくらいの知能はあるみたいだね。安心した。人間社会で生きて行くのは大変かも知れないけれど、人間の振《ふ》り、頑張《がんば》って。いつか人間になれるよう、陰《かげ》ながら応援《おうえん》してる」

「なぁ、不躾《ぶしつけ》ついでに訊《き》いても良いか？」

「何？」

何だかんだ言って、教授に付き合ってあげる私、超優《ちょうやさ》しくない？　慈《いつく》しむ心と思《おも》い遣《や》りは実装済みじゃん。足りなく無いじゃん。満《み》ち溢《あふ》れているよっ！

待って。私に足りないのって、やっぱり運動方面だけなんじゃない？

「神宮寺《じんぐうじ》はさ、白崎《しろさき》のどこが好きなんだ？」

「つれねぇヤツだな。別に変な意味で訊《き》いたんじゃなくてさ、なんつーか、姉に取られたから悔《くや》しいとか、じゃないよなって言うか、いや、悪気があって言ってるんじゃなくて、もしそうなら、わざわざ苦しむようなことはしなくていいんじゃないかって——ああ、ダメだ。上手《うま》く言えねぇ。好きで悩《なや》んでんなら、全然良《い》いんだ。ただ、姉様《あね》と張り合おうみたいな感情なら、それはやめといた方がって……すまん、意味わかんねぇよな」

「教えない」

——何それ。

なんで教授にそんなこと言われなきゃいけない訳？　冗談《じょうだん》じゃない。

「うん、本当に意味が分かんない」心配するにしたって、言い方ってもんがあるでしょ？　琉実《るみ》に取られたから張り合ってる？

違《ちが》う。そんなんじゃない。張り合ってるのは確かだけど、私は本当に純《じゅん》君のことが好き。好きだから張り合ってるのであって、悔《くや》しくて張り合ってるんじゃない。悔《くや》しいのも確かだけど——ああっ、違《ちが》うんだって。そうじゃないっ！

そうじゃないんだってばっ！

うん。そうじゃない。

お風呂《ふろ》に入っていると、余計な記憶《きおく》が割り込んでくる。こっちは純《じゅん》君の残り湯を隅々《すみずみ》まで堪能《たんのう》していたって云《い》うのに。もう冷めちゃった。全部台無し。長く浸《つ》かり過《す》ぎたかな。

いつもと違《ちが》う匂《にお》いのバスタオルで身体《からだ》を拭《ふ》く。ドライヤーで髪《かみ》を乾《かわ》かすと、いつもと違《ちが》う蘭《らん》麝《じゃ》が広がっていく。自分の服から香る馴染《なじ》みの柔軟剤《じゅうなんざい》と、好きな男の子からする馨香《けいこう》が混ざり合うのを感じる。純《じゅん》君の香気《こうき》に包まれていく。鏡に映る私は、心なしか頬《ほお》が上気している。

やっぱり、長く浸《つ》かり過《す》ぎたみたい――でも、気持ち良かった。

リビングに戻《もど》ると、純《じゅん》君の姿は無かった。自分の部屋に居るのかな？

荷物を持って二階に上がる。純《じゅん》君の部屋のドアは開いたままで、明かりが漏《も》れている。

「お風呂《ふろ》、しかと頂きました」

（白崎純《しろさきじゅん》）

風呂上《ふろあ》がりの那織《なおり》は大きめのTシャツを着ていて、ともすると下に何も着けてないんじゃ無いかと心配になるような恰好《かっこう》で――荷物を置く時、もこもこしたショートパンツが見えて、そりゃそうだよなと、心を撫《な》で下《お》ろした。あんなことの後だからか、那織《なおり》の一挙手一投足が気になって仕方ない。マジで、あらゆることが心臓に良くない。

那織《なおり》が部屋に来るまでの間も気持ちが休まらなかった。

仄暗《ほのぐら》い映像と背中で味わった生々しい感触《かんしょく》が頭から離《はな》れなくて、気を紛《まぎ》らわそうと、来客用布団のシーツをこれ以上無いくらいピンと張ったりしたが、大した効果は得られなかった。

「布団敷《ふとんし》いてくれてありがとう。でも、今日は純《じゅん》君のベッドで寝《ね》たい」

「構わんぞ。布団《ふとん》、入《い》れ替《か》えるか？」

デスクチェアから立ち上がり、床《ゆか》の布団《ふとん》に手を掛《か》ける。やっぱり、男の僕が床《ゆか》で寝《ね》るべきだよな。これでも悩《なや》んだんだ。だから、そのパターンも考えなかった訳じゃない――

「ううん。一緒《いっしょ》に寝《ね》よ。これぞ同衾《どうきん》だね」

「……正気か？」

「ただ寝《ね》るだけだよ。一緒《いっしょ》にお風呂《ふろ》に入った仲じゃん。何を今更《いまさら》。布団《ふとん》、片付けよ？」

そう言って那織《なおり》が、布団《ふとん》を畳《たた》み出《だ》した。

「待てって。僕のベッドを使うのは一向に構わないし、何なら僕はリビングで寝《ね》たって――」

「ダメ。一緒《いっしょ》に寝《ね》るの。これが、今日最後の我《わ》が儘《まま》。ね、お願い」

「……ただ寝《ね》るだけ、だよな？」

「だーかーらー、そう云《い》うのは私の台詞《せりふ》だってっ！　いい？　今日は一緒《いっしょ》に寝《ね》るのっ！」

布団《ふとん》を畳《たた》む那織《なおり》を渋々《しぶしぶ》手伝って――那織《なおり》が枕《まくら》を取ろうとした時だった。襟口《えりぐち》から、重力に従って出来た谷間が覗《のぞ》いた。ったく、そのTシャツ、サイズが大きすぎるんだよ——小さな違和《いわ》感《かん》だった。僕はその違和感《いわかん》を追いやった。気の所為《せい》だ。見るな。考えるな。

那織《なおり》の顔だけを見るように意識して、どうにか布団《ふとん》を畳《たた》み終《お》え、端《はし》に寄せる。

「そう言えば、部長、マープルみたいなの、タイプなんだって。やばくない？」

畳《たた》んだ布団《ふとん》の前にちょこんと蹲踞《そんきょ》して、髪《かみ》に何か塗《ぬ》りながら那織《なおり》が言った。

「亀嵩《かめだけ》がねぇ。ああ云《い》う雰囲気《ふんいき》が——って、そんなことより、今日の勝負はどうだったんだよ？　部室を譲《ゆず》って貰《もら》えたって言ってたけど、どういう流れでそうなったんだ？」

「んーと、勝負の途中《とちゅう》で、君達は部員も足りてるし、譲《ゆず》るよ的な？　ただ、それとは関係無く、チェスはしたいって言われて、仕方なく付き合ってあげた。マープルって、人付き合い苦手そうだし、友達居ないんじゃない？　だから、寂《さび》しかったのかなーって」

人付き合いが苦手って……どの口が言うんだ。

「なるほどね。譲《ゆず》って貰《もら》ったって、そう云《い》うことだったのか。それで、勝負は？」

「もちのろん、勝ちましたよ。当然でしょ？」

「だと思った。僕は最初から、勝敗の心配はして無かったけどな。古間《ふるま》先輩《せんぱい》は、どんな感じだったんだ？　セオリー通りに指しそうな雰囲気《ふんいき》ではあったが」

「凡《おおよ》そ、純《じゅん》君の想像通りって感じかな」

「やっぱりな。ところで、棋譜《きふ》はつけたのか？」

「ううん。けど、大体は覚えてる。それに、途中《とちゅう》から慈衣菜《しえな》が動画撮《と》ってたし。ほんとは良くないんだろうけど、マープルが撮《と》っても良いって。あとで見る？」

「もちろん。すぐ写真や動画を撮《と》りたがるのも、こういう時はありがたいな」

「それが、私も意外だったんだけど、慈衣菜《しえな》、チェス分かるんだって。ほら、カウボーイビバップでチェス回あるじゃん？　あれ見て、覚えようって。もしや、動機は純《じゅん》君と一緒《いっしょ》？」

「大同小異《だいどうしょうい》って感じだな。それにしても、雨宮《あまみや》がチェスとは……手が読めなさそうで、結構楽しめるかも知れないな。本当、あいつは不思議な奴《やつ》だよ」

「ね。さて、諸々《もろもろ》の準備も終わったことだし、寝《ね》るとしますか」

立ち上がりざま、Tシャツの胸の辺りに突起《とっき》が——気の所為《せい》。錯覚《さっかく》。あれは服の皺《しわ》だ。

幾《いく》ら何でも、着けてないなんてこと、ある訳ない。

（神宮寺《じんぐうじ》那織《なおり》）

うにゃうにゃごねる純《じゅん》君を壁際《かべぎわ》に追いやって、その隣《となり》に寝転《ねころ》んだ。

これでもう逃《に》げられまいっ！

ここまで来れば、私はもう完遂《かんすい》したも同然。あとは純《じゅん》君を抱《だ》き枕《まくら》にして眠《ねむ》るだけ。

あ、眠《ねむ》るだけって言っても、そっち系のイベントが開催《かいさい》されるなら、全然受け入れますよ？

諸々《もろもろ》のコンディション、整えて来ましたから。心の準備も完璧《かんぺき》。備《ゴム》えもある。死角無し。

必要なのは、純《じゅん》君の覚悟《かくご》だけ、かな。

純《じゅん》君は壁《かべ》を見詰《みつ》めるのが趣味《しゅみ》みたいで、さっきから私に背を向けたまま。超失礼《ちょうしつれい》。

とりあえず、純《じゅん》君に抱《だ》き着《つ》いて、背中に顔をくっ付ける。気になってヘアオイルを塗《ぬ》っちゃったから今は違《ちが》うけど、純《じゅん》君の髪《かみ》の毛《け》は、さっきまでの私と同じ香りがする。同じシャンプーを使ったから当然なんだけど、たったそれだけのことなんだけど、凄《すご》く嬉《うれ》しい。

好きな男の子の匂《にお》いに包まれて、体温を感じて、高まる心音を聴《き》いている。これ以上の多幸感はそうそう無い。今は完全に私が独《ひと》り占《じ》めしている。神様だって付け入る隙《すき》は無い。

本当は、昼間に琉実《るみ》と何があったのか訊《き》きたいけれど、名前を口にする事すら勿体《もったい》ない。

「お風呂《ふろ》、どうして先に上がっちゃったの？」

「……一緒《いっしょ》の浴槽《よくそう》に入るのは、無理だよ。僕だって、男だぞ」

背中にくっ付いているから、純《じゅん》君の声が直接身体《からだ》に響《ひび》いて来《く》る。これは、骨伝導？

「知ってる。だからだよ」

私の声も、響《ひび》いてくれたら良《い》いな。純《じゅん》君の身体《からだ》に、染《し》み込《こ》んで欲《ほ》しい。

「あのなぁ……僕らは付き合ってる訳じゃないんだぞ？　こういうの、絶対に良くない。限度を超《こ》えてる。だから、今日で最後な。明日からは、いつも通りだぞ」

「付き合えば、良《い》いの？」

「……付き合ってるなら良《い》いんだろうけどさ……」

「じゃあ、付き合ってよ」

「それは――無茶言うなよ。さっきも言ったように、もう少し待っててくれないか？」

「私は、ずっと待ってるんだよ。知ってるでしょ？　ずるいよ」

純《じゅん》君の足に、私の足を絡《から》める。逃《に》がさないようにって思ったけど、純《じゅん》君は私の足を避《さ》けたりしなかった。純《じゅん》君は私より体温が高くて、背中も足も熱いくらい。

私の身体《からだ》がじんわりと温まっていく。熱を共有していく――熱平衡《ねつへいこう》。

恋《こい》するとは、自分が愛し、愛してくれる人に、できるだけ近く寄って、見たり触《ふ》れたりあらゆる感覚をもって、感じることに快楽を感じることである――よく分かるよ、スタンダール。

「待ったら、私と付き合ってくれるの？　私はいつまで待てば良《い》いの？　教えてよ」

「あんまり僕を困らせないでくれ……僕自身《じしん》、どうしたら良《い》いのか――」

「じゃあ、ちゅーして」

一旦《いったん》純《じゅん》君から離《はな》れて、肩《かた》を引っ張って仰《あお》向《む》けにする。純《じゅん》君の右手を太腿《ふともも》に挟《はさ》んで、ぴったりとくっ付いた。純《じゅん》君の顔《かんばせ》はすぐそこ。今度こそ、純《じゅん》君からして欲しい――唇《くちびる》に。

使える物なら、罪悪感だって利用する。

純《じゅん》君の頬《ほお》をそっと撫《な》でて一言「口にして」

ふぅっと、短く息が漏《も》れた。

ゆっくりと唇《くちびる》が重なって、離《はな》れる。

細目を開けて、純君《じゅん》の瞳孔越《どうこうご》しに気持ちを共有する。感情平衡《へいこう》。

首に手を回すと、再び純《じゅん》君から近付いて来た。

私の太腿《ふともも》から右手を抜《ぬ》いた純《じゅん》君が、私の後頭部に手を回す。

もう一度、口唇《くちびる》が触《ふ》れ合《あ》った。

舌尖《ぜっせん》で純《じゅん》君の歯を撫《な》でると、控《ひか》えめに口が開かれた。首に回した手に力を込《こ》めて、私はもっと奥まで舌を差し入れる。純《じゅん》君の舌を、舌先で感じ取る。形を確かめる。唇《くちびる》で、挟《はさ》み合《あ》う。

唾液《だえき》が混ざり合って、水音を立てる。

純《じゅん》君の耳を塞《ふさ》いで、音を増幅《ぞうふく》させる。

食《は》まれて、吸われて、飲まれて、飲んで——堕《お》ちていくのが、自分でも分かる。自棄《やけ》にはなった積もりはないけれど、制する理性は見当たらない。剝《む》き出《だ》しの欲求だけが漂《ただよ》っている。

ゆっくりと宿願《しゅくがん》が果たされて、身体《からだ》が熱を帯びていく中、後ろめたさに近い憂懼《ゆうく》が幸せの狭間《はざま》で顔を覗《のぞ》かせる。悪い事をしているみたいな、危《あや》うい陶酔感《とうすいかん》が全身を満たして、じんわりと潤《うるお》していく。私の髪《かみ》を無造作にまさぐる純《じゅん》君の指が時折爪《つめ》を立てるから、愉悦《ゆえつ》混じりの疼《とう》痛《つう》が与《あた》えられる——大好きな男の子が、私の求めに応じてくれている。

この前のゴールデンウィークとは違《ちが》う。昼間とも違《ちが》う。とろけそうなくらい気持ち良い。

今の私達は、深く通じ合っている。溶《と》け合《あ》いたいのに、身体《からだ》が邪魔《じゃま》で、もどかしくなる。

純《じゅん》君が顔を離《はな》す。私の下唇《したくちびる》が遅《おく》れて離《はな》れた。

抱《だ》き着《つ》いて、首筋に顔を擦《なす》り付《つ》ける。純《じゅん》君の匂《にお》いを取り込んで、私の匂《にお》いを擦《なす》り付《つ》ける。

「好き」

「うん」

「ずっと、好きだった」

「うん。ありがとう」

「純《じゅん》君は私のこと、好き？」

「好きだよ。子供の時から、ずっと」

「ふふ。ありがとう」

今なら、死んでもいい。ううん、死ぬなら今が良《い》い。

「このまま、付き合っちゃおうよ。そして、続き、しよ？」

やっぱ、死ぬのはその後。

「そういう訳には……」

「そんなに琉実《るみ》の事が気になる？」

「……当たり前だろ」

「じゃあ、琉実《るみ》には秘密で付き合おうよ。目棲《めづま》を忍《しの》んで付き合うのも、有りじゃない？」

純《じゅん》君の口に、僅《わず》かに笑《え》みが宿った。

「何？　ダメ？　変な事、言った？」

「やっぱり二人は双子《ふたご》だよな。琉実《るみ》も似たようなこと言った。みんなには黙《だま》ってようって」

「やめてよ。それより、どうなの？」

「……あんまり困らせないでくれよ」

「続き、したくないの？」私が質《ただ》すと、暫《しば》しの沈黙《ちんもく》が訪《おとず》れた。ここで黙《だま》るの、最低じゃない？

口を噤《つぐ》んだ本心を汲《く》み取《と》りたくて、純《じゅん》君の顔をこっちに向ける。


――我慢《がまん》してる顔、かわいい。


無言が肯定《こうてい》なのは昭然《しょうぜん》――私だって同じなのに、我慢《がまん》する必要、ある？　無いよね？

「私がブラしてないの、気付いた？　気付いてるよね？　さっき見てたの知ってる。見たいなら言って。ちゃんと見せてあげる。触《さわ》りたいなら言って。しっかり触《さわ》らせてあげる。誘惑《ゆうわく》を除きさる方法はただひとつ、誘惑《ゆうわく》に負けてしまうことだけ」

「気にしないようにしてたのに、わざわざ言うなよ……けど、僕は見たいとも触《さわ》りたいとも言わない。那織《なおり》に魅力《みりょく》が無いとかじゃなくて――一時の感情で流されるのは良くない。オスカー・ワイルドを引用したってダメだからな」

「何、女子みたいなこと言ってるの？　散々、キスした癖《くせ》に――どう？　柔《やわ》らかい？」

純《じゅん》君の手を取って、胸に抱《だ》く。もっと私に触《さわ》って。もっと私を感じて。

「やめろって。僕はもう寝《ね》るぞ」

振《ふ》り解《ほど》かれそうになったけど、どうにか耐《た》えた。けど、顔はしっかりと壁《かべ》の方に向けられてしまった。さっきまで私の目をずっと見詰《みつ》めていたのに。壁紙《かべがみ》好《す》き過《す》ぎでしょ。

「怒《おこ》っちゃった？」 純《じゅん》君の腕《うで》に抱《だ》き着《つ》く。さっきより、強く。

そっぽを向いてるのに、腕《うで》には力が入っていない。今や焦熱《しょうねつ》しそうなくらい火照《ほて》った私の太腿《ふともも》で、純《じゅん》君の手を挟《はさ》み込《こ》む。出来る事なら押し付けたいくらい——あとちょっとの距離《きょり》なんだけど、あとちょっとが遠くて、もどかしい。

「怒《おこ》ったとかじゃなくて……僕だって我慢《がまん》には限界があるんだ」

「私だって我慢《がまん》してる。一杯触《いっぱいさわ》って欲《ほ》しいし、一杯触《さわ》りたい。ね、かつて江戸《えど》では、がっかり、って、えっちしたあとの虚脱感《きょだつかん》とか疲労感《ひろうかん》を指す言葉だって知ってた？」

「そうなのか？　初めて聞いた……つーか、その、口にすんなよ」

「何を？」

「いや、ほら……え、えっちとか」

照れてるの？　照れちゃってるの？　ねぇ？

「がっかりしたくないの？」

「言い方が斬新《ざんしん》すぎるぞ。さっきも言っただろ、そういうことはしない」

先刻までの逡巡《しゅんじゅん》が解かれたみたいな、硬《かた》い声《こえ》。もう、なんでそんな頑《かたく》ななの？

さっきから顔が見えなくて、もどかしさが募《つの》っていく。こんなに近くに居るのに。

もっと直接的な行動で──「ちょっとだったら、触《さわ》ってもいい？」

お腹《なか》に伸《の》ばした手が、今度は強めに払《はら》われた。けち。本気で叩《はた》かなくても良《い》いじゃん。

逃《に》げ出《だ》した右手をもう一度捕《つか》まえて、仕方なく我慢《がまん》する──我慢《がまん》ばっかでやんなっちゃう。

もうっ。純《じゅん》君のばかっ。手、出してよ。今日の私は、心も身体も本気だったんだからねっ。

お気にの下着だってこんなことに──ま、いいや。

あんまりぐいぐい行くと、貴《あて》やかな淑女《しゅくじょ》のイメージが崩《くず》れちゃうし。ここは大人しく、私のペルソナに相応《ふさわ》しい言葉で、ダメ押しするくらいに留《とど》めておこう。

私なりの告白──「おとといは兎《うさぎ》を見たわ」

分陰《ふんいん》、小さくて優《やさ》しい声《こえ》で「きのうは鹿、今日はあなた」と純《じゅん》君が応えた。

「また、キスしようね。凄《すご》く気持ち良かった」


（白崎純《しろさきじゅん》）

那織《なおり》の胸に腕《うで》を挟《はさ》ま……がっちり摑《つか》まれ、身体《からだ》ごと壁《かべ》を向くことを阻《はば》まれた。二《に》の腕《うで》に伝わる温柔《おんじゅう》な感触《かんしょく》と硬《かた》さを、しっとりとした太腿《ふともも》の感触《かんしょく》を頭から遠ざけて、僕等はいつもみたいに、色んな作品について語り合った。そうすることで、僕は必死に日常を掻《か》き集《あつ》めた。ひとしきり喋《しゃべ》った所《ところ》で、那織《なおり》がぽつり「こんなに話の合う、私みたいな女の子、二度と会えないからね。

逃《に》がしたら後悔《こうかい》するよ？」と呟《つぶや》いた。

言葉が途《と》切《ぎ》れて、静かな寝息《ねいき》に変わったのは、まだ暮夜だった。

カーテンの足元が白み出して、夜の終わりを知る。僕は一睡《いっすい》も出来なかった。

那織《なおり》の手から力が抜《ぬ》けたタイミングで、そっと腕《うで》を引《ひ》き抜《ぬ》いて身体《からだ》ごと壁《かべ》を向いた。それからずっと寝《ね》られない。那織《なおり》の寝返《ねがえ》りを背中で感じながら、自分の気持ちと向き合っていた。

――おとといは兎《うさぎ》を見たわ、きのうは鹿、今日はあなた。

おじさんに勧《すす》められて読んだSF短編小説『たんぽぽ娘《むすめ》』の一節――大切な人がずっと傍《そば》に居たことを示唆《しさ》する印象的な台詞《せりふ》。タイムトラベルに纏《まつ》わる恋愛《れんあい》を描《えが》いたその小説が気に入った僕は、自分でも買った。至る所で引用される有名な言葉だ、神宮寺《じんぐうじ》家《け》の本棚《ほんだな》に収まるその物語を、那織《なおり》が知らない筈《はず》は無い。

那織《なおり》と僕は、かつて好き合っていた。それを喩《たと》えたかったのだろうか。

那織《なおり》はやっぱり可愛《かわい》くて、魅力的《みりょくてき》で、蠱惑的《こわくてき》で、手を焼くことばかりだけど――付き合えたら楽しいんだろうなって思う。かつてそれを願って、臆病《おくびょう》な僕は勝手に諦《あきら》めた。

気持ちを伝える勇気が無かっただけなのに、尤《もっと》もらしい理由を見付けて全部無かったことにした。誤魔化《ごまか》しただけだった。あの時から、僕の弱さは続いている。

だからと言って、琉実《るみ》と過ごした日々も褪《あ》せていない。微塵《みじん》も色褪《いろあ》せていない。かつて時感じた気持ちは、今でも粲粲《さんさん》と色めいている。琉実《るみ》と思い出話をすれば、熱を帯びた記憶《きおく》が簡単に甦る《よみがえ》――褪《あ》せていないどころか、綺麗《きれい》に包装されているみたいだ。


那織《なおり》と付き合ったら、琉実《るみ》は何て言うだろうか。

琉実《るみ》と付き合い直したら、那織《なおり》は何て言うだろうか。


脳の奥底で固まった倦怠《けんたい》に引っ張られて、思考が鈍重《どんじゅう》になる。

暑気《しょき》を知らない早暁《そうぎょう》の空気を吸って頭をクリアにしようと思い、那織《なおり》を起こさないよう、身体《からだ》を起こす。隣《となり》で那織《なおり》が寝息《ねいき》を立てている。その光景を、僕は暫《しばら》く眺《なが》めていた。この可愛《かわい》らしい女の子が、僕のことを好きでいてくれている――色々と頑張《がんば》ってくれたのに、応えてあげられなくて、ごめん。那織《なおり》が大切だからこそ、そういうことは手順を踏《ふ》んでからじゃないと応えたく無いんだ。那織《なおり》の顔に掛《か》かった髪《かみ》を、そっと退《の》けた。明眸《めいぼう》な目元も、すっと通った形の良《い》い鼻梁《びりょう》も、ぽてっとした魅惑的《みわくてき》な唇《くちびる》も、張《は》り詰《つ》めていない。安心しきった穏《おだ》やかな顔で寝《ね》ている姿は、どこか幼さが残っていて――って、なんで下がパンツなんだよっ！

那織《なおり》の下腹部を覆《おお》う桃色《ピンク》のダチュラを、タオルケットを引き上げて隠《かく》す。比喩《ひゆ》でも何でもなく、寝起《ねお》きにこれは毒《ダチユラ》だ……ベッドの脇《わき》にショートパンツが落ちているが、穿《は》かせる訳にもいかず、見なかったことにした——ふとした瞬間《しゅんかん》に、色んなことを思い出しそうで怖《こわ》い。

那織《なおり》の目が、薄《う》っすらと開いた。何かを訴《うった》えるような眼差《まなざ》しで、僕の腕《うで》を引っ張った。

那織《なおり》の口が、ゆっくりと開いた——僕は、自分から応じた。

ベッドから下りると、ぎゅっと握《にぎ》ったタオルケットで顔を隠《かく》した那織《なおり》が、布越《ぬのご》しのくぐもった声で、「「トイレ?」」と訊《き》いていた。

「ああ。それより、そんな縮こまって、寒いのか? そう言えば、エアコンが——」

「寝起《ねお》きは……ちょっと恥《は》ずかしい。照れるから、あんまり見ないで」

少しだけ覗《のぞ》く白皙《はくせき》の頬《ほお》が、朱色《しゅいろ》に染まっている。そんなこと言われると、僕も——急に気恥《きは》ずかしくなって、慌《あわ》てて那織《なおり》から目を逸《そ》らして、逃《に》げるように部屋を出た。

今まで散々人のことを誘惑《ゆうわく》しておいて……それは、卑怯《ひきょう》すぎるだろ。

悔《くや》しいくらい、動けなくなるくらい、まともに見られないくらい、可愛《かわい》かった。

（神宮寺《じんぐうじ》琉実《るみ》）


もうちょっとで夏休み。そして、夏休みには純《じゅん》の誕生日。

何をあげたらイイかな？　何を渡《わた》せば喜んでくれるかな？

一昨日の土曜日は、本当に楽しかった。昨日は女バスのみんなとカフェやショップに行ったりして、久々に全力で遊んだって気がする。今週末には送別会がある。先輩たちに渡すものも準備したし、あとは当日を迎えるだけ。先輩《せんぱい》たちとゲームできないのはすっごく寂《さび》しいけど。

バスケって言えば、あれから、瑞真《みずま》と真衣《まい》は、よりを戻《もど》したりはしてないけど、話してる姿を何度か見掛《みか》けた。何かの切《き》っ掛《か》けになればいいなって、思う。

「ねぇ、麗良《れいら》は彼氏《かれし》の誕生日、何あげた？　何が一番喜んでくれた？」

練習が休みの放課後——麗良《れいら》とスタバの新作を堪能《たんのう》しに来たところ。

「一番喜んでくれた……物だよね？」

「え？　それ以外に何が——」

それって、もしかして……それはダメだって！　わたしたち、付き合ってないし。

「もうっ！　麗良《れいら》はすぐそういうこと言うっ！」

「まだ言ってないし」

「まだ、でしょ。そんなんだから、可南子《かなこ》に発想がエロいとか言われるんだよ？」

麗良《れいら》が頬杖《ほおづえ》をついて、めっちゃ大《お》っきい溜《た》め息《いき》を零《こぼ》した。幸せが、大量に逃《に》げちゃう。

「それ、マジで心外なんだけど。なに、白崎《しろさき》、誕生日なの？」

「うん。夏休み入ってすぐくらい」

「そう言えば、去年も今くらいの時期に、同じようなこと訊《き》かれたかも。てか、私は白崎《しろさき》の趣《しゅ》味《み》知らないし、何をあげれば喜ぶかは、琉実《るみ》の方が詳《くわ》しいんじゃない？　私が彼氏《かれし》にあげた物なんて、大して参考にならないでしょ。去年あげたの、マフラーだよ？」

「そっか。麗良《れいら》の彼氏《かれし》、十二月だもんね」

麗良《れいら》んとこは、クリスマスと誕生日を一緒《いっしょ》にやる。だから、彼氏《かれし》の誕生日の特別感が半端《はんぱ》じゃないって言うか、まとめてやる分、気合が入ってるって言うか——そんな流れで麗良《れいら》は初体験を済ませた……って聞いてる。

「って、マフラーあげた話、前もしたじゃん。覚えてないの？」

「そうだっけ？　あー、プレゼント渡したあとの話が衝撃的《しょうげきてき》だったから……」

「だから私の話は参考になんないって。琉実《るみ》が自分で考えるしかないよ」

麗良《れいら》の言い方が、冷たい。「わかったよぉ。麗良《れいら》に相談したわたしがバカでした」

「いっそのこと、妹と二人で買いに行ったら？　けん制し合うよりよくない？」

「那織《なおり》と？　あの子がなんて言うか……前はそうだったけど、わたしが付き合ってから一緒《いっしょ》に買わなくなってさ。那織《なおり》に気を遣《つか》わせちゃったからこそ、言い出しづらいんだよね」

あの時、那織《なおり》に「初彼への初プレゼントでしょ？　ひとりで悩《なや》んだ方が良くない？」って言われて、麗良《れいら》にアドバイスは求めたけど、わたしはひとりで選んで、ひとりで渡《わた》した。

だから、それも確かにあるんだけど……この前、純《じゅん》と出かけて、色んなことが懐《なつ》かしくて、やっぱりわたしは純《じゅん》とやり直したいって思って——わたしは那織《なおり》とは別々に選びたい。

二人で選んだ二人からのプレゼントじゃなくて、わたしからのプレゼントにしたい。

恐《おそ》らく……那織《なおり》もそう考えてる。

これは、双子《ふたご》の勘《かん》。

「琉実《るみ》の妹って、何だかんだ琉実《るみ》に優《やさ》しいよね」

「うん。半端《はんぱ》なく口は悪いし、性格も歪《ゆが》んでるけどね」

「その妹と白崎《しろさき》を取り合ってるって、冷静に考えると、軽く地獄《じごく》だよね」

「そう……だね。最初はわたしもそう思ってた。けど、今度は素直《すなお》になるって決めたから、そのことは考えないようにしてる。考え出したら、また失敗しそうだし」

「だね。ごめん、変なこと言った。気にしないで」麗良《れいら》が、小さく手を挙げて、頭を下げた。

「ううん、大丈夫《だいじょうぶ》。わかってるから。それに、麗良《れいら》が思ってるほど、修羅場《しゅらば》ってるわけじゃないし。家で普通《ふつう》に会話するし、純《じゅん》の話だってするよ」

嘘《うそ》をついた。わたしは、公園で純《じゅん》に言われたこと、那織《なおり》には言ってない。昨日の那織《なおり》はちょっと変だった。心当たりはある。土曜の一件だと思う。純《じゅん》がわたしの所に来ちゃったから──多分、那織《なおり》は私に怒っている。だから純《じゅん》と大宮で語り合ったこと、那織《なおり》には言えない。言いたくない。

「そういう感じなんだ。親にはバレてたりするの？　その、白崎《しろさき》のこと──」

「どうだろ。お母さんは気付いてるかも知れないけど……お父さんはわかってないと思う」

「親としても、難しいよね。隣《となり》の男の子を、娘《むすめ》二人が取り合ってるって」

「どうかな。うちのお母さん、あんまりそういうタイプじゃないから。好きにしたらって感じだと思う。うるさいはうるさいんだけど、案外融通利《ゆうずうき》くとこあるし。麗良《れいら》だから言うけど、お祖母《ばあ》ちゃんが言うには、昔は結構遊んでたみたい──だからかわかんないけど、恋愛《れんあい》に関しては、『若いんだから、自分がやりたいようにした方が良《い》い』って言われたことある」

中等部の時、お母さんにクラスの女の子から恋愛《れんあい》相談された話をしたことがある。友達と好きな人が被《かぶ》っちゃったっていう内容だった。図らずもわたしと似たようなシチュエーションだったから、お母さんだったらなんて言うのか興味があって、「お母さんはどう思う？」って尋《たず》ねてみた。お酒を飲んで上機嫌《じょうきげん》だったお母さんは、過去の恋愛《れんあい》の話なんかをあれこれ話してくれて、最後に「親の立場で言うことじゃないかも知れないけど、琉実《るみ》が同じ状況《じょうきょう》だったとして、友情か恋愛《れんあい》かってなった時は、私の経験上、遠慮《えんりょ》しない方が後悔《こうかい》しないって思う。まだ若いんだから、自分がやりたいようにした方が良《い》い」って――この時は既《すで》に純《じゅん》と付き合っていたから、わたしの行動をお母さんから肯定《こうてい》された気がした。

そうだよ、あの時、お母さんはそう言っていたんだ。麗良《れいら》と話してて、思い出した。

「そうなの？　琉実《るみ》のお母さん、私の中では綺麗《きれい》なマダムってイメージなんだけど」

「綺麗《きれい》なマダムって……やめてよっ……」

ちょっと！　お腹《なか》痛いっ！　マダムはやばいって！　笑わせないでっ！

「そんな笑うとこ？　何度か会ってるけど、琉実《るみ》のお母さんって、綺麗《きれい》なんだけど、凛《りん》とした感じがして、何だかカッコイイなって思ってたよ？」

なんか、お母さん褒《ほ》められるのって、めっちゃ複雑。恥《は》ずかしいような、照れくさいような、嬉《うれ》しいような――なんとも言えない感覚。それにしても、綺麗《きれい》なマダムはないって。

「お母さんに伝えておくよ。全然、そんなじゃないけどね。すぐ料理めんどくさがるし」

「だって、琉実《るみ》のお母さん、働いてるんでしょ？　仕方なくない？」

「まあね。それは感謝してるよ。だから、わたしも手伝うようにしてる」

「琉実《るみ》は偉《えら》いなぁ。ね、琉実《るみ》のお母さんって、銀行で働いてるんだよね？」

「うん。お金数えるの、めっちゃ速い。あれは絶対に真似《まね》できない。電卓《でんたく》もやばいよ。ダダダダって打つんだけど、電卓《でんたく》見てないのに打《う》ち間違《まちが》いに気付くし、しかも、手元を見ずに打《う》ち間《ま》違《ちが》いを修正するんだよ。レシート並べて計算してる時は、神がかってる」

昔、お父さんが、お母さんが電卓《でんたく》で計算してるのを見て「そんなのエクセルでやればよくないか？」って言い出して、軽く喧嘩《けんか》になったことがあった。「キーを叩《たた》いて入力する時間は一緒《いっしょ》じゃない？　こんなの、パソコンをつける時間があれば終わるわよ」みたいにお母さんが言って、「じゃあ勝負するか？」って。

うちの親って、そういうとこ、すっごく子どもっぽい。

二人とも負《ま》けず嫌《ぎら》いって言うか――それはわたしと那織《なおり》も同じ。

つまり、我が家は全員負《ま》けず嫌《ぎら》い。

「麗良《れいら》は、将来どんな仕事したいとか、ある？」

「うーん、子どもの頃《ころ》は美容師になりたいなって思ってたけど、今はどうしようって感じ。面談でも言ったんだけど、これがやりたいっていうのが無くて悩《なや》んでる。選択肢《せんたくし》を狭《せば》めないよう、成績はキープしておきなさいって先生は言ってたけど、学部とかって、調べ出すと沢山《たくさん》あり過ぎてよくわかんないし、実際に何を勉強してるのかイメージできないんだよね。琉実《るみ》は先生になりたいって言ってたけど、今もそう？」

「うん。あと、最近はスポーツ医学もいいかなって」

「スポーツ医学かぁ。琉実《るみ》には合ってるかも。それ系だと、やっぱ内部？」

「どっちを選ぶにしても、できれば国公立がいいかなって。ほら、うちって二人だしさ。学費とか考えると、少しでもって」

「そっか。琉実《るみ》のとこ、一度に二人だもんね。受験かぁ……先生とかの話聞いてると、すごく煽《あお》ってくるじゃん？　受験なんてすぐだって。正直、そうは言ってもまだ先のこと——なんて思ってたけど、もう三年生は引退じゃん？　案外すぐなのかもって思っちゃった。でもさ、それって、こうして琉実《るみ》と喋《しゃべ》れるのもそんなに長くないってことだよね？　うちらも、大学行ったら離《はな》れ離《ばな》れになるのかな？」

「え、やだ。そんな寂《さび》しいこと言わないで」

「ごめん。言ってて、私も寂《さび》しくなってきちゃった……私も琉実《るみ》と同じ大学目指そうかな。国公立なら親も文句ないだろうし、そうすれば大学でも遊べるもんね」

「いっそ、ルームシェア、しちゃう？」

「いいね、それ。楽しそう。ね、そう言えば、白崎《しろさき》は？　進路の話したりするの？」

「するよ。けど、純《じゅん》は昔から変わらない。法律関係か科学系の二つで悩《なや》んでる。SFとミステリーが好きだからって理由で。子どもっぽいでしょ」

麗良《れいら》の前だったから、子どもっぽいでしょなんて言ったけど、本当はそんなこと思っていない。わたしはずっと純《じゅん》の夢を聞いているから、悩《なや》むのもよくわかる。タイムマシンとか宇宙船が好きで、ミステリーやスパイが好き——純《じゅん》は子どもの頃《ころ》からその二つで悩《なや》んでいる。

そして、今はわたしと那織《なおり》のことで悩《なや》んでいる。

わたしたちが、純《じゅん》を悩《なや》ませている。

でも、ごめん。

わたしはもう、引かない。わたしは、純《じゅん》の悩《なや》みを解決させてあげられない。

※　※　※

すっかり駄弁《だべ》る為《ため》のスペースと化した部室——端《はな》からその予定ではあったのだが、珍《めずら》しく亀嵩《だけ》と那織《なおり》の居ない部室で、僕は昨日からずっと頭を悩《なや》ませていたことを、耐《た》えきれなくなって教授に吐《は》き出《だ》した。泊《と》まった話は伏《ふ》せて（家に来て話したくらいのことにして）、那織《なおり》とあれこれ語り合った結果、僕の中で那織《なおり》の存在が今まで以上に大きくなったこと——那織《なおり》のことを考えれば考えるほど、琉実《るみ》の寂《さび》しそうな顔が思《おも》い浮《う》かぶことについて。

（白崎純《しろさきじゅん》）


「まるで浮気《うわき》のカミングアウトだな」僕の話を聞き終わった教授が、苦々しい顔で言った。

「どうしてそうなるんだよ」

「だって、神宮寺《じんぐうじ》の姉に罪悪感を抱《いだ》いているんだろ？　付き合ってるわけでもないのに、どうしてだ？　おまえにとって、神宮寺《じんぐうじ》の姉様《あね》は一体何なんだ？　白崎《しろさき》の言い方だと、情を感じているように聞こえるんだよな。姉に抱《いだ》いてるのは、本当に好意か？」

「情、ね。けど、琉実《るみ》のことを好きなのは——」

部室のドアが開いた。那織《なおり》かと思って身構えたが、入って来たのは雨宮《あまみや》だった。

「おじゃまー。ねぇ、聞いて。さっき廊下《ろうか》にセミがいてさー、ヤバくない？　セミだよ？　なんか、めっちゃ飛び回ってて、全然通れなくてー。マジ、飛ぶのやめてほしくない？　じっとしててって感じ。飛ぶとか意味わかんない。つーか、窓開けんなって感じ」

「雨宮《あまみや》って、セミ苦手なんだな。あんなの別に余裕《よゆう》じゃね？　俺なんて、ガキの頃《ころ》、よく獲《と》って遊んだわ。弟と、どっちが獲《と》れるか勝負したりしてたぞ」

「は？　苦手で文句あんの？　じゃあ、教授っちは、セミ食えるん？　得意なんでしょ？」

「なんでそうなるんだよっ！　食うのは、話が別だろ」

蝉《せみ》を食べる——あるんだろうな。スマホで検索《けんさく》すると、案の定、蝉《せみ》料理がヒットする。

教授にスマホの画面を見せる。「美味《おい》しいらしいぞ？」

「だったら、白崎《しろさき》が食えよ」

「嫌《いや》だよ」

「ほら、みんな、セミ嫌《きら》いじゃん。エナだけじゃなくない？　やっぱ、セミはありえないんだって。てか、ふつーにうるさい。そんなことはよくて。エナが来るまで、なんかしてた？」

「白崎《しろさき》の贅沢極《ぜいたくきわ》まりない人生相談を受けてた。ムカつきすぎて、セミ食わせたい」

「え？　なになに？　どんな話？　ザキ、セミ食べんの？」

「食わねぇよっ！　教授も、しれっとバラすんじゃねぇよ」

僕と二人のこと、前に話したから雨宮《あまみや》は知ってるけど、男子に話すのと女子に話すのは、なんて言うか、中身がちょっと違《ちが》う——教授が相手だと気を遣《つか》わなくていい、が正しいな。

「進展あったん？　そう言えば、この前、にゃおにゃお、泊《と》まったっしょ？　どうだった？」

「おい白崎《しろさき》っ！　どういうことだっ！　さっきはそんなこと言ってなかったぞっ！」

凄《すご》い勢いで教授が立ち上がった。余りの勢いに、椅子《いす》が倒《たお》れてけたたましい音を立てた。

雨宮《あまみや》め……余計なことを。よりにもよって教授に——「とりあえず座れ」

「これが座ってなんか居られるかっ！」

「そーだそーだっ！　もっと言ってやれー」

こっちを一瞥《いちべつ》することもせず、机の上に置いた鞄《かばん》を漁《あさ》りながら、雨宮《あまみや》が教授に加勢する。

あいつはどっちの味方なんだ——僕の味方じゃないことだけは確かだな。

「雨宮《あまみや》の言う通りだよ。この前、家《うち》に泊《と》まったんだよ。けど、教授が考えてるようなことは無かった。だから、落ち着けって」

「めっちゃキスしたって、にゃおにゃおが嬉《うれ》しそうに言ってたけどねー」

誰《だれ》かあいつの口を塞《ふさ》いでくれっ！！！

「おい白崎《しろさき》、事と次第《しだい》によっちゃ、今からセミ獲《と》りだぞ？」

食わす気だな？　獲《と》って、食わせる気だなっ？

「……えっと、雨宮《あまみや》が言ったことは本当だ。だが、それ以上のことは無かった——」

「ほんとぉ？　エナが聞いた話だと——」

足を組んで座る雨宮《あまみや》が、悪そうな笑《え》みを浮《う》かべる。ダメだ。悪役にしか見えねぇ。

「雨宮《あまみや》っ！　何が欲しいんだ？　何が望みだ？　僕に出来ることなら——」

「にゃおにゃおは友達だし、るみちーだって友達だし、エナ的には、ザキが敵？」

涼《すず》し気《げ》な顔で、雨宮《あまみや》がネイルを塗《ぬ》り始《はじ》めた。

「雨宮《あまみや》、俺と一緒《いっしょ》にセミ獲《と》りに行こうぜっ！　白崎《しろさき》を締《し》め上《あ》げるのはその後だっ！」

「だーかーらー、エナはセミ嫌《きら》いだって言ってんじゃん。教授っちがひとりで行って。エナ、今忙《いそが》しいの。見ればわかるでしょ？」

「んだよ、ノリ悪《わり》ぃなぁ。しゃーねぇ。おい、白崎《しろさき》、まずはそこに座れ」

「座ってるが？」

「違《ちげ》ぇよっ！　床《ゆか》だっ！　床《ゆか》に正座だっ！　裁いてやるっ！」

「教授っち、うるさーい……けど、それはエナもやりたい。一緒《いっしょ》にザキをこらしめたいっ！」

「おう、やろうぜっ！　この不届き者を楽園から追放するぞっ！」

「Expelled from Paradise !」

発音良《い》いな……『楽園追放』か。あれも脚《あし》とお尻《しり》が——って、そうじゃないっ。

完全に難詰《なんきつ》される流れだ。問《と》い詰《つ》められるだけならまだしも、雨宮《あまみや》にこの前のことを全部バラされたら——蟬《せみ》を持った教授に追《お》い掛《か》けられる展開が待っている。

雨宮《あまみや》はどこまで知ってるんだ？　那織《なおり》はどこまで言ったんだ？　頼《たの》むから黙《だま》っててくれ。
神を信じない僕が、祈《いの》った——There are no atheists in a foxhole.《蛸壺壕の中に無神論者は居ない》
ここは部室なんかじゃない。銃砲撃《じゅうほうげき》に怯《おび》える塹壕《ざんごう》の中だ。

冷罵《れいば》や非難、誹《そし》りを目的とした尋問《じんもん》は、遅れて部室に来た那織《なおり》と亀嵩《かめだけ》によって中断された。

祈《いの》った価値があった。だが、翌日の昼休み、珍《めずら》しく教室以外——教授が中庭のベンチで昼飯を食べようなどと言い出した。人通りはあるものの、こんな灼熱《しゃくねつ》の屋外で長居する酔狂《すいきょう》な生徒は僕等しかおらず、ある意味、安全な場所かも知れない……が、尋常《じんじょう》じゃないくらい暑い。

「なぁ、せめて日陰《ひかげ》にしないか？　日射病で倒《たお》れそうだ」

「こんなの、サッカーの練習に比べたら——おっと、弓道《きゅうどう》は屋内だったな。けど、これは俺なりに気を遣《つか》った結果だ。白崎《しろさき》が聞かれてもいいってんなら、別の場所にするが？」

「昨日の話、だろ」

昨夜、教授から怒濤《どとう》のメッセージが届いた。僕は一言〈明日、学校で〉とだけ返した。

「おう。詳《くわ》しく聞かせろ。とりあえず、泊《と》まったってのは、ガチなんだな？」

教授がおにぎりのフィルムを剝《む》いて、ビニール袋《ぶくろ》に入れた。

「ああ。泊《と》まった」

惣菜《そうざい》パンの包装を破いて、齧《かじ》る。ただそれだけの動作なのに、汗《あせ》が滲《にじ》む。

「で、ヤったのか？」

「やってない」

「なんでだよ。なんでヤらねぇんだ？　完全にフラグだろ？」

「付き合っても無いのに、そんなこと出来るかよ」

「そう言うくせに、キスはしたんだろ？」

真《ま》っ直《す》ぐ前を向いたまま、教授はそう言っておにぎりを食べた。

「それを言われると、何も言い返せない。雰囲気《ふんいき》に流されたのは認める。ただ、それ以上は流されてするようなことじゃないだろ？　長く付き合って、その結果、なら――」

「チャンスがあれば、前提なんて関係ねぇわ」

「いつかどっかで恨《うら》み買うぞ？」

「現在進行形の不貞野郎《ふていやろう》に言われたくないセリフ、ナンバーワンだな。実際、どうなんだ？　神宮寺《じんぐうじ》が泊《と》まって、流れでキスまでして、おまえは神宮寺《じんぐうじ》のことどう思ってんだ？」

「好きだよ。話も合うし、一緒《いっしょ》に居て楽しい。付き合えるものなら、付き合いたいさ」

遠くに投げた視線の中で、色とりどりのダリアが花壇《かだん》で咲《さ》いていた。

那織《なおり》と付き合ったら――那織《なおり》が眠《ねむ》る横で、仮定の想像を何度もした。

「だったら、もう良《い》いだろ。答え、出てんじゃねぇか。神宮寺《じんぐうじ》だって、待ってるぞ」

「出てないんだよ。僕は琉実《るみ》のことも好きなんだ。一年間、琉実《るみ》と付き合った思い出が、今でも過《よ》ぎるんだ。僕にとって初めての彼女で、何度も言い合いしたはずなのに、楽しかった記憶《きおく》ばかりが、琉実《るみ》の可愛《かわい》い顔だとか、はにかんだ顔だとか、照れた顔だとか——琉実《るみ》を見掛《みか》ける度《たび》に、琉実《るみ》と話す度《たび》に蘇《よみがえ》ってくるんだ。その琉実《るみ》が、今でも僕の隣《となり》に住んでいて、同じ学校に通って、同じ教室で勉強をしている。琉実《るみ》の家にだって行く。忘れられる訳ないだろ。

僕だけに見せてくれた表情や、僕だけに言ってくれた言葉が沢山《たくさん》あるんだ。あの時の記憶《きおく》は、今でも続いているんだ。確かに、未練かも知れないって自分でも思う。あんな別れ方をしたから余計に未練を感じているのかも知れない。でも、僕は琉実《るみ》のことだって好きなんだ。その気持ちは、嘘《うそ》じゃない。もう一度やり直したいって、今でも思うんだよ。あの時、もっとこうしていたら、ああしていたら、って考えるんだ」

「そんなのは無理だ。諦《あきら》めろ。どうせ、前とは違《ちが》う理由で言い合いになるさ。予習と復習をしたから、イイ点が取れました。偏差値《へんさち》も上がりました——テストや模試じゃねぇんだぞ。なんつーか、神宮寺《じんぐうじ》の姉に対しては、好きってより執着《しゅうちゃく》してるって感じだな」

教授が残りのおにぎりを口に放って、二つ目の包装を解く。

「執着《しゅうちゃく》か——無いとは言えないわ」僕も残りのパンを口に運んだ。「琉実《るみ》に執着《しゅうちゃく》してるとして、琉実《るみ》のことを好きだと思う感情も、執着《しゅうちゃく》なのか？」

「知るか。それはお前の感情だろ。俺にはわかんねぇよ。で、だ。キス以外に何をしたんだ？ 雨宮《あまみや》の言いっぷりだと、他にも何かしたんだろ？ 乳繰《ちちく》り合《あ》ったんだろ？ 言え」

「乳繰《ちちく》り合《あ》ってなんか……ない」

「今の間は何だ？　一瞬《いっしゅん》、考えたよな？　ほら、さっさと吐《は》けっ！」

「食事中なんだから、別の言葉で――」

「うっせぇ。早くしろ。吐《は》いて楽になれ」

教授が二個目のおにぎりを口に押し込んで、お茶で流し込む。そして、三つ目。

「胸に――触《さわ》った、と言うか、腕《うで》を挟《はさ》まれた」

ブラジャーのことは言わない。これくらいは黙《だま》っていても良いだろう。

「ただのパイズリじゃねぇか」

「ちがっ、腕《うで》に抱《だ》き着《つ》かれた結果、そうなっただけで――」

「顔を埋《うず》めたり、舐《な》めたりとかは？」

「してねぇよ。そこまでしたら、それこそだろ。それ以上のことはしてない」

「でも、勃《た》ったんだろ？　それ以上のこと、したかったんだろ？」

「まぁ、そうだけど……それは普通《ふつう》の反応だろ」

「ふっ。つまりは、ずっと悶々《もんもん》としてた訳だ。いい気味だな。ずっとそうしててくれ」

三つ目のおにぎりを、満足そうに頬張《ほおば》る教授の頬《ほお》を、汗《あせ》が伝った。

人の気も知らないで。僕がどんな思いで――残ったパンを口に入れて、んぐっと嚥下《えんげ》する。

無糖の温《ぬる》くなったアイスティーで、胸のつかえも流し込む。

「なぁ、教授」僕は立ち上がって、声を掛《か》ける。

「何だよ、いきなり立ち上がって」

「言ってなかったけど、那織《なおり》とお風呂《ふろ》に入ったんだ」

僕はそう言い残して、校舎まで全力で――走った。背後で、教授の叫《さけ》び声《ごえ》がした。

※　※　※

（神宮寺那織《じんぐうじなおり》）


「先生、白崎《しろさき》君とベタベタしすぎじゃない？　私、部内恋愛《れんあい》禁止って言ったよね？」

お弁当を机に広げて早々、部長が苦虫を嚙《か》み潰《つぶ》したみたいに渋《しぶ》い顔《かお》をした。

「あれは冗談《じょうだん》でしょ？　純《じゅん》君の家に泊《と》まりに行く時だって、口裏合わせてくれたじゃん。部長が一緒《いっしょ》に家に来てくれたからこそ、お母さんだって簡単に信じてくれたんだよ？」

「そうだけど……目に余るよっ！　昨日のあれ、どういうつもり？　机の下でずっと白崎《しろさき》君の太腿《ふともも》撫《な》でてたでしょ？　ばっちり見えてたんだからねっ！　淫乱肉布団《いんらんにくぶとん》先生が万年発情期なのは仕方ないとしても、もう少し理性的な行動を心掛《こころが》けて頂《いただ》きたいっ！　ふしだらだよっ！」

「よく言うよ。散々煽《あお》った癖《くせ》に。『先生に残された道は、色仕掛《いろじか》けしか無いもんね。どこまで白崎《しろさき》君に通用するかは甚《はなは》だ疑問だけど、先生はそういうの好きそうだし、思いっ切り暴れておいで』って送り出したのは、何処《どこ》の何方《どちら》でしたっけ？　記憶《きおく》は御座《ござ》いますか？」

　部長がうぐっと空気を飲み込んだ。

「そ……そうだけどっ！　神聖な私の部室で――」

「私の部室って、言ってくれるんだ。ありがとう」

「……私は部長でしょ？　先生と一緒《いっしょ》に作った部活だよ？　私の部室だよ」

「部長、好き。口ではがみがみ言っても、やっぱり私の事が大切なんだね」

「なんか、言い方が気に入らない。そんなに嬉《うれ》しそうな顔しないでよ。調子狂《くる》うじゃん」

「よしっ！　ここは私が一肌脱《ひとはだぬ》いであげようっ！　脱《ぬ》ぐのは得意だし。死ぬんじゃないかって思うくらい面倒臭《めんどうくさ》いけど、部長の為《ため》にマープルと再戦してあげるよ。ああ云《い》う偏屈《へんくつ》で歪曲《わいきょく》したヒロイズムに酔《よ》い痴《し》れる男子がタイプなんでしょ？　大人を感じるんでしょ？」

「喧嘩《けんか》売ってるでしょ？　そんなことしなくていいから。恋心《こいごころ》なんか芽生えてきたら、さっさと摘《つ》み取ってしまうことよ――古間《ふるま》先輩《せんぱい》のことは、あの一件で終わり」

「余計なお世話ってこと？」

「先生を見てると、楽しそうだけど、辛《つら》そうだもん。やっぱり、私に色恋沙汰《いろこいざた》はまだ早いかなって。あれこれ心配して、やきもきするだけで心が潰《つぶ》れそう。別に古間《ふるま》先輩《せんぱい》のことだって、私は嫌《いや》な感じしなかったとしか言って無いよ。所詮《しょせん》はその程度だから、別にいいの。私は先生の負《ま》け戦《いくさ》を見て、疑似的《ぎじてき》に楽しめればそれで十分。私の恋愛《れんあい》成分として頑張《がんば》れ、先生っ！」

「ねぇ、負《ま》け戦《いくさ》って何？　誰《だれ》がどう考えたって、戦局は完全に私が有利でしょ？　お父さんのだけど、クラウゼヴィッツの『戦争論』貸してあげようか？　孫子《そんし》？　何でも良《い》いけど、純《じゅん》君は完全に私に惚《ほ》れてるでしょ？　前みたいに、スキンシップ避《さ》けなくなったよ？　されるがままって感じだよ？　この状況証拠《じょうきょうしょうこ》を以《もつ》てして、何処《どこ》が負《ま》け戦《いくさ》なの？」

「そういう驕《おご》りにこそ、落とし穴があるんじゃないかなって、私は思う……そうだよっ！」

「いきなり大声出して、何？　びっくりするじゃん」

「部室ではスキンシップを控《ひか》えることっ！」部長が机をバァンと叩《たた》いた。

うわ、痛そう。

どういうタイミングで小姑《こじゅうと》スイッチ入ったの？　てか、その話、まだ続ける？

「さっき、私で恋愛《れんあい》成分を補充《ほじゅう》するとか言って無かった？　自己発言が矛盾《むじゅん》してるよ？」

どうじゃっ！　反論出来まいっ！　勝《か》ち誇《ほこ》って部長を見下そうと――今にも泣きそうなくしゃっとした顔で、部長が両手を擦《す》り合《あ》わせていた。

「痛いの？」

「うん。強く叩《たた》き過《す》ぎちゃった」

「超《ちょう》バカじゃん。ほら、手出して」

おずおずと差し出された部長の手を、私の手で挟《はさ》んで摩《さす》る。「付き合うとか、付き合わないとか、そういうのは別として、マープルと話してみたら？　私は今、人生史上最高に楽しくて、総《すべ》てが幸甚《こうじん》に満ちているよ。夜に純《じゅん》君と通話したり、LINEでやりとりしてると朝にならないでって思うけど、朝になったら純《じゅん》君に会えるって思える。身体《からだ》の内側から流露《りゅうろ》するこの幸福感で、周りの空気すら軽《かろ》やかに感じる。部長だって楽しめるよ」

「先生が、恋《こい》する乙女《おとめ》みたいなフレーズを真顔で――けど、今の先生だったら、言えちゃうよね。先生、可愛《かわい》くなったって思う。表情が優《やさ》しくなった。ふとした瞬間《しゅんかん》に、色気が零《こぼ》れ落《お》ちる感じもする。同じ女子として、羨望《せんぼう》と嫉妬《しっと》すら覚えるくらいきらきらしてる。けど、それがずっと続く保証、無いじゃん。白崎《しろさき》君と別れたあとの琉実《るみ》ちゃん、気丈《きじょう》に振《ふ》る舞《ま》ってたけど、すっごく辛《つら》そうだった。琉実《るみ》ちゃんの場合は事情がちょっと特殊《とくしゅ》かもだけど、私だったらもっと落ち込むと思うし、普通《ふつう》にしてられる自信がない。前まではさ、私も軽々しく、あの先輩恰好良《せんぱいかっこうい》いとか言えてたけど、最近、色々考えちゃうんだよね。人間の心にとってもっともつらいのは、次々に事件が積み重なって感情が高ぶったあと、死んだような静けさが訪《おとず》れて身動きならず、魂《たましい》から希望も恐怖《きょうふ》もうしなわれたとき――私はそれが怖《こわ》い」

「部長は一人じゃないよ。私が付いてる」

「うん。ありがとう、那織《なおり》」

「その代わり、私が振《ふ》られたら、部長には死ぬまで付《つ》き合《あ》って貰《もら》うから――振《ふ》られないけど」

「先生が振《ふ》られたら、盛大《せいだい》に失恋会《しつれんかい》を開いてあげるっ！　主賓《しゅひん》は白崎《しろさき》君でいいよね？」

この小娘《こむすめ》はっ！　ちょっと優《やさ》しくするとこれだっ！

「私、マープルとチェスするから。いいね？　一言も交《か》わさなかったら、お説教だよ」

「もう、強引《ごういん》に決めないでよ。古間《ふるま》先輩《せんぱい》のこと、そこまで言ってないじゃん。まだ、好きとか嫌《きら》いとか、そういう段階じゃないんだって」

「仲良くなって損は無いでしょ？」

「仲良くなって損は無い？　先生がそれを言う？　他人と仲良く出来ない先生が？」

「もう許さないっ！　絶対にマープルを呼ぶからねっ！」

「えー、めんどくさいー」むぅっと口を突《つ》き出《だ》しながら、部長がお弁当の蓋《ふた》を開けた。

そうだ、ご飯食べなきゃっ！　完璧《かんぺき》、忘れてた。

あ、サイコロステーキ。母上、愛しておろうぞ。

フライを取ろうとした部長の手が、宙で止まる。「キスって、そんなに気持ちいいの？」

「その白身フライ、鱚《きす》じゃないと思うよ。介党鱈《すけとうだら》とかでしょ？」

「そうじゃなくて――やっぱいい。ご飯時に訊《き》くことじゃなかった。この前の日曜日、早朝から先生に電話で惚気《のろけ》られて、胸焼けで朝ご飯食べられなかったんだ。危ない危ない」

「慈衣菜《しえな》と明け方までゲームしてたからでしょ？　私の所為《せい》じゃない」

「明け方までゲームして疲《つか》れた所《ところ》に、やれ男の子の舌は硬《かた》かっただの、寝起《ねお》きのちゅーは癖《くせ》になりそうだの、ノーブラは正解だっただの――いつぞやのゴールデンウィークとは比べ物にならないくらい生々しい話を聞かされた私の身にもなってよ」

極力抑《おさ》えた積もりなんだけどな。言ってないこと、一杯《いっぱい》あるし。てか――「あれこれ訊《き》いて来《き》たのは部長じゃん。それでそれで？　とか言って。ノーブラだって、部長が今度こそやれって言うからやったんじゃん。よく言うよ。でも、良き進言で御座《ござ》いました」

「いえいえこちらこそ。冗談《じょうだん》で言ったのに、本気でやってくれてありがとう御座《ござ》いました」

言い方うざっ。やらせた癖《くせ》に。「茹《ゆ》で卵没収《たまごぼっしゅう》です」

半分に切られた茹《ゆ》で卵《たまご》ちゃん、ようこそ、私の口内へ。

「あっ！　私の卵っ！　じゃあ私はっ――」

部長が私のサイコロステーキを、二つもっ！　取って自分のお弁当箱に入れた。

二つはやり過ぎじゃないっ！！！

「ちょっとっ！　それは取り過ぎっ！　返してっ！」

伸《の》ばした私の腕《うで》を、部長が掃《はら》う。「嫌《いや》だ。等価交換《とうかこうかん》だよ」

「絶対に鶏卵《けいらん》よりお肉の方が上だよっ！　もう、部長が食い意地張り過ぎてて、どん引きなんですけど。そんなにカロリーが摂《と》りたいの？　お肉食べたからって、私みたいにはなれないよ？　こう見えて、私の身体《からだ》はお金と時間が掛《か》かってるんだからね？」

「はぁ、白崎《しろさき》君、早く先生と付き合ってくれないかな。私、先生の相手を続けられる自信無くなっちゃった。今すぐにでも引き取って欲しい。そうじゃなきゃ、私の精神が持たない」

「引き取るって言い方っ！　人を粗大《そだい》ごみかなんかみたいに――でも、安心して。ちゃんと純《じゅん》君と付き合ってみせるから。そのあとも、無論、部長にはお付き合い頂きますけど」
今だって、契約《けいやく》を取《と》り交《か》わして無いだけで、ほぼ付き合ってるようなもんでしょ？
甲《こう》と乙《おつ》にそれぞれの名前を書けば終了《しゅうりょう》——あとは共有した感情を、口にするだけ。
後戻りは出来ないし、したくない。だから、毒《ダチュラ》を仕込んだ。
私のダチュラは後で効《き》く。
やっとここまで来たんだ——だからお願い、私だけを見て。

TITLE

《白崎純の独白》

KOI WA FUTAGO DE WARIKIRENAI

那織《なおり》のことを目にする度《たび》、話をする度《たび》、この前のことが甦《よみがえ》る。

日曜日の朝、早くしないと母親が帰って来ると云《い》う焦《あせ》りの裏で、那織《なおり》が帰ってしまうと云《い》う名残惜《なごりお》しさと寂しさを、僕は確かに感じていた。

那織《なおり》が出て行ったあと、自宅から那織《なおり》の痕跡《こんせき》を消して回った。

あの日の僕は、那織《なおり》のことしか見えていなかった――可愛《かわい》くて、賢《かしこ》くて、生意気で、自信家で、甘えたがりで、笑うと目が三日月みたいになって、好《す》き嫌《きら》いが多くて、変なところが不器用で、寝相《ねぞう》が悪くて、片付けるのが苦手で、お小遣《こづか》いを貰《もら》うとすぐ使い切っちゃって、外で遊ぶより家で本を読むのが好きで、派手な映画が好きで、おじさんや僕の趣味《しゅみ》を揶揄《やゆ》する癖《くせ》に、自分だってきっちり英国作家の本を読んでいて――とても大切で、大好きな女の子。

中指と薬指を開けるハンドサイン《ヴァルカン・サリュート》を、幼い僕にこっそり教えてくれた女の子。

許多《きよた》の戸惑《とまど》いと自制を強《し》いられたけれど、同じくらい楽しかった。

嫣然《えんぜん》と微笑《ほほえ》まれるだけで、何をされても許してしまいそうだった。

燻《くすぶ》った初恋の煙は、もう見えない。僕は今の那織《なおり》に惹《ひ》かれている。


その一方で、琉実《るみ》のことが頭を過《よ》ぎる。

琉実《るみ》に対する僕の気持ちを、教授は執着《しゅうちゃく》だと言った。

また琉実《るみ》とやり直したい――そう思う心は執着《しゅうちゃく》なのだろうか。琉実《るみ》と一緒《いっしょ》に居《い》れば楽しいし、僕の知らない世界のことを教えてくれる。色んな場所に連れてってくれる。琉実《るみ》と付き合ったことで、自分が変わったのが分かる。琉実《るみ》には、那織《なおり》とは違《ちが》う魅力《みりょく》が沢山《たくさん》ある。
僕は、そう云《い》う琉実《るみ》のひとつひとつを好きだし、愛《いと》おしく思っている。

これは、執着《しゅうちゃく》なのか？　仮に執着《しゅうちゃく》だとしても、僕は琉実《るみ》を振り切れていない。

どちらかと付き合う——それはつまり、どちらかを失うということ。今まで通りなんてことは叶《かな》わない。そうなるであろう雰囲気《ふんいき》を、ひしひしと感じる。もしそうなったら、白崎家《しろさきけ》と神宮寺家《じんぐうじけ》は、これまで通りの付き合いを続けられるのだろうか——もしかすると、往来は無くなるかも知れない。それらを全て勘考《かんこう》した上で決めなければならない。
絶対に失敗できない選択《せんたく》——流されるなんて許されない。潜考《せんこう》の結果でなければならない。僕はどちらかが悲しむ結論を出さなきゃいけない。そこから目を背《そむ》けることは許されない。もう逃げないと決めた。向き合うと決めた。

一人の想《おも》いが潰《つい》える答えを、
二人を悲しませたくない、そう思って生きてきた僕が出さなきゃいけない。

※　※　※

風呂《ふろ》から上がって、冷蔵庫からお茶を取り出して、コップに注《そそ》いだ。

母さんは食卓の椅子《いす》に座ったまま、虚空《こくう》に視線を投げていた。今日は何だか様子がおかしい。

夕飯の時も、心なしか口数が少なかった。どこか、余所余所《よそよそ》しさみたいな物すらあった。

月曜日、母さんは父さんの実家に行っていた。大した用じゃ無いと言っていたが、何かあったのだろうか——いや、昨日は普段通りだった。僕が帰るとご飯の支度《したく》は済んでいたし、「さて、明日はお家《うち》のことしなきゃ。そうそう、私、明日も休みだから」と軽やかに笑っていた。

つまり、昨晩は機嫌《きげん》が良かった。

もしかしたら、僕が学校に行っている間、何かあったのかも知れない。

「純《じゅん》、ちょっといい？」

僕より先に、母さんが口を開いた。やや重々しい口振りに、心がざわめく。

「ちょっと待って」

コップに残ったお茶を一気に飲み干して、もう一度注《そそ》いでから座った。どんな話なのか、全く想像はつかないが、長くなりそうな雰囲気《ふんいき》を感じた。

「訊《き》きたいことがあるんだけど」想定外の言葉に、端無《はしな》くも妙《みょう》な緊張《きんちょう》が走った。

僕に訊《き》きたいことだって？　「何かあった？」

「——土曜日、家に女の子を泊《と》めた？」

（了《りょう》）

あとがき

服の下に水着を着て登校し、着替《きが》えを忘れる――定番ネタですが、周りに尋《たず》ねてみると、意外と経験者が多いです。高校でやらかした話も聞きました。えっと、私じゃないですよ？

水泳の授業と言えば、朝はプールの水が冷たく……夏の話は健康に良くないのでやめます。

このあとがきは、十一月に書いています。寒くなってくると、わくわくしますよね？

肌寒《はだざむ》い日に、窓から差し込む陽光で暖まるのが、私はたまらなく好きです。小春日和《こはるびより》のドライブも最高です。炬燵《こたつ》でまどろんだり、暖房《だんぼう》の前でごろごろしたり、寒くて布団《ふとん》から出られずにする二度寝《ね》――どれも生きてるって実感しますよね？　私だけじゃないですよね？

冬は食べ物も美味《おい》しいですし、クリスマスやお正月みたいなイベントもあります。つまり、冬こそが最強じゃないですか？　真夏の冷房《れいぼう》より、真冬の暖房《だんぼう》の方が尊いと思いませんか？

ご意見、お待ちしております。高村資本《たかむらしほん》です。

この癖《くせ》の強い物語も、遂《つい》に三巻まで来ました。すべては応援《おうえん》して下さる皆《みな》さまのお陰《かげ》です。真冬の暖房《だんぼう》並みに暖かいです。ファンヒータです――話が繋《つな》がりました。計算通りです。

さて、話は二巻執筆《しっぴつ》前夜まで遡《さかのぼ》ります。担当編集氏から続きを考えて下さいと言われ、一巻の続きを全く考えていなかった私は、あれこれ悩《なや》んだ末に幾《いく》つか案を出しました。その断片《だんぺん》の中から二巻が生まれ、三巻が生まれました。故《ゆえ》に、私の中で二巻と三巻はセットです。

などと書いておりますが、実際は行き当たりばったり……いや、ライヴ感です（断言）

つまり、私と担当編集氏も『ふたきれ』の結末は知りません。打ち合わせで俎上《そじょう》に載《の》るものの、結論が出たことは一度もありません。それは恐《おそ》らく、キャラクターが悩《なや》み抜《ぬ》いた結果が見たいからだと思っています。言《い》い換《か》えると、ライヴ感です。グルーヴを感じて下さい。

最後になりましたが、重要なお知らせがございます。

なんと『ふたきれ』のコミカライズが決定しました！　すべては皆《みな》さまの応援《おうえん》あってこそです。ありがとうございます。コミカライズはOKARI先生が担当して下さいます！

先日、キャラクターデザインを拝見しましたが、めっちゃ可愛《かわい》いです。やばいです。可愛《かわい》すぎて気を失いそうになりましたが、何とか持ちこたえました。生きてるって実感しました。

それでは皆《みな》さま、冬を味わいつつ、漫画《まんが》版『ふたきれ』を楽しみに待っていて下さい！


【すぺしゃる・さんくす】

読者の方の応援《おうえん》は勿論《もちろん》ですが、『ふたきれ』が三巻まで続けられたのは、担当編集者様のおかげでもあります。ありがとうございます。あるみっく様、今回も神々《こうごう》しいイラストをありがとうございます。カバーの那織《なおり》が可愛《かわ》いすぎて、色気が凄《すご》すぎて、血圧が上がりました。健康診断《しんだん》で引《ひ》っ掛《か》かりそうです。そして編集部含《ふく》めこの本の出版に携《たずさ》わった方、劇中で触《ふ》れた数々の作品、お手に取って下さった読者の皆々様《みなみなさま》に厚く御礼申《おんれいもう》し上《あ》げます。

【引用・出典】

■本書31頁／4行目《私は人間を憎むときははげしく憎むが、いつまでも憎んではいない》

↓レイモンド・チャンドラー　清水俊二訳『湖中の女』ハヤカワ・ミステリ文庫（早川書房、一九八六年）十六刷二九八頁

■本書67頁／15行目～16行目《千代子が僕のところへ嫁に来れば必ず残酷な失望を経験しなければならない》

本書68頁／4行目《純粋な感情程美しいものはない。美しいもの程強いものはない》

↓夏目漱石『彼岸過迄』新潮文庫（新潮社、一九五二年）九十刷二一三頁

■本書75頁／4行目《シーザーを理解するのには、自分がシーザーである必要はない》

↓マックス・ヴェーバー　清水幾太郎訳『社会学の根本概念』岩波文庫（岩波書店、一九七二年）四七刷九頁

■本書98頁／17行目～99頁／3行目《実業家、王侯、元老ども、滅びろ！　権力よ、正義よ、歴史よ、くたばれ！　おれたちには当然の報いだ。血だ！　血だ！　黄金の炎だ！　戦争に邁進だ、復讐に、テロルに、おれの〈精神〉よ！　敵の〈傷〉を抉ってやろう。ああ！　失せろ、この世の共和国！　皇帝ども、連帯、植民地開拓者、民衆、たくさんだ！》

↓ランボー　中地義和編『対訳　ランボー詩集―フランス詩人選（1）』岩波文庫（岩波書店、

二〇二〇年）二刷一三七頁

■本書121頁／1行目《私たちはおなじ稼業で暮らしているんだ。だから、私は彼の鼻を明かしたりはしない》

↓レイモンド・チャンドラー　清水俊二訳『高い窓』ハヤカワ・ミステリ文庫（早川書房、一九八八年）十一刷七三頁

■本書158頁／6行目～7行目《ほんとうに黙することのできる者だけが、ほんとうに語ることができ、ほんとうに黙することのできる者だけが、ほんとうに行動することができる》

↓岩波文庫編集部編『世界名言集』（岩波書店、二〇〇二年）十九刷一八六頁

■本書158頁／9行目～10行目《あの人は本当は頭がいいから阿呆の真似ができるのね。上手にとぼけてみせるのは特殊な才能だわ》

↓岩波文庫編集部編『世界名言集』（岩波書店、二〇〇二年）十九刷一六九頁

■本書163頁／17行目～164頁1行目《ああ、走るべき道を教えよ　為すべき事を知らしめよ》

↓高村光太郎『高村光太郎詩集』岩波文庫（岩波書店、一九八一年）三十六刷一八頁

■本書201頁／9行目～10行目《不十分な資料で、早まった仮説なんか作りあげるのは、この職業には禁物ですからね》

↓コナン・ドイル　延原謙訳『恐怖の谷』新潮文庫（新潮社、一九五三年）六十六刷三四頁

■本書２２７頁／10行目①《毛虫やサナギを見れば、色鮮やかな蝶々がわかる》
本書２２８頁／12行目②《何かたくらんでいるな。攪乱か、目くらましか、こけおどしか》
本書２３０頁／７行目③《おさらばする前に力のほどをみせてやる》

↓ゲーテ　池内紀訳『ファウスト　第二部』集英社文庫ヘリテージシリーズ（集英社、二〇〇四年）①一二四頁／②三三六頁／③四〇二頁

■本書２３１頁／17行目《すべて主情的なものは、何ものにもまして僕の尊重する冷静な理知と相容《あいい》れない》

↓コナン・ドイル　延原謙訳『四つの署名』新潮文庫（新潮社、一九五三年）六十六刷一八〇頁

■本書２９７頁／７行目～８行目《恋するとは、自分が愛し、愛してくれる人に、できるだけ近く寄って、見たり触れたりあらゆる感覚をもって、感じることに快楽を感じることである》

↓スタンダール　大岡昇平訳『恋愛論』新潮文庫（新潮社、一九七〇年）五十五刷一四頁

■本書３０１頁／11行目～12行目《誘惑を除きさる方法はただひとつ、誘惑に負けてしまうことだけ》

↓オスカー・ワイルド　福田恆存訳『ドリアン・グレイの肖像』新潮文庫（新潮社、一九六二

年）六十四刷四三頁
■本書303頁／9行目～10行目《おとといは兎を見たわ／きのうは鹿、今日はあなた》
↓ロバート・F・ヤング 伊藤典夫訳『たんぽぽ娘』河出文庫（河出書房新社、二〇一五年）四刷一〇三頁
■本書323頁／11行目～12行目《恋心なんか芽生えてきたら、さっさと摘み取ってしまうことよ》
↓チェーホフ 浦雅春訳『かもめ』岩波文庫（岩波書店、二〇一〇年）一一五頁
■本書325頁／10行目～12行目《人間の心にとってもっともつらいのは、次々に事件が積み重なって感情が高ぶったあと、死んだような静けさが訪れて身動きならず、魂から希望も恐怖もうしなわれたとき》
↓シェリー 小林章夫訳『フランケンシュタイン』光文社古典新訳文庫（光文社、二〇一〇年）一六六頁

【参考文献】

弥生美術館・内田静枝編『女學生手帖 大正・昭和 乙女らいふ』（河出書房新社、二〇〇五年）
ニュートン別冊『絵でわかるパラドックス大百科 増補第2版』（株式会社ニュートンプレ

ス、二〇二一年）
渡井美代子『チェスがわかる本（基本&実戦編）』（成美堂出版、二〇一一年）
有田謙二『チェス　やさしい実戦集』（河出書房新社、二〇二一年）
フランク・ブレイディー　佐藤耕士訳『完全なるチェス　天才ボビー・フィッシャーの生涯』（文藝春秋、二〇一三年）
永井義男『江戸の性語辞典』朝日新書（朝日新聞出版、二〇一四年）

◉高村資本著作リスト

「恋は双子で割り切れない1〜3」（電撃文庫）

本書に対するご意見、ご感想をお寄せください。

ファンレターあて先
〒102-8177　東京都千代田区富士見2-13-3
電撃文庫編集部
「高村資本先生」係
「あるみっく先生」係

本書は書き下ろしです。

電撃文庫

恋《こい》は双子《ふたご》で割《わ》り切《き》れない3

高村資本《たかむらしほん》

2022年1月10日　初版発行
2024年6月15日　4版発行

発行者　山下直久
発行　株式会社KADOKAWA
〒102-8177　東京都千代田区富士見2-13-3
0570-002-301（ナビダイヤル）
装丁者　荻窪裕司（META＋MANIERA）
印刷　株式会社KADOKAWA
製本　株式会社KADOKAWA

ISBN978-4-04-914140-5　C0193　Printed in Japan

電撃文庫　https://dengekibunko.jp/

電撃文庫創刊に際して

文庫は、我が国にとどまらず、世界の書籍の流れのなかで〝小さな巨人〟としての地位を築いてきた。古今東西の名著を、廉価で手に入りやすい形で提供してきたからこそ、人は文庫を自分の師として、また青春の想い出として、語りついできたのである。

その源を、文化的にはドイツのレクラム文庫に求めるにせよ、規模の上でイギリスのペンギンブックスに求めるにせよ、いま文庫は知識人の層の多様化に従って、ますますその意義を大きくしていると言ってよい。

文庫出版の意味するものは、激動の現代のみならず将来にわたって、大きくなることはあっても、小さくなることはないだろう。

「電撃文庫」は、そのように多様化した対象に応え、歴史に耐えうる作品を収録するのはもちろん、新しい世紀を迎えるにあたって、既成の枠をこえる新鮮で強烈なアイ・オープナーたりたい。

その特異さ故に、この存在は、かつて文庫がはじめて出版世界に登場したときと、同じ戸惑いを読書人に与えるかもしれない。

しかし、〈Changing Times,Changing Publishing〉時代は変わって、出版も変わる。時を重ねるなかで、精神の糧として、心の一隅を占めるものとして、次なる文化の担い手の若者たちに確かな評価を得られると信じて、ここに「電撃文庫」を出版する。

1993年6月10日
角川歴彦

高村資本 SHIHON TAKAMURA
恋は双子で割り切れない
KOI WA FUTAGO DE WARIKIRENAI
3
[イラスト]
あるみっく

to♡U

KOI WA FUTAGO DE WARIKIRENAI

TABLE OF CONTENTS

010……第一章……私と居る時は、琉実の事を考えないで
060……第二章……最初から結論は出てるんだよ
122……第三章……待って。それ、わたしってこと？
198……第四章……怖かったんだ。ずっと怖かった
266……第五章……私は、してるよ。ずっと、どきどきしてる
307……エピローグ
329……《白崎純の独白》